KB244162

❖ 후한 말 삼국지 배경 시기의 13개 주 지도

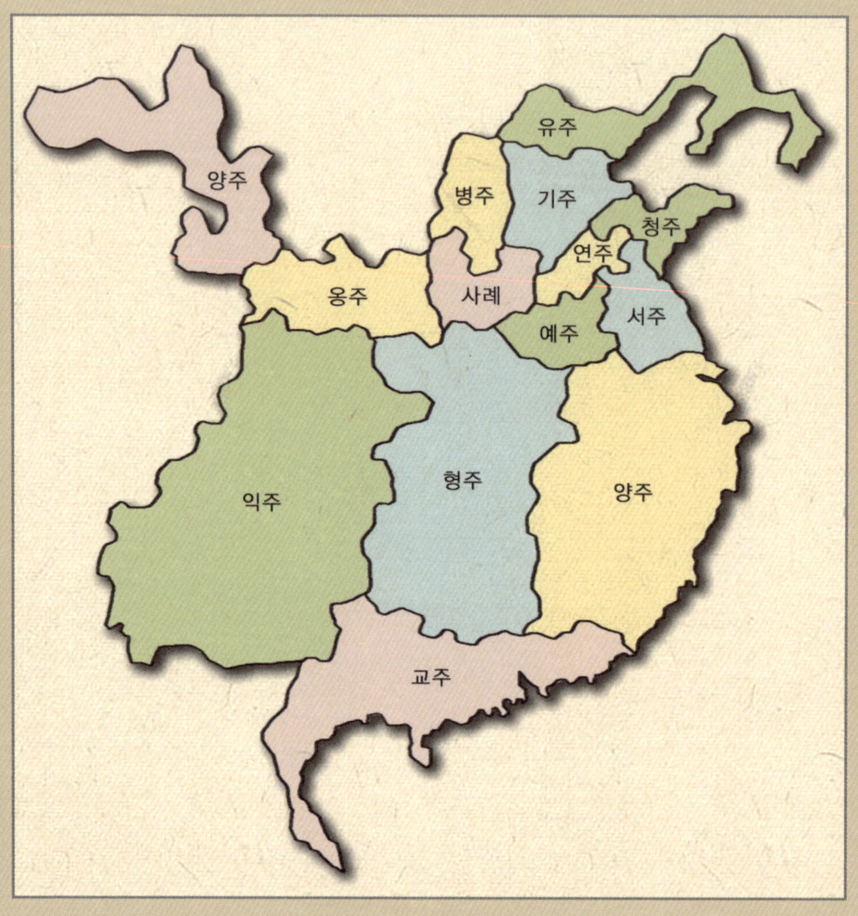

❖ 후한 말 삼국지 배경 시기의 13개 주 지도

동탁의 죽음 이후 각지에 난립하던 군웅들의 세력도이다. 손책은 아버지 손견이 죽은 후에 원술 밑으로 들어갔다가 독립하여 자신의 세력을 얻고, 파죽지세로 주변의 성을 정복해나간다. 동탁이 죽은 후에 조조는 청주의 황건적 토벌을 위해 출진하여 보다 많은 병력을 얻게 되고, 조조는 아버지를 맞아들이려 한다. 그러나 도중에 도겸의 부하인 장개에게 살해당하고 이에 화가 난 조조는 서주의 도겸을 토벌하기 위해 군사를 일으킨다. 그때 조조는 백성들까지 모두 살해하며, 도겸은 유비에게 서주를 양도하게 된다. 그 틈을 타 여포가 조조의 세력권 안에서 반란을 일으키나 진압당하고 유비에게 가서 소패를 얻는다. 또한 황제는 이각, 곽사 들에게서 달아나 조조가 천자를 받들게 된다.

三國志

삼국지 3
초원 · 흔들리는 어가

초판 1쇄 발행	2013년 1월 10일
15쇄 발행	2018년 8월 25일

지은이	나관중
평 역	요시카와 에이지吉川英治
옮긴이	강성욱
펴낸이	한승수
펴낸곳	문예춘추사

편 집	정내현
마케팅	신기탁
디자인	이은주

등록번호	제300-1994-16
등록일자	1994년 1월 24일

주 소	서울특별시 마포구 동교로27길 53 지남빌딩 309호
전 화	02 338 0084
팩 스	02 338 0087
E-mail	moonchusa@naver.com

ISBN	978-89-7604-108-1 04820
	978-89-7604-107-4 (전10권)

*책값은 뒤표지에 있습니다.
*잘못된 책은 구입처에서 교환해 드립니다.

초원 · 흔들리는 어가 3

三國志

나관중 지음
요시카와 에이지 吉川英治 평역

문예춘추사

| 일러두기 |

1. 이 책은 일본 고단샤講談社에서 발간한 요시카와 에이지 평역의 『삼국지』(요시카와 에이지 역사
   시대 문고 33~40, 1989년 초판)를 저본底本으로 삼았다.

2. 원서는 총 8권으로 구성되어 있으나 커다란 제목에 따라 각 권으로 분리하여 총 10권으로 재편
   집했다.

3. 가능한 한 원본에 가깝게 번역했으나 지나치게 일본적인 표현은 중국 고전소설임을 고려하여
   우리 실정에 맞게 고쳤고, 원서 내용을 해치지 않는 범위 안에서 대화와 본문이 연결되는 부분을
   일부 수정하여 우리 독자들이 읽기 편하게 했다.

4. 각 권 및 각 장의 제목은 가능한 한 원서의 제목을 살려 풀어 썼으며, 원서의 각 장을 재편집하
   여 내용의 흐름을 쉽게 이해할 수 있도록 했다.

5. 한자 표기는 정오正誤에 상관없이 원서를 따랐으나 동일 인물이나 지명의 상반된 표기가 있는
   경우에는 올바른 한자를 찾아 표기했다.

6. 이 책의 삽화 및 지도는 내용에 맞게 새로 제작한 것이다.

24
녹림綠林의 궁

이각과 곽사의 싸움에 천자는 또다시 궁에서 나와
황야를 전전하다 녹림의 무리에게까지 몸을 의지하게 되는데……

"뭐? 화목하라고? 말도 안 되는 소리요!"

곽사는 들으려고도 하지 않았다. 뿐만 아니라 병사들에게 명령하여 양표를 따라온 대신 이하 관리 60여 명을 한꺼번에 묶어버렸다.

"이 무슨 횡포란 말이오. 화친을 중재하러 온 조정 대신들을 어찌 포박한단 말이오."

양표가 엄한 목소리로 꾸짖자 곽사가 오만하게 대꾸했다.

"닥쳐라! 이 사마는 천자를 잡아 인질로 삼고 있지 않느냐? 그것으로 방패를 삼고 있기에 나 역시도 그 신하들을 인질로 잡아두려는 것이다.”

“오, 이 무슨 일이란 말인가! 국부國府의 두 기둥인 양 장군이 한쪽은 천자를 협박하여 인질로 삼고, 또 다른 한쪽은 군신을 인질로 삼아 큰소리를 치다니. 참담하구나, 인간의 세상이 이렇게까지 될 줄이야!”

“이놈, 아직도 잠꼬대를 지껄이고 있느냐!”

곽사가 검을 빼들어 양표의 목을 치려는 순간 중랑장 양밀楊密이 황급히 곽사의 손을 잡았다. 양밀의 간언으로 곽사는 검을 거두기는 했으나 포박한 군신들은 풀어주지 않았다. 오로지 양표와 주전만이 내팽개쳐지듯 진 밖으로 쫓겨났을 뿐이다. 주전은 나이 든 노인인 만큼 이번 길에서 정신적으로 큰 타격을 입었다. 몇 번이고 하늘을 올려다보며 힘없이 걷다가 양표를 돌아보고 한탄했다.

“아아, 사직의 신하로서 천자를 돌보지도 못하고 세상을 구하지도 못하니 어찌 살 가치가 있겠소.”

심지어는 길가에서 울다 쓰러져 잠시 정신을 잃기도 했다. 그 때문이었을까. 주전은 집으로 돌아오고 얼마 후 피를 토하며 세상을 떠나고 말았다. 그 소식을 들은 양표가 달려가보니 주전의 이마가 찢어져 있었다. 주전은 기둥에 머리를 부딪쳐 분사憤死한 것이었다. 주전뿐만이 아니었다. 세상 돌아가는 모습을 한탄하며 분사하고 싶어 하는 사람은 헤아릴 수도 없이 많았다.

그로부터 50여 일 동안 이각과 곽사는 밤낮없이 병사들을 거리로 내보내 매일 싸움을 벌였다. 싸움이 마치 일상생활이라도 되는 것처럼 의미도, 대의도, 눈물도 없이 싸웠다. 양군의 시체가 거리에 즐비했으며 도랑과 숲에서 썩은 내가 진동했다. 쓸쓸하게 피어 있는 꽃에는 등에가 날아들고 말파리가 모여들었다. 말파리의 세계에도 그들의 세계에도 아무런 변화가 없었다. 오히려 말파리의 세계에는 녹음의 시원한 바람이 불었으며 콩꽃이 피고 있었다.

"죽고 싶구나. 하나 죽을 수도 없다. 짐은 어째서 천자로 태어난 것일까."

황제는 언제나 침울해 있었다.

"폐하."

시중랑 양기가 황제의 귀에 대고 가만히 속삭였다.

"이각의 모사 중에 가후라는 자가 있습니다. 신이 가만히 지켜보니 가후에게는 아직 충심이 남아 있는 듯합니다. 폐하를 우러러야 함을 아는 선비인 것 같았습니다. 은밀하게 한번 불러보시기 바랍니다."

어느 날 가후가 용무를 보러 황제의 유실을 찾았다. 황제는 사람들을 물러나게 한 뒤 갑자기 배신陪臣인 가후에게 절을 했다.

"어지러운 한나라 황실을 위해 의를 행하고 짐을 불쌍히 여기기 바라오."

가후는 놀라 바닥에 무릎을 꿇고 앉아 머리를 숙이며 대답했다.

"지금의 무정함은 신의 뜻이 아닙니다. 때를 기다리십시오."

그때 공교롭게도 이각이 들어왔다. 그가 긴 칼을 차고 손에 쇠 채찍을 든 채 빤히 바라보았기에 황제는 얼굴이 흙빛이 되어 두려움에 떨 수밖에 없었다. 놀란 신하들이 황제 주위를 둘러싸며 칼을 쥐었다. 이각은 그러한 분위기에 오히려 겁을 먹은 듯했다.

"아하하하. 왜들 그리 놀라는가? 가후, 뭐 재미있는 얘기라도 한 모양이군."

이각은 웃어넘긴 뒤 밖으로 나가버렸다.

이각의 진중에는 무녀들이 여럿 있었다. 그들은 끊임없이 막사 안을 드나들었는데, 무슨 일이 있을 때마다 제단을 쌓아 기도를 올리기도 하고 부적을 태우기도 하고 신이 내린 말씀이라며 요사스러운 말을 이각에게 들려주기도 했다. 이각은 무녀들의 말을 전적으로 믿었다. 그래서 무슨 일에나 바로 무녀를 불렀다. 그리고 신의 말씀을 들었다.

무녀들과 접신한 신이 사악한 신이라도 되는 듯, 이각은 천도도 몰랐으며 인도도 몰랐다. 그는 어지러움을 즐기기라도 하는 듯 곽사와 끊임없이 싸웠으며 병사들을 죽이고 민중들을 괴롭혔다.

어느 날 이각과 동향인 황보력皇甫酈이 진중으로 찾아왔다.

"무익한 싸움은 이쯤에서 그만두시는 것이 어떻겠습니까? 공은 국가의 상장上將으로 작록爵祿이 극에 달해 무엇 하나 부족한 것이 없지 않습니까?"

이각이 비웃으며 반문했다.

"자네는 무엇을 하러 온 것인가?"

황보력도 빙그레 웃으며 대답했다.

"아무래도 장군께 사악한 신이 들린 듯하여 그들을 내쫓으러 왔습니다."

그는 달변가였기에 유창하게 혀를 놀렸다. 사사로운 싸움으로 백성을 괴롭히고 천자를 감금하고 있는 이각의 죄를 깨우치려 했고, 지금 바로 그만두지 않으면 천벌을 받게 될 것이라고 말했다. 갑자기 검을 빼든 이각이 황보력의 얼굴에 들이밀며 고함을 질렀다.

"돌아가라! 입을 더 놀린다면 이 칼의 맛을 보여주마! 천자의 밀지密旨를 받아 내게 화목을 권하러 온 것이렷다? 그리하면 천자에게는 좋을지 모르겠으나, 내 마음에는 들지 않는다. 여봐라, 이 첩자를 내어줄 테니 칼이 잘 드는지 시험해보고 싶은 자 누구 없는가?"

그러자 기도위 양봉楊奉이 나섰다.

"제게 주십시오. 밀지를 받고 온 자라고는 하나 장군이 칙사를 학살했다는 소문이 퍼지면 천하의 제후들이 곽사의 편을 들 것입니다. 그렇게 되면 장군께서는 세상의 동정을 잃으실 것입니다."

"자네 마음대로 하게."

"알겠습니다."

양봉은 황보력을 밖으로 데리고 나가 풀어주었다. 황보력은 황제의 청으로 화목을 권하기 위해 온 것이었으나 일이 실패로 돌아가자 서량으로 향했다. 그러고는 가는 길마다 소문을 퍼뜨렸다.

"대역 죄인 이각은 당장이라도 천자를 살해할지 모를 짐승 같은 놈이다. 그처럼 천리天理를 어기는 짐승은 반드시 비참한 최후를 맞이하게 될 것이다."

황제에게 은밀히 접근했던 가후도 암암리에 세상의 악평을 뒷받침할 만한 일들을 병사들에게 퍼뜨려 이각의 병력을 내부에서부터 약화시켰다.

"모사인 가후마저 저렇게 말할 정도이니 역시 섬길 만한 사람이 못

되는 모양이군."

탈주하여 다른 이의 군대나 고향으로 가는 사람들이 점점 늘어나기 시작했다. 그런 병사들에게는 또 이런 말을 했다.

"자네들의 충절은 천자도 잘 알고 계시네. 때를 기다리게. 곧 은상을 내리실 테니."

가후는 혼자 빙긋이 웃었다. 그리고 한번은 황제에게 가만히 다가가 이렇게 말했다.

"이각의 관직을 대사마로 높여 은상을 내리시기 바랍니다. 이번만 눈을 질끈 감으십시오."

***

이각은 고민에 빠졌다. 날이 밝을 때마다 부대의 병사들이 줄어 들었기 때문이다.

'대체 원인이 무엇이란 말인가?'

아무리 생각해봐도 알 수 없는 일이었다. 마음이 편치 않을 때 뜻밖에도 황제로부터 은상이 내려왔다. 그는 우쭐한 마음으로 언제나처럼 무녀들을 불러 모았다.

"오늘 영광스럽게도 대사마라는 관직을 받았소. 머지않아 경사가 있을 것이라는 당신들의 예언이 맞았소. 기도의 효험이 참으로 신통한 듯하오. 그대들에게도 은상을 나누어주겠소."

그는 각 무녀에게 상을 내리고 요사스러운 제사를 더욱 장려했다.

하지만 장사에게는 아무런 은상도 내리지 않았다. 오히려 탈주자들이 많아졌다며 질책만 했다.

장교 송과宋果가 동료인 양봉을 찾았다.

"이보게, 양봉."

"아, 송과 아닌가? 어디 가는 길인가?"

"다름이 아니라, 잠시 자네와 하고 싶은 이야기가 있네."

"무슨 일인가? 여기라면 아무도 없으니 말해보게. 자네답지 않게 왜 그리 기운이 없는 건가?"

"나뿐만이 아닐세. 내 부하들도 영내의 병사들도 모두 기운이 없다네. 이것이 다 우리의 대장이 장사를 아끼지 않기 때문이라네. 좋지 않은 일은 전부 병사들 탓으로 돌리고, 좋은 일은 전부 무녀들의 영험으로 돌리고 있지 않은가?"

"흠, 옳은 말일세. 그런 대장 밑에 있는 장사들이 불쌍하네. 우리는 죽음을 무릅쓰고, 풀을 먹고 돌 위에서 자며, 어지러운 전장에서 목숨을 걸고 싸우는데, 그 공이 무녀들에게도 미치지 못해서야……."

"양봉, 서로 부하를 거느리고 있는 장교로서 부하들이 가엾지 않은가?"

"하지만 어쩔 수 없는 일 아닌가?"

"실은 그래서 자네와……."

송과는 자신의 일대 결심을 양봉에게 속삭였다. 그것은 바로 반란을 일으키자는 것이었다. 양봉의 생각도 다르지 않았다. 두 사람은 바로 천자를 구해내기로 했다.

그날 밤 이경에 송과가 중군에서 불을 피워 올려 신호를 보내기로 했다. 양봉은 외부에 병사들을 매복시켜놓았다. 그런데 시각이 되어서도 불이 오르지 않았다. 정탐꾼을 보내 알아보니 사전에 이각에게 발각되어 송과는 이미 목이 떨어져나갔다는 것이다.

"낭패로구나."

양봉이 당황하고 있을 때, 이각의 병사들이 양봉의 진영으로 쇄도해 들어왔다. 양봉은 허둥대며 사경까지 항전했으나 큰 타격을 입었다. 그리고 날이 밝자마자 어딘가로 달아나버리고 말았다. 이각 쪽에서는 개선가를 불렀다. 실제로 아군의 커다란 세력을 잃고 개선가를 부른다는 것은 참으로 우스운 일이었다. 하루하루 지날 때마다 이각의 병력은 눈에 띄게 쇠약해졌다.

곽사의 병사들도 거듭되는 전투에 지쳐 있었다. 그러던 어느 날 섬서陝西 지방의 장제가 대군을 이끌고 와서 이각과 화목하라고 강요했다. 거절하면 새로 가세한 장제군에게 공격을 받을 위험이 있다 보니 곽사는 어쩔 수 없이 이각과 화해할 수밖에 없었다.

"앞으로는 서로 협력하여 정사를 바로잡도록 하세."

인질로 잡혀 있던 백관들이 해방되자 황제는 비로소 찌푸렸던 눈썹을 펼 수 있었다. 황제는 장제의 공을 인정하여 그를 표기장군에 임명했다.

"장안은 황폐해졌습니다. 홍농弘農(섬서성 서안 부근)으로 옮기시는 것이 어떻겠습니까?"

장제의 권유에 황제의 마음도 움직였다. 황제는 옛 도읍인 낙양을 그리워하고 있었다. 춘하추동 낙양 땅에는 매력이 많았다. 그런 옛 도읍과 홍농은 가까운 땅이었다. 황제는 곧 마음을 정했다.

때는 마침 한창 무르익은 가을이었다. 황제와 황후를 실은 어가는 기다란 창을 든 어림군의 호위를 받으며 폐허가 된 장안에서 빠져나와 황망한 산야의 하늘 밑을 지났다. 가도 가도 끝이 보이지 않는 황야뿐이었다. 어가의 발은 깨지고, 시도 없고, 웃음소리도 없었다. 있는 것이라고는 그저 참담한 마음뿐이었다. 가을비에 색이 바랜 황제의 어의에는 이가 들끓었다. 황후의 머리에는 기름기도 흐르지 않았으며, 눈물로 야윈 얼굴을 가릴 화장기조차 없었다.

"여기는 어디인가?"

뼈에 스미는 바람을 그대로 맞으며 황제가 물었다. 땅거미가 내려앉기 시작한 들판에 한 줄기 하얀 강물이 굽이쳐 흐르고 있었다.

"패릉교覇陵橋 부근입니다."

이각이 대답했다. 잠시 뒤 그 다리 위로 어가가 접어들었다. 순간 한 무리의 병마가 앞길을 가로막으며 물었다.

"수레에 있는 자는 누구냐?"

"한나라 천자를 홍농으로 환행시키기 위한 어가이다. 불경하구나!"

시중랑 양기가 말을 앞으로 몰고 나가 꾸짖듯 말했다. 그러자 대장인 듯한 두 사람이 위의에 눌려 급히 말에서 내려왔다.

"저희는 곽사의 지시로 이 다리를 지키며 비상시를 대비하던 자들입니다. 정말 폐하시라면 보내드리겠습니다. 배알을 청합니다."

양기가 어가의 발을 들어 올려 보였다. 황제의 모습이 얼핏 보이자

다리를 굳게 지키던 병사들이 황급히 만세를 불렀다.

어가가 지나가고 난 뒤에 곽사가 달려왔다. 그리고 두 장수를 불러들여 다짜고짜 질책을 했다.

"너희는 무엇을 하고 있었던 것이냐? 어째서 어가를 지나게 했느냐?"

"다리를 굳게 지키라는 명령은 받았지만 황제의 옥체를 빼앗으라는 명령은 받지 못했습니다."

"닥쳐라! 내가 장제의 말에 따라 잠시 군대를 물린 것은 장제를 속이기 위함이었지 진심으로 이각과 화목한 것이 아니었다. 내 부하로 있으면서 어찌 그 정도의 일도 짐작하지 못한단 말이냐?"

곽사는 두 장수를 바로 포박한 뒤 목을 베었다. 그리고 황제를 뒤쫓으라고 외치며 병사들을 이끌고 달려나갔다.

이튿날 어가가 화음현華陰縣을 지날 무렵 뒤쪽에서 함성이 들려왔다. 곽사의 병마가 누런 먼지를 일으키며 미친 듯이 달려오고 있었다. 황제는 긴 한숨을 내쉬었으며, 황후는 겁을 먹고 황제의 무릎에 매달려 흐느꼈다. 어가의 앞뒤를 호위하는 어림군은 그 수가 극히 적었다. 게다가 이각에게서도 장안에서 날뛰던 때의 모습은 찾아볼 수가 없었다.

"곽사다. 어찌하면 좋겠느냐?"

"아! 벌써 코앞까지 왔구나."

궁인들은 황급히 달아나거나 수레 뒤로 숨으며 그저 우왕좌왕할 뿐이었다. 그때 또 한 무리의 군마가 땅속에서 솟아오른 것처럼 건너편 숲과 산 밑에서 북을 울리며 쏟아져 나왔다. 뜻밖의 상황이었다. 황제

를 호위하던 사람들에게도 황제의 어가를 쫓아온 곽사에게도 그것은
참으로 뜻밖이었다. 그런데 새카맣게 몰려오는 병사들 위에 '대한 양
봉大漢楊奉'이라 적힌 깃발이 펄럭이고 있었다.

"앗, 양봉이?"

그 깃발을 보고 모두 입을 다물지 못했다. 얼마 전 이각에게 반기를
들었다가 장안에서 모습을 감춘 양봉을 모르는 사람이 없었다. 그는
한동안 종남산終南山에 숨어 있었는데, 천자가 이곳을 지난다는 사실
을 알고 성난 빗줄기가 산을 내려오듯 급히 수하 천여 기를 몰아 들판
을 달려온 것이었다.

*　*　*

양봉의 부하 중에 서황徐晃, 자를 공명公明이라 하는 용사가 있었다.
그는 갈색 준마에 올라 커다란 도끼를 휘두르며 곽사의 부대로 뛰어들
었다. 그와 맞서는 사람은 대부분 핏줄기를 뿜어 올렸으며 몸의 형태
가 온전히 남지 않았다.

곽사의 부대를 흩어버린 양봉이 그 여세를 몰아 다시 서황에게 명령
했다.

"어가를 끌고 도망치려는 도적들을 한 놈도 남김없이 황제 곁에서
소탕하라!"

"알겠습니다."

서황이 피로 물든 도끼를 휘두르며 갈색 말을 몰고 나갔다. 어가를

방패 삼아 숨어 있던 이각과 그 부하들은 싸울 엄두도 내지 못하고 달아나버렸다. 하지만 궁인들은 황제를 버리고 달아날 수도 없었기에 일제히 땅에 앉아 양봉의 처치만을 기다렸다. 양봉이 마침내 창을 거두고 병사를 정렬시킨 뒤 어가에 대고 절을 하게 했다. 그리고 그 자신은 투구를 손에 들고 황제가 탄 수레 밑에 꿇어앉아 머리를 숙였다. 황제는 너무 기쁜 나머지 수레에서 내려 양봉의 손을 잡았다.

"위험에서 구해준 공을 짐의 폐부에 새겨 오래도록 잊지 않을 것이오."

그리고 뒤이어 물었다.

"조금 전에 도끼를 휘두르며 용맹을 떨치던 용사는 누구인가?"

"하동 양군楊郡 사람으로 서황, 자를 공명이라 하는 자인데 신의 부하입니다."

양봉은 황제에게 아뢰고는 서황에게도 영광을 나누어주었다.

그날 밤, 황제의 어가는 화음의 영집寧輯이라는 마을에 있는 양봉의 진영으로 들어갔으며 그곳에서 하룻밤을 묵었다.

이튿날 아침, 떠날 채비를 하는데 적이 나타났다는 소리가 들려왔다. 새벽녘을 노리고 어제의 적들이 역습을 감행한 것이었다. 그것도 어제보다 몇 배나 더 많은 병사들을 이끌고 왔다.

양봉에게 쫓겨난 이각과 격파당한 곽사가 서로의 아픔을 어루만지며 하나가 되었다.

"우선은 서로 단결하여 눈엣가시인 양봉을 제거하는 것이 어떻겠나? 그렇게 하지 않으면 우리 둘 다 쓴맛을 보게 될 것일세."

그들은 갑자기 화친하고 근처의 무뢰한과 산적까지 모아 단번에 양봉의 진영을 포위했다.

서황은 어제와 다를 바 없이 분전했지만 아군의 수가 워낙 적은 데다 황제의 어가와 궁인들이 걸림돌이 되어 점점 위기에 빠져들고 말았다. 때마침 다행스럽게도 황제의 총비寵妃의 아버지인 동승董承이라는 노장이 병사들을 이끌고 어가를 지키기 위해 와주었다. 황제는 호랑이 굴에서 벗어나 한발 앞서 달아날 수 있었다.

"어가를 놓쳐서는 안 된다."

"황제를 넘겨라!"

곽사와 이각의 부하들이 어가를 뒤쫓았다. 양봉은 그 적들이 잡군이라는 것을 알고 황제와 신하들에게 권유했다.

"주옥과 재물을 전부 길에 버리십시오."

황후에게는 옥으로 만든 관과 노리개를, 황제에게는 가지고 있는 책까지 아낌없이 버리게 했다. 궁인과 무장들 역시 옷을 벗고 금 허리띠를 풀었으며, 목숨과는 맞바꿀 수 없다는 듯 가지고 있던 물건들을 땅에 버리고 달아났다.

"여기에 옥이 떨어져 있는데."

"비녀도 있어."

"비단옷까지 있는데."

따라오던 병사들은 굶주린 승냥이처럼 땅 위의 재물을 줍기에 바빴다.

"이놈들, 어서 앞으로 나아가지 못할까! 황제의 어가를 쫓아라. 그런

것을 주워 어쩌겠다는 것이냐?"

이각과 곽사가 말에 탄 채 소리를 질렀으나 비단과 옥에 들러붙은 구더기 떼들은 그곳을 떠나려 하지 않았다. 그들에게는 어가의 바큇자국을 쫓는 것보다 눈앞에 떨어진 재물을 줍는 것이 훨씬 더 중요했다.

***

섬서의 북부에는 아직 미개한 묘족이 살고 있었다. 인문人文과는 거리가 먼 벽지임은 말할 필요도 없었다. 목적을 위해 손을 잡은 곽사와 이각의 연합 세력이 집요하게 추격해오자 황제의 어가는 길을 바꿔 그곳까지 도망을 올 수밖에 없었다.

"이렇게 된 이상 어쩔 수가 없습니다. 백파수白波帥 일당에게 성지를 내리시어 불러들이십시오. 그들로 하여금 곽사, 이각의 무리들을 쫓아내게 하는 것이 남아 있는 유일한 계책일 듯하옵니다."

신하들이 황제에게 말했다. 황제는 백파수가 어떤 무리인지 알지도 못했다. 신하들의 말에 따라 칙서를 내릴 뿐이었다.

아무리 난세라고는 하지만 백파수의 두목은 뜻밖의 칙서를 받고는 놀라지 않을 수 없었다. 그들은 태고의 산림에서 나그네나 양민들의 고기를 먹고 피를 마시며 살아가는 녹림綠林의 무리, 이른바 산적질을 업으로 삼고 있었다.

"어떻게 생각해? 한번 나가볼까?"

"천자의 칙서가 맞는 거야? 우리를 불러들이다니……."

"거짓은 아닐 거야. 폐허가 된 장안에서 나와 길을 잃고 헤맨다는 소문이 종종 들려왔으니까."

"일당을 이끌고 나오면 일망타진하겠다는 함정이 아닐까?"

"저쪽에 그럴 만한 병력이나 있겠어? 우리라고 언제까지 호랑이나 이리처럼 살아가라는 법은 없잖아. 바로 지금이 단번에 출세할 수 있는 좋은 기회야. 부하들을 이끌고 나가보자고."

이락李樂, 한섬韓暹, 호재胡才 세 두목은 산속의 승냥이와 이리 같은 자 천여 명을 규합하여 이끌고 나갔다.

"우리는 오늘부터 관군이다. 행실을 바로 하지 않으면 안 된다."

그들이 합세한 후 병사의 수가 늘어났다. 어가는 다시 홍농을 향해 서둘러 나아갔다.

그런데 얼마 후 다시 곽사와 이각의 연합 세력과 맞부딪치게 되었다. 그들의 군에도 비적과 산적이 섞여 있었다. 맹수와 맹수가 서로를 물어뜯었다. 하늘의 해마저 검게 물들어 보일 만큼 처참한 광경이었다.

"적병들 대부분이 녹림의 무리들이로군."

그 사실을 깨달은 곽사는 얼마 전 자신의 병사들이 황제와 그 신하들이 버린 재물에 정신이 팔렸던 일을 떠올렸다. 그는 그때 병사들에게서 몰수했던 재물과 금은을 전장에 흩뿌리기 시작했다. 과연 예상대로 이락의 부하들은 싸움을 멈추고 그것을 줍기에 바빴다. 결국 어렵게 얻은 관군은 아무런 도움이 되지 않았고 호재는 목숨을 잃었으며 이락은 어가를 따라 간신히 도망을 쳤다.

어가는 정신없이 달려 황하 강변에 도착했다. 이락이 절벽 아래로 내려가 간신히 배 한 척을 구했으나 절벽이 깎아지른 듯 험했다. 황제는 밑을 내려다보고 절망에 빠졌으며 황후는 흐느껴 울기만 했다. 양봉, 양표 등의 신하들도 어찌해야 좋을지 몰랐으나 적은 이미 코앞까지 닥쳐온 듯했으며 앞뒤에 보이는 아군은 극히 적은 숫자에 불과했다.

황후의 오빠인 복덕伏德이 수십 필의 비단을 수레에서 내려 천자와 황후의 몸을 감싼 뒤 절벽 위에서 밧줄로 그들을 내려보냈다. 그렇게 해서 황제와 황후, 그리고 겨우 10여 명이 간신히 배에 올랐다. 그 외의 병사들과 뒤처져 따라온 궁인들이 황하로 뛰어든 뒤 뱃전으로 손을 뻗어 매달렸으나 이락이 칼을 뽑아 그들의 손가락과 팔목을 마구 베었다.

"안 된다, 물러나라! 너희가 타면 우리까지 목숨을 잃는다."

그러자 배에 부딪치는 물결도 붉은빛이 되었다.

황제와 함께 갔던 궁인들 대부분이 배에 오르지 못해 목숨을 잃었다. 또 뱃전에 매달린 사람들은 내쳐져 황하의 물고기 밥이 되어버렸다.

황제가 하염없이 눈물을 흘리며 외쳤다.

"아아, 슬프구나. 짐이 다시 조묘에 오르는 날에는 반드시 너희의 영을 제사하겠다."

너무도 처참한 모습에 황후는 낯빛을 잃고 말았다. 배가 앞으로 나아갈 때마다 풍랑이 거세졌기에 더욱 겁을 먹을 수밖에 없었다.

간신히 강을 건넜을 때는 황제의 옷도 흠뻑 젖어 있었다. 황후는 뱃멀미 때문에 몸을 움직이지도 못했다. 복덕이 황후를 등에 업고 터벅터벅 걸었다. 차가운 가을바람이 갈대숲을 흔들었다. 흐린 날이었기에 옷이 쉽게 마르지 않아 사람들의 입술이 자줏빛으로 변했다. 게다가 어가를 버렸기 때문에 황제도 맨발로 걸을 수밖에 없었다. 평소 많이 걸어본 적이 없는 황제는 곧 발의 살갗이 갈라지고 피가 배어나와 보기에도 안쓰러운 모습이었다.

"조금만 더 참으십시오. 곧 마을이 나올 것입니다."

양봉이 부축하여 황제를 격려하며 가고 있는데, 이락이 평소 쓰던 저속한 말로 그들을 재촉했다.

"앗, 큰일이다! 건너편의 적들도 어선을 구해 강을 건너오고 있다. 꼼지락거리다가는 놈들에게 잡히고 말겠어."

양봉이 황제 곁에서 떨어져 앞으로 달려나가며 외쳤다.

"저쪽에 민가가 하나 보입니다. 여기서 잠시 기다리십시오."

잠시 뒤 그는 앞쪽의 농가에서 소달구지 한 대를 끌고 왔다. 원래는 농사에 쓰는 거친 수레였으나 멍석을 깔아 황제와 황후의 자리를 마련하고, 양봉 자신이 고삐를 쥐었다.

"자, 서둘러야 한다."

이락이 가느다란 대나무를 주워 소의 엉덩이를 쉴 새 없이 때렸다. 달구지 안은 마치 파도 속에 있는 것처럼 심하게 흔들렸다.

등불이 들어올 무렵 간신히 대양大陽이라는 마을에 도착했고 농가의 오두막을 빌려 천자의 숙소로 삼았다.

"귀인이 우리 마을에서 묵는다."

마을 사람들은 서로 속삭였으나 그 귀인이 설마 한나라의 천자일 것이라고는 꿈에도 생각하지 못했다.

한 노인이 조밥을 지어 천자의 숙소를 찾았다.

"귀인께 드리십시오."

양봉이 대신 받아 황제와 황후에게 바쳤다. 황제와 황후는 배가 고프고 목이 말랐기에 곧 입에 떠 넣었으나 제대로 삼키지를 못했다.

날이 밝자 어지러운 싸움 가운데 헤어졌던 태위 양표와 태복太僕 한융韓融이 약간의 병사들을 데리고 찾아왔다.

"아, 여기에 계셨군요."

"그렇다면 어제 우리의 뒤를 따라 어선을 빌려 황하를 건넌 사람이 귀공이었단 말이오?"

양봉을 비롯하여 따르던 사람들 모두 기뻐했다. 특히 이러한 때 한 사람의 아군이라도 보태지는 게 마음 든든했기에 황제는 다시 눈물을 흘리며 말했다.

"무사히 잘도 오셨소."

하지만 그곳은 언제까지고 머물러 있을 만한 곳이 되지 못했다. 무리들은 조금이라도 더 앞으로 나아가야 한다며 소달구지 위의 멍석에 다시 황제와 황후를 싣고 마을을 떠났다. 길을 가는 도중에 태복 한융이 사람들에게 말했다.

"성공할지 어떨지는 모르겠으나 곽사와 이각은 저를 믿고 있습니다. 그 인연에 의지하여 지금부터 뒤로 돌아가 그들에게 군대를 물리라고 목숨을 걸고 권고해보겠습니다. 그들도 마냥 싫다고만은 하지 않을 것입니다."

그는 혼자서 오던 길로 되돌아갔다.

유민과 다를 바 없는 황제의 떠돌이 생활은 며칠이고 계속되었다. 하나둘 뒤를 따라와 합세하는 아군도 있었으나 그것은 대부분이 야비하고 거친 이락의 부하들뿐이었다. 그러자 이락은 일행 중에 2백여 명의 부하를 거느리게 되었고 누구보다도 허세를 부렸다.

태위 양표가 황제에게 권했다.

"우선은 안읍현安邑縣(산서성 함곡관의 서쪽)에 임시로 황거皇居를 마련하여 잠시 옥체를 보전하시는 것이 어떻겠습니까?"

"경의 뜻대로 하게."

황제는 이미 포기한 듯했다.

"알겠습니다."

양표는 소달구지를 안읍으로 서둘러 가게 했다. 그렇지만 거기에도 임시 황거에 어울릴 만한 집은 없었다. 일단 잠시 머물 곳으로 찾아낸 곳은 흙담도 문도 없고 잡초들만 무성한 기울어진 오두막이었다.

"이곳이야말로 지금의 짐이 살기에 적당한 곳이오. 보시오, 사방에 가시나무뿐이오. 가시나무 감옥이오."

황제가 황후에게 말했다.

그 어떤 폐가라 할지라도 황제가 머물면 그곳이 곧 궁궐이요 금문이었다. 녹림의 두목인 이락은 황제를 호위하게 된 뒤부터 정북장군征北將軍이라는 어엿한 관직을 받았는데, 장안이나 낙양의 궁성을 알지 못했기에 그곳을 꽤 안락한 곳으로 생각했다. 그의 거만함은 점점 심해졌고, 측신들의 상주도 기다리지 않고 성큼성큼 옥좌 앞으로 다가가곤 했다. 하루는 황제 앞으로 가 강제로 청을 했다.

“폐하, 제 부하들도 저렇게 폐하를 위해 고생을 하고 있으니 관직을 내려줍쇼. 어사나 교위나 그런 관직 말입니다.”

너무도 한심스러운 그의 모습에 신하들이 가로막자, 이락은 자신의 본성을 더욱 드러내며 조관朝官들의 뺨을 때려 쓰러뜨렸다.

“네놈들은 닥치고 있어라!”

이 정도는 그나마 얌전한 편이었으며 아주 기분이 좋지 않은 날에는 황제의 측신들을 발로 걷어차기도 하고 귀를 잡아 밖에 내동댕이치기도 했다. 황제도 그 사실을 잘 알고 있었기에 무슨 일이든 이락이 하자는 대로 고개를 끄덕였다. 그런데 관직을 내리려면 옥새가 있어야만 했다. 필묵과 종이는 구할 수 있었으나 옥새는 가지고 있지 않았다. 그래서 잠시 기다리라 말했으나 이락은 그런 절차를 인정하려 하지 않았다. 옥새는 황제의 도장이니까 지금 그곳에서 다시 파면 된다고 억지를 부렸다.

“가시나무를 베어오너라.”

조각할 칼도 없었기에 송곳으로 도장을 파야 했다.

이락은 기세등등했다. 그는 부하들이 모여 있는 곳으로 가 자랑스러운 얼굴로 일의 앞뒤를 설명했다.

“네게는 어사 자리를 주겠다. 너는 교위라는 자리에 앉게 해주지. 나를 위해 더욱 충성하도록 해라. 오늘은 크게 축하를 하자. 뭐? 술이 없다고? 마을로 가서 구해오도록 해. 마룻바닥을 뜯어보면 한두 병쯤은 나오는 법이니.”

그의 추태와 난폭함은 차마 눈 뜨고 볼 수 없을 정도였다. 그러한 때

하동태수 왕읍王邑이 약간의 음식과 옷을 보내왔다. 황제와 황후는 그 것으로 굶주림과 추위를 간신히 면했다.

앞서 황제 일행과 헤어져 이각과 곽사를 만나러 되돌아갔던 태복 한 융이 수많은 관인과 아군 병사를 데리고 돌아왔다. 그는 바로 황제에 게 절하고 아뢰었다.

"이제 안심하십시오. 그들도 제 권고를 받아들여 병사들을 물리고 포로로 잡았던 많은 사람들을 놓아주었습니다."

짐승 같은 두 장군이 한마디 권고에 마음을 바꾼 것을 사람들 모두 이상하게 여겼다. 그런데 한융으로부터 자세한 이야기를 들어보니, 그 들은 양심에 따라 행동한 것이 아니라 기근의 영향 때문에 어쩔 수 없 이 전쟁을 그만둔 것이었다.

가을에서 겨울로 접어들자 그해의 대기근이 백성들의 생활에 심각 한 영향을 주기 시작했다. 백성들은 대추를 따 먹기도 하고 풀을 삶아 국물을 마시기도 했다. 어느덧 풀까지 말라버리자 마른풀의 뿌리나 흙 을 먹는 날도 있었다.

오두막 안의 궁정도 궁인들이 약간 늘긴 했으나, 당장 조관들이 먹 을 음식이 다 떨어진 상태였다.

"낙양으로 돌아가자."

황제가 안타까워하며 되풀이해 말했다. 그러면 언제나 이락이 나서 서 반대했다.

"이 기근에 낙양으로 가봐야 달라질 건 없습니다."

하지만 신하들의 뜻은 달랐다.

"이처럼 좁은 곳에 성가聖駕를 오래 머물게 할 수는 없습니다. 낙양은 예로부터 천자께서 건업建業하신 땅이기도 하니 옮기는 것이 좋겠습니다."

모두가 환행을 바랐다. 그런데 이락 혼자 자꾸 고집을 피웠기에 끝내 결정을 내릴 수가 없었다. 이에 어느 날 밤, 이락이 부하들을 데리고 마을로 술과 여자를 탐하러 간 사이 조신과 장군들이 계획했던 대로 급히 어가를 꺼내 낙양으로 돌아가자며 움직이기 시작했다. 양봉, 양표, 동승 등이 어가를 호위하며 서둘러 어둠 속을 지났다.

그렇게 험한 길을 며칠 동안 밤낮으로 달려 드디어 기관箕關(하남성 하남 부근)이라는 곳에 이르렀다. 그날 밤 사경 무렵, 사방의 어두운 산 속에서 횃불이 반짝이며 다가오더니 곧 함성이 들렸다.

"이각과 곽사가 여기에서 기다리고 있었구나."

"아닙니다. 이각과 곽사가 왜 이런 곳에 나타나겠습니까? 이락이 그들의 이름을 빌려 습격하려는 것이 틀림없습니다. 서황, 서황은 어디 있느냐?"

양봉이 놀란 황제를 달래며 서황을 불렀다.

"여기에 있습니다."

서황이 어가 뒤쪽에서 대답했다. 양봉이 명령했다.

"자네에게 후미를 맡기겠네. 오늘은 그간 참아왔던 것을 전부 폭발시켜도 좋네."

"네! 어서 길을 서두르십시오."

서황은 기쁜 목소리로 대답하며 급히 어가를 떠나보냈다. 그리고 서황은 그곳에 남아 있다가 이락이 쫓아오자 그를 막아서며 외쳤다.

"짐승 같은 놈, 멈춰라! 여기는 낙양으로 들어가는 문이다. 짐승 따위가 지날 수 있는 길이 아니다."

"뭐? 우리보고 짐승이라고? 이 애송이가!"

이락이 소리치며 달려오자 서황은 슬쩍 몸을 피했다. 그리고 번개 같은 일격을 가했다.

"오늘까지 잘도 큰소리를 쳤겠다!"

서황은 평소 참고 있던 분노를 한꺼번에 폭발시켰다. 그는 이내 커다란 칼로 이락의 몸을 두 동강 냈다.

25
화성과 금성

다시 낙양으로 돌아온 천자 앞에 펼쳐진 것은 황폐한 벌판뿐, 이각과
곽사가 군대를 이끌고 온다는 소리에 천자는 조조에게 의지하기로 하고

황제는 수차례 호랑이 굴에서 벗어나고 온갖 수난을 극복한 끝에 드
디어 옛 도읍지인 낙양으로 들어갔다.

"아아, 이것이 낙양이란 말인가?"

황제는 망연자실하여 그 자리에 멈춰 서고 말았다.

"이렇게까지 변할 수 있다니……."

황제를 따르던 백관들도 눈물을 흘리며 말했다.

천만 호에 이르던 낙양의 민가, 화려함의 극치를 이루던 성루와 궁
문은 흔적도 찾아볼 수 없었다. 눈에 보이는 곳 모두가 풀에 뒤덮여 망

망한 들판을 이루고 있었다. 돌이 보이면 누각이 있었던 흔적이고, 물이 있으면 아름다운 다리와 정자와 옥지玉池가 있던 곳이었다. 관아와 민가 모두 불타고 남은 돌과 목재가 풀에 덮여 있을 뿐이었다. 가을도 깊어 이미 겨울에 가까운 이 쓸쓸한 폐허에서는 닭이나 개의 울음소리조차 들려오지 않았다. 그래도 황제는 반갑다는 듯 옛 궁궐을 떠올리며 한나절이나 그 터를 돌아다녔다.

"여기는 온덕전이 있던 곳 아닌가? 이 부근이로구나, 상금문商金門이 있던 곳……."

그러자 황제의 가슴속에 동탁이 이 도읍을 버리고 장안으로 천도를 강행하던 때의 난폭하고 끔찍했던 병란의 불꽃이 회한처럼 피어올랐다. 하지만 그 동탁도, 당시의 간신들도 지금은 대부분이 다른 땅에서 백골이 되어 있었다. 게다가 동탁의 신하였던 곽사와 이각이 한나라의 암적 존재가 되어 여전히 황제를 괴롭히고 있었다. 생각해보면 한황실과 동탁은 참으로 깊은 악연이었다.

"사람들은 살고 있지 않단 말이냐?"

너무도 황량한 모습에 황제가 신하들을 돌아보며 물었다.

"예전의 성문 근처에 누추한 오두막이 몇백 호쯤 있는 듯합니다. 그것도 해마다 거듭된 기근과 전염병 때문에 근근이 살아가고 있는 백성들뿐인 듯합니다."

신하 하나가 대답했다.

그 후 공경들은 호적 대장을 만들어 주민들의 숫자를 파악하고 동시에 연호도 건안建安 원년(196년)으로 고쳤다.

무엇보다 황제가 머물 곳을 마련하는 것이 가장 급했으나 토목을 일으키려 해도 사람이 없었다. 또한 조정에는 재산도 없었다. 하는 수 없이 비나 이슬을 피하며 간신히 정사를 볼 수 있을 정도의 초라한 궁궐을 임시로 세워야 했다. 그런데 황제의 수라상을 차릴 곡물은커녕 백관들이 먹을 음식도 없었다.

관직이 상서랑尙書郎 이하인 사람들은 모두 맨발로 다녔고, 폐허가 된 정원에서 기와를 파내 밭을 일구었으며, 나무껍질로 떡을 만들었고, 풀뿌리를 삶아 국물을 먹으며 하루하루의 생계를 위해 일했다. 또 그 이상의 관직을 가진 사람이라 할지라도 어차피 조묘의 정무라 할 만한 것이 당장 아무것도 없었기에 시간이 날 때마다 산으로 가 나무열매를 따고, 새둥지를 뒤져 알을 빼고, 장작과 마른풀을 구해다 간신히 황제의 수라상을 차렸다.

"참으로 비참한 세상입니다. 그러나 언제까지 이렇게 있기만 해서는 충신이 저절로 나타나고 만 호가 다시 늘어서서 낙양의 옛 모습이 되살아나는 일은 없을 것이옵니다. 대책을 강구하지 않으면 안 됩니다."

어느 날 태위 양표가 황제에게 은근히 권했다. 황제 역시 좋은 방책을 찾고 있던 중이었다.

"어찌하면 좋겠느냐?"

그러자 양표는 한 가지 방책이 있다며 의견을 밝혔다.

"지금 산동의 조조는 자신의 휘하로 뛰어난 장수와 모사를 불러 모으고 있으며, 병사가 수십만에 이른다고 합니다. 단지 그에게 지금 없는 것은 그 기치 위에 내걸 대의명분뿐입니다. 만약 폐하께서 칙서를 내리시어 사직을 지키라고 명령하신다면 조조는 당장에 달려올 것입니다."

황제는 양표의 의견을 받아들였다. 이에 사자가 서둘러 낙양을 떠나 산동으로 내려갔다.

산동 땅은 먼 곳이었으나 황제가 낙양으로 환행했다는 소식이 벌써 퍼져 있었다. 황하의 물이 하루에 천 리를 흘러가듯 날이 밝을 때마다 뱃사람들이 새로운 소문을 각 지방으로 전하고 다녔다.

"눈에 보이지는 않으나 크게 움직이고 있어. 시시각각으로 멈추지 않고 움직이고 있는 천체와 지상. 아…… 유구하구나, 위대한 운행이여. 그 사이에서 태어나 가치 있는 생명을 붙잡지 못한다면 어찌 대장부라 할 수 있겠는가! 나도 저 별들 중 하나의 별인데."

조조는 하늘을 올려다보고 있었다. 산동은 아직 늦가을이었다. 성루 위의 밤하늘에 은하수가 흘러 아름다웠다. 그도 이제는 예전의 강개가 넘치던 일개 백면 청년이 아니었다. 산동 일대를 평정한 뒤 일약 건덕 장군에 봉해졌고, 비정후라는 작위를 받았다. 기르고 있는 병사가 20만이었고, 휘하에 머물고 있는 모사와 용장의 수도 이제는 그의 큰 뜻을 이루기에 부족함이 없었다.

"지금부터다!"

그는 스스로에게 말했다.

"조조가 조조의 생명을 참으로 붙잡는 것은 지금부터다. 나는 이 땅에서 다시 태어났다. 똑똑히 보여주마, 지금부터다."

그는 지금의 조그만 영화와 작위에 만족할 만한 사람이 아니었다.

그 병사들도 지금의 상태를 무사히 지키기 위한 일개 파수병이 아니었다. 어디까지나 진군을 목표로 하는 병사들이었다. 그 성은 지금의 행복을 누리기 위한 일락의 침상이 아니었다. 전진, 또 전진을 위한 발판이었다. 그의 포부는 헤아릴 수 없을 정도로 컸다. 그의 꿈은 다분히 시적인 환상과 같았다. 하지만 시인의 뜻처럼 유약하지는 않았다.

"장군, 여기에 계셨습니까? 연석에서 모습이 보이지 않아 모두 걱정하고 있습니다."

"그래, 하후돈. 오늘 밤에는 유난히 술이 올라 잠시 술을 깨려고 혼자 나와 있었다네."

"흥겨운 연회에 어울리는 밤입니다."

"지금의 환락도 내게는 만족스럽지 못해."

"하나, 모두 만족하고 있습니다."

"그릇이 작은 사람들이로구나."

그때 조조의 동생인 조인이 긴장한 눈빛으로 다가왔다.

"형님."

"무슨 일이냐, 그렇게 다급히."

"지금 막 현성縣城에서 파발마가 달려왔습니다. 낙양에서 천자의 칙사가 오고 있다고 합니다."

"내게?"

"그렇습니다. 황하에서 뭍에 올랐고 오늘 밤이면 영내로 들어올 것이라 합니다."

"마침내 왔구나, 마침내 왔어."

"네? 형님은 이미 알고 계셨단 말씀입니까?"

"알고 자시고 할 것도 없다. 와야 할 것이 드디어 온 것이다."

"무슨 말씀이신지……."

"마침 오늘 밤에 모두 연회에 참석했겠다?"

"네."

"논의할 일이 있으니, 모두 입을 헹구고 손을 깨끗이 씻어 술기운을 없앤 뒤 각閣으로 모이라고 해라. 나도 곧 그곳으로 가겠다."

"네."

조인이 급히 달려나갔다.

누각에서 내려온 조조는 차가운 물로 입을 씻고 의복을 갈아입은 뒤 회랑을 성큼성큼 걸어갔다. 각의 넓은 방에는 이미 모든 부하들이 모여 있었다. 조금 전까지 술자리에서 흥겹게 떠들어댔던 장군들도 자세를 바로 하고 형형한 눈빛으로 대장 조조를 맞이했다.

"순욱."

조조가 입을 열었다.

"어제 내게 했던 말을 이 자리에서 다시 그대로 말해보시오. 칙사가 이미 산동을 향해 오고 있소. 이 조조의 마음은 정해졌으니 우선 순욱을 통해 대의를 분명히 밝히겠소. 순욱, 일어서시오."

"네."

순욱이 자리에서 일어났다.

"지금 천자를 돕는 자는 영웅의 대덕大德을 가진 자이며, 동시에 천하의 인심을 얻을 수 있는 큰 기회입니다."

순욱은 유창한 말로 논리정연하게 설명하기 시작했다.

* * *

척사가 산동에 간 지 1개월쯤 뒤의 일이었다.

"큰일입니다."

낙양의 조신들이 바람에 흔들리는 낙엽처럼 부들부들 떨며 새파랗게 질린 얼굴로 임시 궁궐의 궁문을 드나들었다. 한 사람, 또 한 사람, 급히 말을 달려온 병사들이 쉴 새 없이 궁문에 당도했다. 그들은 하나같이 말에서 뛰어내리자마자 굴러 들어가듯 안쪽으로 모습을 감추었다.

"동승, 이를 어찌하면 좋단 말이오?"

지난여름부터 가을까지의 끔찍한 일들이 되살아난 듯, 황제의 얼굴에 깊은 근심이 드러났다. 이각과 곽사가 다시 대군을 정비하여 낙양으로 공격해 들어오고 있다는 급보가 전해진 것이었다.

"조조에게 보낸 사자가 아직 돌아오지 않았으니, 짐은 어디에 몸을 숨겨야 한단 말이오?"

황제가 급히 신하들에게 물으며 눈빛으로 자신의 저주받은 운명을 한탄했다.

동승이 머리를 숙이며 아뢰었다.

"어쩔 수 없습니다. 일이 이리 되었으니 이곳을 버리고 조조가 있는 쪽으로 옮기시는 것이 상책인 듯하옵니다."

그러자 양봉과 한섬이 말했다.

"조조가 믿음직스럽기는 하나, 아직은 그 속내를 알 수 없소. 그에게도 어떤 야심이 있을지 알 수 없는 일 아니오. 그보다는 신이 전 병력을 긁어모아 도적들을 막아보겠소."

"말씀은 장하십니다만, 문도 없고 성벽도 없으며 병사도 얼마 되지 않는데 어찌 저들을 막을 수 있겠소?"

"너무 업신여기지 마십시오, 저희도 무인입니다."

"아니, 만일 패한다면 손을 쓸 수가 없게 되오. 천자를 어디로 옮길 수 있단 말이오? 도적들에게 패해 파멸을 맞이한다면 그때는 우리로서도……."

그때 밖에서 두어 사람이 성을 내며 소리를 질렀다.

"무슨 쓸데없는 논의를 그리 길게 하고 계십니까? 이젠 그럴 시간이 없습니다. 적의 선봉이 벌써 흙먼지를 일으키고 북을 울리며 이곳으로 달려오고 있지 않습니까?"

놀란 황제가 자리에서 일어났다. 황제는 황후의 손을 잡고 뒤뜰로 가서 어가에 올랐다. 호위하는 사람들, 문무백관, 따르는 사람, 남는 사람 모두 금세 혼란에 빠졌다. 어가는 남쪽을 향해 내달리기 시작했다.

길가에는 굶주린 백성들이 수없이 쓰러져 있었다. 어린아이들과 노인들은 마른풀의 뿌리를 파헤치며 아귀처럼 겨울 벌레를 잡아 질경질경 씹어댔다. 배가 부풀어 오른 아이가 있는가 하면, 흙을 핥으며 흐릿한 눈으로 하늘을 멍하니 올려다보는 아이도 있었다.

달리는 말과 황제의 어가와 아무것도 신지 않은 공경들과 창을 든 장병들과 격류처럼 흐르는 한 줄기 모래바람이 고함 소리에 휩싸여 지나갔다.

"저건 뭐지?"

"무슨 일일까?"

무지하고 굶주린 백성들의 눈에는 슬퍼해야 할 참상도 특별한 이변으로 보이지 않았다. 번뜩이는 창을 보아도, 사나운 말의 울부짖음을 들어도 그들의 눈과 귀는 조금도 놀라지 않았다. 공포라는 감정마저 상실한 상태였다.

한편 이각과 곽사의 대군은 황제의 어가를 쫓아 땅을 새카맣게 뒤덮으며 달리고 있었다. 그들이 나타나자 어디로 숨은 것인지 굶주린 백성들의 모습도, 심지어는 새 한 마리조차 보이지 않았다.

황제의 어가는 흙먼지와 비명에 휩싸인 채 힘겹게 10여 리를 달려나갔다. 문득 앞쪽 광야에 누워 있는 언덕의 한쪽 끝에서부터 흙먼지를 일으키며 다가오는 무리가 보였다.

"아앗!"

"적인가?"

"아, 앞에도 적이 있었단 말인가?"

궁인들이 소란을 피웠으며 황제도 눈썹을 잔뜩 찌푸렸다. 어가를 따르던 무리들이 진퇴양난에 빠져 아우성을 치자 황후도 울음소리를 올렸으며 황제는 어가 안에서 연신 다른 길로 가자고 외쳐댔다. 하지만 이제 와서 다른 길로 가봐야 소용없는 일이었다. 뒤쪽에도 앞쪽에도 적군이 있었다. 무신과 궁인들은 이제 끝장이라고 외치기도 하고, 또 어떤 사람은 도망갈 궁리에 혈안이 되어 주위를 맴돌았다.

앞쪽의 군대 가운데서 말을 탄 사람 두엇이 소리치며 달려오는 것이 보였다.

"앗! 낯이 익은 듯한데."

"조정의 신하가 아닌가?"

"맞아, 전에 칙사로 산동에 갔던 자야."

뜻밖의 일이었다. 그들은 곧 숨을 헐떡이며 말에서 뛰어내리자마자 어가 앞에 엎드려 아뢰었다.

"폐하, 지금 돌아왔습니다."

황제가 불안이 가시지 않은 표정으로 물었다.

"저기에 보이는 대군은 대체 누구의 군대란 말인가?"

"저들은 산동의 조조군으로, 제가 건넨 칙서를 보자마자 즉시 부하들에게 명령을 내렸고, 그 선봉으로 하후돈 및 10여 명의 장수들에게 5만 명의 병력을 주어 급히 이곳으로 오게 한 것입니다."

"아, 그렇다면 우리를 도우러 온 산동의 병사들이란 말이냐?"

어가 주위에 빽빽하게 둘러서 있던 사람들은 사자의 말을 듣고 단번에 혈색이 돌아왔으며, 펄쩍 뛸 듯이 기뻐했다. 곧 번뜩이는 갑옷에 준마를 탄 한 무리의 부대가 그곳으로 다가왔다. 하후돈, 허저, 전위 등을 앞세운 산동의 맹장 10여 명이었다. 그들은 어가를 보더니 예를 갖추라고 외쳤고, 절도 있게 일제히 말에서 뛰어내렸다. 그리고 열에 맞춰 약 10보 정도 앞으로 와서는 하후돈이 일동을 대표하여 말했다.

"보시는 바와 같이 저희는 갑주를 입고 검을 찬 채 먼 길을 급히 달려왔습니다. 그래서 폐하를 배알하기에 합당한 옷을 입고 있지 않습니다. 부디 저희의 군기軍旗를 봐서 용서해주시기 바랍니다.”

과연 이름이 드높은 산동의 용장답게 그 말도 명석했으며 태도도 훌륭했다. 듬직한 그들을 보고는 황제가 기뻐하며 약속했다.

“먼 길을 달려오시느라 고생이 많았을 텐데 어찌 복장을 탓하겠소? 오늘 짐을 위험에서 구하기 위해 달려온 노고와 충절에 대해서는 훗날 반드시 커다란 은상을 내릴 것이오.”

하후돈과 그 외의 장군들이 공손하게 재배했다. 그런 다음 하후돈이 다시 아뢰었다.

“주공인 조조가 대군을 이끌고 오려면 얼마간의 말미가 필요합니다. 일단 저희가 선봉으로 이곳에 도착했으니 앞으로는 안심하고 무슨 일이든 맡기시기 바랍니다.”

황제는 미간을 활짝 펴며 고개를 끄덕였다. 어가를 둘러싼 무신과 궁인 모두 이구동성으로 만세를 부르며 환호했다.

그때 누군가 외치는 소리가 들렸다.

“동쪽으로 적이 보입니다.”

“아니, 적이 아닐 것이다. 잠시 기다려라.”

하후돈이 바로 말을 타고 나아갔다. 그는 손을 이마에 올리고 멀리 바라보다 곧 돌아와서는 모두에게 알렸다.

“지금 동쪽에서 속속 모습을 드러내고 있는 군세는 적이 아닙니다. 조 장군의 아우인 조홍을 대장으로 하고 이전과 악진을 부장으로 하여 선봉을 뒤에서 돕기 위해 달려온 보병 3만 명입니다.”

“이번에도 아군이란 말이냐.”

황제는 더욱 기뻐하며 단번에 마음을 놓았다.

얼마 후 조홍의 보병이 도착을 알리는 종을 울렸으며, 대장 조홍이 성가 앞으로 나와 예를 갖추었다. 황제가 조홍에게 말했다.

"장군의 형인 조조야말로 짐과 사직의 참된 신하요."

도읍에서 빠져나와 수레바퀴 자국을 땅에 그리며 달아나던 어가는 단번에 8만 정병의 호위를 받으며 그 자국을 다시 낙양으로 되돌렸다. 그런 줄도 모르고 뒤쫓아오던 곽사와 이각의 연합군은 앞쪽에서 대군이 몰려오는 것을 보고 눈이 휘둥그레졌다.

"어찌 된 일이냐?"

"믿을 수 없는 일이다. 조정의 신하 중에 요사스러운 술법을 쓰는 자가 있는 것 아니냐? 몇 안 되는 근신들만 붙어 있던 황제 주위에 저렇게 많은 군마가 나타났을 리가 없다. 요술로 우리의 눈을 속이려는 거짓 병사들이다. 두려워할 것 없다. 쳐부수어라!"

그들이 말하는 거짓 병사들은 강했다. 실제로 산동군의 새로운 병기와 강한 투지를 선보였다. 잡군에 가까운 데다가 구태의연한 이각과 곽사의 병사들은 결국 속절없이 무너졌으며 십방으로 흩어져 달아났다.

"우리의 첫 번째 싸움이다. 마음껏 베고 또 베어라!"

하후돈이 사납게 싸우는 병사들을 독려했다. 광야에서 낙양으로 이어지는 길이 피로 붉게 물들었다.

황혼 무렵 황제는 아무런 탈도 없이 낙양의 고궁으로 들어갔으며, 병마는 성 밖에 진을 치고 곳곳에 모닥불을 피워 올렸다. 몇 년 만에 8, 9만이나 되는 군마가 낙양 땅에 주둔하게 된 것이었다. 모닥불이 벌겋게 하늘을 물들인 것만으로도 황제는 그날 밤 깊은 잠을 잘 수 있었다.

얼마 뒤 조조도 대군을 이끌고 낙양에 도착했다. 그 위세만으로도 적은 사방으로 흩어져 자취를 감추고 말았다.

"조조가 낙양에 도착했다."

"조 장군이 오셨다."

사람들은 해를 우러르듯 그를 기다렸다. 이제 그의 이름은 뜨거운 환호에 휩싸여 낙양의 자줏빛 구름 위로 떠오르기 시작했다. 그가 도읍으로 들어가는 날 붉은 투구, 붉은 전포戰袍, 붉은 자루의 창, 붉은 기치로 무장한 부하들이 팔괘八卦의 길한 모양으로 진을 갖추었다. 그 한가운데 대장 조조가 자리했고, 그를 호위하는 부하들은 북소리 한 번에 여섯 걸음씩 대지를 울리며 입성했다.

"이 사람이야말로 병마의 장자長子로다."

거리는 그들을 맞아들이는 사람과 우러르는 사람으로 넘쳐났다. 누구 하나 두려워하지 않는 사람이 없었다. 그럼에도 조조는 절대로 교만하지 않았다. 황제의 허락이 떨어질 때까지 계단 아래에서 몸을 낮추고, 초라한 임시 궁궐이지만 함부로 전상殿上에 오르지 않았다.

＊ ＊ ＊

조조가 황제에게 맹세했다.

"나라로부터 받은 제 생을 나라의 은혜에 보답하는 데 쓰겠다는 것이 평소 신이 품고 있던 뜻이었습니다. 오늘 이렇게 선택을 받아 전계殿階 밑에서 대명을 받들게 된 것은 제가 바라던 가장 큰 소망이었습니다. 부족하나마 제가 거느린 정병 20만 명 모두 신과 같은 뜻을 품고 있는 충량忠良들이오니 모쪼록 아무런 심려 마시고 만대 태평의 날이 오기만을 기다리시기 바랍니다."

그가 밖으로 나서자 만세 소리가 일제히 일었으며 궁궐 안에도 오랜만에 밝은 기운이 감돌았다.

한편 이각과 곽사의 진영은 그들의 뜻과는 전혀 다른 상황에 직면하게 되면서 진퇴양난에 빠졌다. 이제 그들은 명백하게 도적의 군대라 불리게 되었다.

"조조라고 해서 특별히 대단하지는 않을 것이다. 게다가 먼 길을 급히 왔으니 틀림없이 인마 모두 지쳐 있을 것이다."

두 사람은 의견이 일치하자 싸움을 서둘렀다. 하지만 모사인 가후는 반대하며 그들의 뜻에 따르지 않았다.

"아닙니다, 그들을 만만히 봐서는 안 됩니다. 누가 뭐래도 조조는 당대의 특별한 용장입니다. 더구나 전과는 달리 최근 그의 밑으로 유수한 문관과 무장들이 모여들고 있습니다. 그러니 역逆을 버리고 순順에 따라서, 이번에는 투구를 벗고 항복하는 것이 상책일 듯합니다. 만약 그에 맞서 전쟁을 벌인다면 너무도 분수를 모르는 자였다고 후세 사람들이 비웃을 것입니다."

충언은 귀에 거슬리는 법이었다.

"항복을 하란 말인가? 싸우기도 전부터 그런 불길한 소리를 하다니.

게다가 분수를 모르는 자라니, 무례한 놈!"

이각과 곽사는 당장 목을 치겠다며 가후를 진 밖으로 내몰았다. 그를 가엾이 여긴 동료들이 간곡하게 청하며 막아섰고, 결국 가후는 막사 안에 갇혀 근신을 당했다.

"목숨만은 살려주겠다만 다시 무례한 말을 하면 그때는 용서하지 않겠다."

하지만 그날 밤 가후는 막사를 물어뜯고 어딘가로 달아나 모습을 감추었다.

이튿날 아침, 적군賊軍은 두 장군의 뜻에 따라 전진을 개시하여 조조군과 정면으로 맞섰다. 이각의 조카로 이섬과 이별이 있었다. 그들은 언제나 자신의 완력을 자랑했다. 이 두 사람이 말 머리를 나란히 하여 조조의 전위를 흩어놓았다.

"허저, 허저!"

중군에 있던 조조가 허저를 부르더니 손가락으로 가리키며 말했다.

"보이는가, 저 적들이? 허저, 나가 싸우라!"

"네!"

허저가 주인의 주먹에서 벗어난 매처럼 흙먼지를 일으키며 날듯이 달려나갔다. 그는 적에게 다가가자마자 이섬을 단칼에 베어버렸다. 그리고 놀라 달아나는 이별을 뒤쫓아 목을 비틀어 끊어놓고는 조용히 말 머리를 돌려 돌아왔다. 그의 너무도 대담하고 침착한 모습에 적들은 감히 그를 쫓지 못했다.

허저가 조조 앞에 두 개의 목을 늘어놓았다. 그는 정원 앞에 떨어진

감이라도 주워온 사람처럼 물었다.

"이놈들이 맞습니까?"

조조가 허저의 등을 두드리며 칭찬했다.

"그래, 이놈들이 맞네. 자네는 참으로 당세의 번쾌樊噲일세. 자네를 보면 정말로 번쾌의 화신을 보고 있는 듯해."

"그, 그렇지도 않습니다."

허저는 원래 촌부村夫에서 몸을 일으킨 지 얼마 되지 않았다. 그렇다 보니 그는 겸연쩍어 하며 얼굴을 붉혔다. 그 모습이 우스웠는지 조조는 눈앞에 펼쳐진 전쟁도 잊은 채 큰 소리로 웃으며 말했다.

"아하하하하, 귀여운 아이로구나. 하하하."

그 모습을 보고 있던 각 장군들은 모두 자신도 평생에 한 번쯤은 조조가 등을 두드려주면 좋겠다고 생각했다.

싸움의 결과는 당연히 조조군의 대승이었다. 이각과 곽사는 애초부터 그의 적이 아니었다. 그들은 무너질 대로 무너지고 짓밟힐 대로 짓밟혀 그물에서 빠져나온 물고기처럼, 집을 잃은 개처럼 황망히 쫓겨 서쪽으로 달아났다. 그와 동시에 조조의 명성은 사방으로 높이 퍼져갔다. 조조는 적군의 퇴치가 끝나자 벤 목들을 거리거리에 걸게 하고, 영슈을 내려 백성들을 안심케 한 뒤, 군의 규율을 엄격히 하여 성 밖에 주둔하게 했다.

어느 날, 하루가 다르게 커져가는 조조의 세력을 보고 양봉이 한섬에게 가슴속 불만을 털어놓았다.

"우리는 결국 그의 도약을 위한 발판이 된 것이나 다름없소."

한섬은 지금이야 궁궐의 신하로 있지만, 원래는 이락과 함께 녹림에서 무리를 이루던 도적의 두목이었다. 그는 바로 본성을 드러내며 조조에 대한 시기심을 늘어놓았다.

"귀공도 그렇게 생각하시오? 조조가 계속 세력을 확장해나가면 지금까지 황제를 지켜온 우리의 충심과 노고도 어찌 될지 알 수 없는 일이오. 조조는 자기 일족들의 훈공만을 으뜸으로 삼고 우리의 존재 따위는 인정하지 않을지도 모르오."

"아니, 절대로 인정하지 않을 것이오."

그리고 양봉은 한섬에게 귓속말을 한 뒤 그의 안색을 살폈다.

"음…… 그렇게 합시다!"

한섬의 눈이 반짝였다.

그로부터 4, 5일쯤 지난 뒤, 두 사람은 은밀히 책동하는가 싶더니 밤이 되자 갑자기 궁문의 병사들을 꾀어 어딘가로 이동하기 시작했다. 놀란 궁정에서 그들의 행방을 추적해보니, 전에 흩어져 달아났던 도적들을 쫓는다는 명목하에 대량大梁(하남성) 쪽으로 갔다는 사실을 알 수 있었다.

"일단 조조와 논의를 해야겠소."

황제는 조정의 신하들과 일을 결정하기에 앞서 조조의 진영으로 칙사를 보내기로 했다. 성지를 받은 칙사가 조조의 진영으로 향했다.

조조가 칙사라는 말을 듣고 공손하게 맞아들여 예를 갖추었다. 그리고 가만히 그 사람을 바라보는데 뭐라 말할 수 없는 기품이 느껴졌다.

"……"

마음을 잡아끄는 인품과 높은 인격에 반한 조조는 황홀함에 넋을 잃었다.

세상이 좋지 않은 탓인지 지난 몇 년 동안 실로 인간의 품격이 땅에 떨어지고 말았다. 해마다 거듭되는 기근과 황폐화된 인심이 사람들의 얼굴에도 자연스럽게 반영되었다. 누구의 얼굴을 보아도 눈은 날카롭고, 귀는 얇고, 입술은 썩은 빛을 띠었으며, 피부는 윤기를 잃었다. 어떤 사람은 승냥이와 같았으며, 어떤 사람은 생선 가시에 사람 가죽을 입혀놓은 것 같았고, 또 어떤 사람은 까마귀와 같았다.

'그런데 이 사람은…….'

조조는 감탄했다. 미간은 맑고 깨끗했으며, 입술은 붉고, 피부는 희었으나 시들어버린 음지의 아름다움이 아니었다. 어딘가 청아하고 그윽하여 시원한 심성이 느껴졌다.

'바로 이런 모습을 두고 좋은 인품이라 하는 것이지. 오랜만에 사람다운 사람을 만났다.'

조조는 마음속으로 중얼거리며 그가 얄밉다는 생각까지 들었다. 아니, 두렵다는 생각이 들었다. 그의 시원한 눈빛이 자신의 가슴속까지 꿰뚫어보고 있는 것 같았기 때문이다. 설령 적은 아니라 할지라도 이런 사람이 자신의 진영 밖에 있으면 방해가 되리라는 생각이 들었던 것이다.

"그런데 당신은 대체 어떤 연유로 오늘의 칙사로 뽑혀 오신 것입니까? 고향은 어디십니까?"

자리를 옮기고 나서 조조가 은근히 물어보았다.

"그렇게 물어주시니 송구합니다."

칙사 동소董昭가 조조에게 대답했다.

"30년 동안 오로지 은록만을 받았을 뿐 아무런 공도 없는 사람입니다."

"지금의 관직은?"

"정의랑正議郞으로 있습니다."

"그럼 고향은?"

"제음濟陰 정도定陶(산동성) 사람으로 이름은 동소, 자는 공인公仁이라고 합니다."

"오, 역시 산동 분이셨구려."

"전에는 원소 밑에서 일을 했으나 천자께서 돌아오셨다는 말을 듣고 낙양으로 달려와 부족한 재주로 조정을 섬기고 있습니다."

"아, 이런 불손한 짓을. 저도 모르게 이것저것 물은 죄, 용서해주시기 바랍니다."

조조는 술자리를 마련하고 거기에 순욱도 불러 함께 시국을 논했다. 그런데 어젯밤부터 조정의 친위군이라 칭하는 병사들이 관 밖에서 지방 쪽으로 속속 남하하고 있다는 보고가 들어왔다. 그 보고를 들은 조조가 병사들을 내보내려 했다.

"누군가가 제멋대로 금문의 병사들을 다른 곳으로 이동시킨 것이로구나. 당장 그 주모자를 잡아오도록 해라."

동소가 그를 말렸다.

"그것은 마음속에 불평을 품은 양봉과 예전에 백파수의 산적이었던 한섬 두 사람이 모의하여 대량으로 달아나는 것입니다. 장군의 위망威望을 질투하는 쥐새끼들의 망동妄動인데, 그들이 대체 무슨 일을 할 수 있겠습니까? 조금도 신경 쓰실 것 없습니다."

"하나, 이각과 곽사의 무리도 지방으로 달아나지 않았습니까?"

조조의 말에 동소가 미소를 지으며 대답했다.

"그들도 걱정하실 것 없습니다. 한 줄기 나무에서 떨어져나간 낙엽은 기회를 봐서 쓸어 모아 단번에 태우면 됩니다. 그보다 장군께서 하셔야 할 급무는 따로 있을 것입니다."

"아아, 그야말로 제가 듣고 싶었던 말입니다. 부디 충언을 들려주시기 바랍니다."

"장군의 커다란 공은 천자는 물론 서민들까지도 잘 알고 있습니다. 하지만 구태의연한 조정에서는 전통과 파벌과 소심한 관료가 서로 다른 눈과 마음으로 장군을 주시하고 있습니다. 또한 낙양은 정치를 새로 하기에 적당한 곳이 아닙니다. 모름지기 천자의 부府를 허창許昌(하남성 허주)으로 옮기고 모든 부문에 혁신을 단행해야 할 것입니다."

조조는 동소의 말에 귀를 기울였다.

"참으로 뜻깊은 가르침을 받았습니다. 앞으로도 좋은 가르침을 청하겠습니다. 이 조조가 업을 이루고 나면 반드시 크게 답하겠습니다."

조조는 그렇게 말한 뒤 동소와 헤어졌다.

그날 밤 또다시 손님이 찾아와 조조에게 말했다.

"요즘 시중태사령侍中太史令 왕립王立이라는 자가 천문을 보니, 작년부터 태백성이 은하수를 꿰뚫고, 형성熒星(화성)의 운행도 그곳으로 향하고 있어 두 별이 만나려 하고 있다고 합니다. 이러한 현상은 천 년에 한두 번 있는 일로 금화金火의 두 별이 만나면 반드시 새로운 천자가 나타나게 된다고 합니다. 생각건대 한나라의 황통이 끊기려는 기운인 듯하며, 또 새로운 천자가 진위晉魏 지방에서 일어날 조짐인 듯하다고 왕립이 말했습니다."

조조는 손님의 말을 가만히 듣기만 했다. 그리고 손님이 돌아가고 나자 순욱을 데리고 누각으로 올라갔다.

"순욱, 이렇게 하늘을 바라보고 있어도 내게는 천문을 읽는 재주가 없다네. 조금 전에 왔던 손님의 말이 대체 무슨 뜻이겠나?"

"하늘의 목소리일지도 모르겠습니다. 한실은 원래 불의 성질을 가진 집안입니다. 장군은 토명土命이십니다. 허창의 방위는 그야말로 토성土性의 땅이니 허창을 도읍으로 삼으면 틀림없이 조씨 가문이 번창하게 될 것입니다."

"흠, 그런가? 순욱, 왕립이라는 자에게 얼른 사람을 보내게. 그리고 천문에 관한 얘기를 아무에게도 해서는 안 된다고 입막음을 해놓게. 알겠는가?"

천문을 미신으로만 여길 수 없었다. 철학이자 인생 과학의 추구인 것이었다. 적어도 그 시대의 지식인에서부터 서민에 이르기까지 모든 사람들이 천문의 역수曆數와 역경易經의 오행설에 대해서는 그런 믿음을 가지고 있었다. 그들의 운명관 속에는 숭고한 운명학의 정설로서 별의 운행이 자리 잡고 있었고, 월식이 있었으며, 천변지이天變地異가 있었고, 역경의 암시가 있었다. 또 그것을 알리는 예언자의 목소리에도 자연스럽게 많은 관심을 쏟는 습성이 있었다. 이 넓고 끝이 없는 황토의 대륙 가운데에서는 한실의 천자도, 조조도, 원소도, 동탁도, 여포도, 유현덕도, 그리고 손견과 그 외의 영걸들도 한편으로는 자신이 나약하고 덧없는 존재라는 사실을 잘 알고 있었다. 광활하고 무한한 대자연의 위력 앞에서는 그와 같은 영웅호걸들도 인간의 왜소함을 선천적으로 깨닫고 있었다.

예를 들자면 황하나 커다란 강의 범람에, 메뚜기에 의한 기근에, 몽고에서 불어오는 누런 바람에, 큰비, 큰 눈, 폭풍, 그 외의 모든 자연의 힘에 어떻게 맞서야 하는지를 모르는 문화 속의 영웅이자 호걸이었다. 바로 그렇기 때문에 그 두려움을 잊기 위해 그들은 황토의 대륙 위에 인간의 지혜와 인간의 힘이 미치는 한 건설도 하고, 또 곧 파괴하고 떠나기도 하고, 치정과 욕심을 한껏 채우려 하기도 하고, 부패를 드러내기도 하고, 싸우기도 하고, 화목하기도 하고, 환락에 빠지기도 하는 것이다. 그렇게 참담한 처지에 빠지기도 하는 것이다. 그렇게 하나의 질서가 있는 것처럼, 또 아무런 질서 없이 자연인처럼 오랜 역사의 흐름 속에서 치란흥망의 인간 생태도를 그려온 것이다. 이와 같은 경험들을 통해서 굳건히 뿌리내린 믿음은 오직, 인간은 운명 아래 있다는 사실이었다.

사람의 지혜로는 운명을 알 수 없으나 하늘은 알고 있다. 자연은 예언을 한다. 천문이나 역경은 그것을 알 수 있는 최고의 학문이었다. 아니 모든 학문, 즉 정치, 병법, 윤리까지 음양의 2원二元과 천문지상天文地象의 학리를 바탕으로 하고 있었다.

조조가 삼가 천자에게 아뢰었다.

"신이 깊이 생각해본 바, 낙양은 이처럼 폐허가 되었으니 그 부흥도 결코 쉬운 일은 아닐 듯합니다. 또한 장래의 문화 흥륭이라는 점에서 봐도 교통이 불편하고 지상地象도 좋지 않으며, 민심 역시 이 땅을 떠난 지 오래입니다. 그에 비해 하남의 허창은 땅이 비옥합니다. 물자도 풍부합니다. 백성들도 거칠지 않습니다. 더 나아가 그 땅에는 성곽도 있고 궁전도 갖추어져 있습니다. 이러한 연고로 도읍을 허창으로 옮기셨으면 합니다. 이미 천도를 위한 의장儀仗과 어가 등 만반의 준비를 갖추어놓았습니다."

"……."

황제는 고개를 끄덕일 뿐이었다. 신하들 모두 깜짝 놀랐으나 누구도 이의를 달지 않았다. 조조가 두려웠던 것이다. 더구나 조조의 말에 일리가 없는 것도 아니었다.

다시 천도가 결행되었다. 경호와 의장의 대열이 황제를 감싸고 낙양을 출발하여 수십 리쯤 앞에 있던 언덕에 접어들 무렵이었다. 한 떼의 인마가 몰려들었다.

"조조는 멈추어라!"

"천자를 훔쳐 어디로 가려는 게냐?"

그들은 그렇게 외치며 맹습猛襲을 감행해왔다. 양봉과 한섬의 군대였다. 그중에서도 양봉의 부하인 서황이 큰 도끼를 들고 거품을 문 말에 올라 달려나오며 외쳤다.

"조무래기 같은 놈들은 필요 없다. 조조, 나오너라."

"허저, 허저는 어디 있느냐? 저 먹잇감은 네게 주겠다. 목을 가져오도록 해라."

조조가 몸을 비틀어 명령했다. 그러자 허저가 말을 타고 매처럼 튀어나가 서황의 말을 향해 돌진했다.

서황은 절륜絶倫한 용장이었다. 허저 역시 '당대의 번쾌'라 불리는 맹장이었다.

"호적수로구나, 덤벼라!"

허저가 창을 휘두르며 달려들자 서황도 도끼를 돌리며 맞받아쳤다.

"내가 기다리던 적이로구나. 도중에 등을 돌려 달아날 생각은 하지도 말아라."

단둘이서 50여 합을 싸웠다. 말의 몸은 땀으로 흠뻑 젖었으나 두 호걸은 조금도 지친 기색이 보이지 않았다.

"누가 이길까?"

양군 모두 잠시 싸움을 멈추고 그 광경을 숨죽여 지켜보았다. 빼어난 생명력끼리 서로 맞부딪치는 모습은 마왕과 백수의 왕이 서로 포효하는 것 같았다. 또한 그것은 이 세상 어떤 생물의 아름다움으로도 형용할 수 없는 장렬한 '아름다움'이기도 했다. 멀리서 지켜보고 있던 조조가 무슨 생각을 한 것인지 고수에게 징을 울리라고 명령했다. 그리고 연달아 덧붙였다.

"퇴각을 알리는 징이다!"

"네."

고수들이 함께 퇴각하라는 징을 울렸다. 전군이 뒤로 물러났으며 허저도 적을 그대로 내버려두고 돌아왔다. 조조가 허저를 비롯하여 막료들을 모아놓고 이야기했다.

"모두 이상히 여길지 모르겠으나 갑자기 징을 울린 것은 서황이라는 자를 죽이기가 아까웠기 때문이오. 내가 오늘 서황을 보니 그는 참으로 희세의 용사임이 틀림없소. 대군의 대장에 어울릴 만한 인물이오. 적이라고는 하나 그런 뛰어난 인재를 하찮은 전쟁에서 죽인다는 것은 슬픈 일이오. 내가 바라는 것은 그를 아군으로 삼는 것인데, 서황을 설득하여 항복시킬 자 누구 없소?"

한 사람이 나서며 그 임무를 청했다.

"제가 맡겠습니다."

그는 산양 사람으로 이름은 만총滿寵, 자는 백녕伯寧이었다. 조조가 흔쾌히 허락했다.

그날 밤, 만총은 홀로 적지로 숨어들어가 서황의 막사를 찾았다. 나무 사이로 새어드는 달빛 아래에서 서황은 갑옷도 벗지 않은 채 앉아 있었다.

"누구냐? 내 막사 안을 들여다보는 것이."

"아, 오랜만에 뵙겠습니다, 서황 장군. 별고 없으십니까?"

"오오, 만총이 아닌가? 무슨 일로 오셨는가?"

"문득 옛정이 떠올라 너무도 뵙고 싶어서……."

"하나 전장에서 적과 아군으로 갈렸으니 옛정도 소용없는 일이오."

"바로 그렇기 때문에 대장 조조께서 저를 은밀히 이리로 보내신 것입니다."

"뭣, 조조가?"

"오늘의 전투에서 조조군 제일의 장수 허저를 맞아 싸우는 장군의 눈부신 모습을 보고 진심으로 아깝다는 생각이 드신 모양입니다. 그래서 대장 조조께서 갑자기 징을 울려 병사를 물리셨답니다."

"아아…… 그렇게 된 거로군."

"어째서 장군과 같은 용사가 양봉처럼 어리석은 인물을 주인으로 모시고 있는지 모르겠습니다. 인생은 백 년에도 미치지 못하나 오명은 천재千載를 기다려도 씻기 어렵습니다. 좋은 새는 깃들 나무를 고르는 법입니다."

"물론 나도 양봉의 무능함은 알고 있으나 한번 주종의 관계를 맺었으니 이제 와서는 어쩔 수가 없네."

"그렇지만도 않습니다."

만총이 다가가 서황의 귀에 무엇인가를 속삭였다. 서황이 탄식하며 고개를 내저었다.

"조조 장군의 영매英邁함은 예전부터 듣고 있었네. 그렇지만 단 하루라도 주인으로 섬겼던 자의 목을 가지고 가 항복을 청할 마음은 조금도 없네."

26
잔을 깨고 술을 금하겠다는 약속

천자를 끼고 도읍을 허창으로 옮긴 조조는 시선을 밖으로 돌려 여포와
유비에게 창끝을 향한다. 끝없는 조조의 책략에 유비는 어떻게 맞설 것인지

양봉의 부하 중 한 사람이 양봉에게 밀고를 했다.

"서황이 지금 자신의 막사 안으로 적의 사자를 맞아들여 밀담을 나
누고 있습니다."

양봉은 서황을 의심하여 당장 잡아오도록 했다. 병사 수십 명이 서
황의 막사를 포위하려 하자, 조조의 복병들이 일어나 그들을 물리쳤다.
그 틈에 만총은 서황을 구해 조조의 진영으로 데리고 돌아왔다.

자신의 소망대로 서황을 얻은 조조가 기뻐하며 말했다.

"근래의 가장 커다란 기쁨이다."

인재 사랑하기를 여자 사랑하기보다 더했던 조조가 서황을 어떻게 대했을지는 굳이 말할 필요도 없을 것이다.

양봉과 한섬이 기습하려 했으나 서황은 조조에게로 달아나버렸고, 조조와 싸워봐야 어차피 승산 없는 전쟁이라 생각했기에 두 사람은 남양(하남성)으로 가 원술에게 몸을 의탁했다.

그렇게 해서 마침내 황제의 어가와 조조군이 허창에 도착했다. 그곳에는 예전에 쓰던 궁문전각宮門殿閣이 있었으며, 마을들도 잘 정비되어 있었다. 조조는 우선 궁중을 정하고 종묘를 조영했으며, 사원祠院과 관아를 지어 허도許都의 면모를 일신했다. 동시에 구신舊臣 13명을 열후에 봉하고 자신은 대장군무평후大將軍武平侯라는 중직에 앉았다. 그리고 예전에 황제의 칙사로 와서 조조에게 그 인품을 인정받았던 공인 동소는 낙양의 영令에 등용되었다. 허도의 영으로는 만총이 발탁되었다.

순욱은 시중상서령侍中尙書令에, 순유는 군사軍師에, 곽가는 사마제주司馬祭酒에, 유엽은 사공조연司空曹掾에, 최독崔督은 전료사錢料使에 봉해졌다. 하후돈, 하후연, 조인, 조홍 등 직속 부하들은 각각 장군의 자리에 올랐으며, 악진, 이전, 서황 등의 용장들은 모두 교위가 되었고, 허저, 전위는 도위都尉에 임명되었다.

다사제제多士濟濟, 조조의 권위는 저절로 팔방에 미쳤다. 그의 출입에는 언제나 철갑을 두른 정병 3백 명이 활과 화살과 창을 번뜩이며 따라다녔다. 그에 비해 고로故老한 조정의 신하들은 그저 이름뿐, 대신이나 원로들도 날이 갈수록 존재감이 희미해졌다. 또한 그러한 사람들도 이제는 조조의 권세에 완전히 굴복하여 그 어떤 정사도 우선 조조에게 보고한 뒤 천자에게 아뢰는 것이 관례가 되어버렸다.

'아아, 하나를 제거하면 또 하나가 흥하는구나. 한나라의 운도 이제는 서쪽으로 저무는 태양인가?'

그렇게 한탄하는 사람도 그것을 소리 내어 말하지는 않았다. 단지 무기력하고 둔탁한 눈으로만 통곡하며 마치 목상처럼 황제의 곁에 서 있을 뿐이었다.

그러던 어느 날이었다. 군사와 모사, 그 외의 쟁쟁한 장군들이 모두 모여 즐겁게 술을 마시고 있었다. 그 한가운데 조조가 있었다. 그들은 얼굴에 무지개와 같은 기우氣宇를 드러낸 채 천하에 대해 크게 담론하고 있었는데, 우연히 유비 현덕에 관한 이야기가 나왔다.

조조가 말했다.

"그자가 어느 틈엔가 서주태수를 칭하며, 여포를 소패에 붙들어두고 있다고 들었소. 여포의 용맹과 유비의 기량이 어우러지면 장래의 조그만 근심이 되지 않을까 싶소. 만약 두 사람이 일치한다면 번거로운 일이 될 것이오. 그것을 미연에 방지할 좋은 방법이 없겠소?"

"아주 간단한 일입니다. 제게 정병 5만 명을 주십시오. 여포의 목과 유비의 목을 안장의 양쪽에 매달아 돌아오겠습니다."

허저가 말했다. 그러자 순욱이 웃었다.

"하하하하하. 무슨 술병도 아니고……."

순욱은 웃음기 머금은 입술로 술잔을 가져가며 모사다운 가느다란 눈을 돌려 허저를 바라보고 있었다.

순욱이 웃자 허저는 입을 다물어버렸다. 허저는 지혜로운 사람들

사이에서 자신은 아직 일개 야인野人에 불과하다는 사실을 잘 알고 있었다.

허저가 순욱에게 물었다.

"제 계책이 좋지 않습니까?"

"자네가 말한 것은 계책도 그 무엇도 아닐세. 그저 용기를 입으로 표현한 것에 불과하네. 유비와 여포 같은 적들을 그처럼 섣불리 대한다는 것은 위험천만한 일일세."

순욱의 말에 조조가 그를 바라보며 입을 열었다.

"순욱, 그렇다면 자네의 생각을 말해보게. 무슨 좋은 계책이라도 있는 겐가?"

"없지는 않습니다."

순욱이 자세를 바로잡았다.

"저는 당분간 전쟁을 하는 것은 옳지 않다고 생각합니다. 이곳으로 천도한 후, 궁문과 그 외의 외관을 정비하기 위해 건축, 병비, 시설 등에 많은 비용을 들인 직후이기 때문입니다."

"흠, 그래서?"

"그러니 유비, 여포에 대해서는 어디까지나 외교적인 수완을 사용해 그들을 자멸토록 하는 것이 상책인 듯합니다."

"그 말에는 나도 동감일세. 그럼 거짓으로 그들과 친분을 맺으라는 말인가?"

"그것은 상투적인 방법으로 오히려 유비에게 득이 될 수도 있습니다. 제가 생각하고 있는 것은 양호경식지계라는 책략입니다."

"양호경식지계라?"

"가령 여기에 두 마리의 맹호가 각각의 숲 속에서 으르렁거리며 때를 기다리고 있다고 해보십시오. 두 마리 모두 굶주려 있습니다. 거기에 누군가가 군침이 도는 먹이를 던져주었습니다. 그럼 두 호랑이는 반드시 본성을 드러내 서로를 물어뜯을 것입니다. 끝내 한 호랑이는 쓰러질 것이며, 또 다른 호랑이는 비록 싸움에 이겼다 할지라도 만신창이가 되고 말 것입니다. 그렇게 되면 두 호랑이의 가죽을 얻기란 매우 간단한 일이 될 것입니다."

"음, 그 말이 옳소."

"그런데 유현덕이 지금 서주를 차지하고 있다고는 하나 아직은 정식으로 조명詔命을 내려 허락한 것이 아닙니다. 그것을 미끼로 그에게 칙서를 내리고 동시에 밀지를 함께 보내 여포를 죽이라 명하는 것입니다."

"오, 그렇군."

"유비가 그 명을 받들어 수행한다면 그것은 자신의 손으로 한쪽 팔을 끊는 셈이 될 것이며, 만일 실패하면 여포가 반드시 자신의 폭용暴勇을 휘둘러 유비를 살려두지 않을 것입니다."

"흠!"

조조는 고개를 끄덕이기만 했을 뿐, 더는 그 일을 논하지 않았다. 하지만 그는 이미 결심했다. 그로부터 며칠 뒤, 황제의 칙서를 받아든 칙사가 서주로 향했다. 그는 물론 조조의 밀서도 함께 가지고 떠났다.

서주성에서 칙사를 맞은 유현덕은 사자를 별실로 불러 대접하고 자신은 조용히 평소 머물던 각閣으로 돌아갔다.

'무엇일까?'

유비는 사자에게서 은밀히 건네받은 조조의 사신私信을 바로 열어보았다.

"여포를……."

그는 눈을 둥그렇게 떴다. 몇 번이고 되풀이해서 읽고 있자니 뒤에 서 있던 관우, 장비가 물었다.

"조조가 무슨 일로 서신을 보낸 것입니까?"

"이걸 좀 보게."

"여포를 죽이라는 밀명密命이로군요."

"그렇다네."

"여포는 용맹만 있을 뿐 흉악하고 의가 부족한 사람이니 조조의 지시를 기회로 이번에 죽이는 것이 어떻겠습니까?"

"아니다, 그는 몸을 의지할 곳이 없어 내게로 찾아온 궁한 새가 아니냐. 그를 죽인다는 것은 기르던 가축을 죽이는 것과 다를 바 없는 일이다. 나야말로 의가 없는 인간이라는 소리를 듣게 될 게야."

"하나, 불의한 사람을 살려둬봐야 좋을 것이 하나도 없지 않습니까? 나라에 미칠 해는 누가 책임을 지겠습니까?"

"온정을 베풀어 차차 의를 아는 사람으로 인도해가면 될 것이다."

"사람의 성품이 그렇게 간단히 바뀔 것 같수?"

장비는 끝까지 여포를 죽여야 한다고 주장했으나 유비는 들을 마음이 조금도 없는 듯했다.

이튿날 여포가 소패에서 나와 성으로 들어왔다. 여포는 아무것도 모른 채 단지 유비 현덕에게 칙사가 와서 정식으로 서주목의 인수를 주었다는 소식을 듣고 축하하기 위해 유비를 찾아온 것이었다. 그는 한동안 유비와 이야기를 나눈 후 인사를 하고 나왔다. 그리고 긴 복도를 천천히 걸어가는데, 한쪽에 숨어 기다리던 장비가 그 앞으로 뛰쳐나와 소리를 질렀다. 그러고는 대검을 뽑아 여포의 몸을 두 동강이 낼 기세로 휘둘렀다.

"기다려라, 여포! 네놈의 목숨을 내놓아라!"

"앗!"

여포는 발로 복도의 바닥을 힘껏 찼다. 그는 역시 방심하고 있지 않았다. 7척에 가까운 커다란 몸을 가볍게 뒤로 빼 칼을 피했다.

"너는 장비가 아니냐?"

"보고도 모르겠느냐?"

"어째서 나를 죽이려 하는 것이냐?"

"세상에 해가 되는 놈을 제거하려는 것이다."

"어째서 내가 세상에 해가 된단 말이냐?"

"의리도 없고 절개도 없으며 언제나 배반을 일삼는 자가 어설픈 무력을 가지고 있지 않느냐? 훗날 국가의 근심거리가 될 것이니 죽여달라고 조조가 우리 형님께 의뢰를 해왔다. 그렇잖아도 너는 오만불손해서 평소 이 장비의 마음에 들지 않던 차였다. 각오해라."

"우습지도 않구나. 너 같은 놈에게 내 목을 내줄 것 같으냐?"

"분수도 모르는 놈이로구나!"

"기다려라, 장비!"

"닥쳐라!"

쩔렁이는 소리를 내며 검이 다시 한 번 허공을 갈랐다. 이번에도 장비는 여포를 베지 못했다. 누군가 뒤에서 장비의 팔꿈치를 누르며 끌어안은 사람이 있었기 때문이다.

"에잇, 누구냐? 방해하지 마라."

"이놈, 칼을 거두지 못하겠느냐. 이 어리석은 놈 같으니!"

"앗, 큰형님."

유비가 노한 목소리로 야단을 쳤다.

"너는 누구의 명으로 여포 장군에게 칼을 휘두른 것이냐? 여 장군께서는 내 귀한 손님이시다. 우리 집 손님에게 칼을 휘두르는 것은 이 유비에게 창을 향하는 것과 다를 바 없는 일이다."

"쳇, 형님은 대체 무슨 약점을 잡혔기에 이렇게 마음보가 좋지 않은 식객을 그처럼 중히 여기는 건지 알다가도 모르겠소."

"닥쳐라, 무례한 놈."

"뭐가 무례하다는 거요?"

"여 장군께 실례가 되지 않느냐?"

"무슨 실례가 된단 말인지……."

장비는 바닥에 침을 뱉었다. 하지만 유비에게 자신은 언제까지나 동생이자 아랫사람이라는 사실을 절대로 잊지 않았다. 유비가 가만히 그를 노려보자 불평 가득한 표정을 지으면서도 결국은 발소리를 울리며 자리를 떠났다.

"너그럽게 봐주시기 바랍니다. 저처럼 떼를 부리는 놈입니다. 마치 어린아이처럼 단순한 놈이지요."

유비는 장비의 행동을 사과하며 자신의 방으로 다시 여포를 불러들였다. 그리고 조조에게서 온 밀서를 보여 의심을 풀었다.

"조금 전 장비가 한 말 중에서, 조조로부터 장군의 목숨을 빼앗으라는 밀명이 있었다는 것만은 사실입니다. 저는 그럴 뜻이 조금도 없으며, 또 장군께 쓸데없는 말을 할 필요도 없다고 생각했기에 묵살하고 있었습니다만, 이미 장군의 귀에 들어갔으니 일을 명확히 해두기로 하겠습니다."

여포도 그의 성의를 느낀 듯 순순히 대답했다.

"잘 알겠습니다. 아마도 조조가 우리 사이를 찢어놓으려 계책을 꾸민 것인 듯합니다."

"그렇습니다."

"이 여포를 믿어주십시오. 맹세코 이 여포는 불의를 저지르지 않을 것입니다."

여포는 오히려 감격하여 돌아갔다. 그 모습을 가만히 지켜보고 있던 조조의 사자가 씁쓸하게 중얼거렸다.

"실패로구나. 이래서는 양호경식지계도 아무런 의미가 없다."

* * *

장비는 불만이 가득해 견딜 수가 없었다.

"정중하게 대하는 데도 정도가 있지."

여포가 돌아갈 때 유비가 직접 성문 밖까지 나가 배웅하는 모습을 봤기에 더욱 부아가 끓어올랐다.

"큰형님, 사람 좋은 것도 도를 넘어서면 바보라는 소리를 듣게 되는 거요."

장비가 여포를 배웅하고 돌아오는 유비를 붙들고 조금 전의 질책에 불평하듯 말했다.

"장비야, 언제까지 그렇게 화를 내고만 있을 거냐?"

"언제까지냐니, 내 정말 답답하고 한심해서 화낼 기운도 나질 않수."

"그렇다면 네 말대로 여포를 죽이고 나면 무슨 득이 있겠느냐?"

"훗날의 근심을 끊을 수 있잖소."

"그것은 깊지 못한 생각이다. 조조가 바라는 바는, 여포와 내가 처절하게 싸우는 것이다. 두 영웅은 함께 설 수 없다는 진부한 말에 따라 계책을 세운 것이다. 그 정도도 깨닫지 못한단 말이냐?"

옆에 있던 관우가 손뼉을 치며 감탄했다.

"아아, 참으로 깊은 헤아림이십니다."

그랬기에 장비는 더 이상 할 말을 찾을 수가 없었다.

이튿날 유비는 답례를 위해 칙사가 묵고 있는 역관으로 갔다. 그리고 자세한 내용을 적은 서면과 함께 성은에 감사하는 표를 사자에게 주며 말했다.

"여포에 대한 밀명은 갑자기 도모할 수 있는 일이 아닙니다. 곧 때를 봐서 명을 받들도록 할 테니, 잠시만 기다려주십시오."

허도로 돌아온 사자가 보고 들은 대로 조조에게 전했다.

조조가 순욱을 불러들였다.

"이제 어쩌면 좋겠는가? 유현덕이 교묘한 말로 피하며 자네의 계책에 넘어오지 않았네."

"그럼 두 번째 계책을 써보십시오."

"어떤 계책인가?"

"원술에게 사자를 보내 이렇게 말하도록 하는 것입니다. 얼마 전에 유비가 남양을 치겠다는 표를 올렸다고 말입니다."

"흠."

"그리고 한편으로는 유비에게 다시 칙사를 보내 원술이 황명을 어기고 조정에 대해 죄를 졌으니 속히 군대를 일으켜 남양을 치라고 황명을 내리는 것입니다. 바보스러울 정도로 정직한 유비이니 천자의 명령을 어기지는 못할 것입니다."

"그래서?"

"호랑이를 표범에게 보내 호랑이 굴을 비우게 하는 것입니다. 빈집의 먹이를 노리는 이리가 누가 될지는 금방 아실 수 있을 것입니다."

"여포를 말하는 거로군! 그래, 그자에게는 이리의 마음이 있지."

"구호탄랑지계驅虎呑狼之計입니다."

"그 계책은 틀림없을 걸세."

"십중팔구 틀림없을 것입니다. 바로 유비 성격의 약점을 파고드는 것이니."

"천자의 명령이라고 하면 절대로 거역하지 못하는 사람이지. 바로 실행하기로 하세."

남양으로 급사가 파견되었다. 그리고 두 번째 칙사가 서둘러 서주성으로 칙명을 가지고 들어갔다. 유비는 성 밖까지 나와 칙사를 맞아들이고 명을 받든 뒤, 각 신하들과 논의했다.

"이번에도 역시 조조의 책략입니다. 결코 남양을 쳐서는 안 됩니다."

미축이 간언했다. 한동안 머리를 숙여 생각하던 유비가 마침내 입을 열었다.

"아니다. 설령 책략이라 할지라도 칙명이니 거역할 수가 없다. 곧 남양으로 군대를 보내도록 하자."

약점인지 미점美點인지, 과연 그는 적이 이미 간파한 것처럼 칙명을 거역하지 못했다.

유비의 결의는 굳은 것이었다. 미축을 비롯하여 모든 신하들도 그 사실을 알게 되었기에 입을 다물고 말았다.

"무슨 일이 있어도 칙명을 받들어 남양으로 출진하실 생각이라면 무엇보다 이 성의 방비를 든든히 해두어야 할 것입니다. 누구에게 서주를 맡기시겠습니까?"

손건이 말했고, 유비가 숙고 끝에 답했다.

"내 생각에는 말일세, 관우나 장비 둘 중 하나를 남기고 가는 수밖에 없을 듯하네."

관우가 앞으로 나서며 자청했다.

"청컨대 제게 맡겨주십시오. 훗날의 걱정이 없도록 잘 지키고 있겠습니다."

“물론 네가 남아준다면 안심이다만, 너는 조석의 일을 논하는 데 있어서나 또 무슨 일에 있어서나 내 곁에 있어주지 않으면 안 된다. 하니, 누구에게 맡겨야 할지······.”

유비가 깊이 생각하고 있자니, 장비가 앞으로 한 걸음 불쑥 나서서 언제나처럼 시원시원하게 말했다.

“큰형님, 이 서주성에 사람이 없는 것도 아닌데 뭘 그리 걱정하시오. 부족하나마 장비도 여기에 있지 않소? 내가 목숨을 걸고 이곳을 지키겠수. 안심하고 출진하셔도 됩니다.”

“아니, 네게는 맡길 수가 없다.”

“어째서요?”

“너는 나서서 적을 깨기에는 적합하나 지키기에는 적합하지 않은 성격이다.”

“그럴 리가 있겠수? 이 장비의 어떤 점이 적합하지 않다는 게요?”

“선천적으로 술을 좋아하고, 취하면 사졸을 함부로 때리며 모든 일에 경솔하다. 더욱 좋지 않은 점은, 그렇게 되면 타인의 간언도 듣지 않는다는 점이야. 너를 남겨두면 나도 오히려 걱정이 돼서 견딜 수 없을 것이다. 이 일은 다른 사람에게 부탁해야겠다.”

“아이고, 큰형님. 그 말씀은 나도 늘 가슴에 새겨 반성하고 있는 점이요. 그래, 이번에야말로 좋은 기회야. 이번 출마를 기회로 장비는 결코 술을 마시지 않겠소. 잔을 깨고 금주하겠소!”

그는 언제나 가지고 다니던 백옥으로 된 잔을 모든 사람들이 보는 앞에서 바닥에 던져 깨버렸다. 그 잔은 어딘가의 전장에서 장비가 얻은 노획물이었다. 적의 대장이 떨어뜨리고 간 것인 듯, 야광의 명옥名玉을 갈아 만든 마상배馬上杯였는데, '이건 하늘이 내게 주신 것이야. 성 하나보다도 더 귀한 은상이야!'라며 언제나 가지고 다녔다. 그리고 술자리가 있으면 늘 그것을 꺼내 애용했다. 술을 마시지 않는 사람이 보기에는 하나의 그릇에 지나지 않을 테지만 장비에게는 자신의 아들만큼이나 애착이 가는 물건이었다. 게다가 금주를 하겠다는 약속까지 했다. 그 치열한 마음에 유비도 감탄했다.

"그래, 장하구나. 네가 잘못을 깨우치고 고치려 하는데 내 어찌 근심을 하겠느냐. 네게 이 성을 맡기도록 하마."

"고맙습니다. 이후부터는 반드시 술을 끊고 병사들을 아끼고 타인의 간언에 잘 따라서 난폭하게 구는 일이 절대 없도록 하겠수."

쉽게 감동하는 성격인 장비는 유비의 은혜에 감사하며 진심으로 대답했다. 그러자 미축이 비꼬듯 말했다.

"저렇게 말하고 있기는 하지만 장비의 술버릇은 귀가 두 개 달린 것처럼 태어났을 때부터 가지고 있던 것이니, 조금 걱정이 됩니다."

장비가 화를 내며 벌써부터 대들 기세였다.

"무슨 소리 하는 게요? 내 언제 우리 큰형님과의 신의를 저버린 적이 있었소?"

유비가 장비를 달래며 성을 지키는 동안에는 무슨 일에나 참아야 한다고 주의를 주었다.

"만사를 진등과 잘 논의해서 처리하도록 해라."

유비는 그렇게 말한 뒤 마침내 3만여 기를 이끌고 남양으로 공격해 들어갔다.

하남의 남양에서 날이 갈수록 세력이 강성해지는 사람은 원술이었다. 그는 예전에 이 지방에서 황건적의 대란이 일어났을 때 군사령관으로 있었던 원소의 동생이다. 명문가인 원씨 일족 중에서도 원술은 가장 호방하고 거친 성격이었기에 일족들도 그를 두려워했다.

"허도의 조조로부터 급사急使가 왔습니다."

"서면인가?"

"네."

"사자를 잘 대접하게."

"네."

"서면을 이리 가져오게."

원술이 서면을 펼쳐보았다.

"이보게."

"네."

"즉시 성안의 자수각紫水閣으로 각 장군들을 모이라 하게."

원술이 화를 내며 말했다.

성안의 무신과 문관들이 황망히 각으로 모여들었다. 원술은 조조가 보낸 서면을 신하 중 한 사람에게 읽게 했다.

"유현덕이 평소의 야망을 이루기 위해 천자에게 표를 올려 남양 침략을 허락해달라고 조정에 청했다. 자네와 나는 오랜 마음의 벗인데 어찌 묵시할 수 있겠는가? 은밀하고도 급하게 알려 청하니 방심하지 말기를……."

"모두들 잘 들었는가?"

원술이 얼굴을 붉히며 소리쳤다.

"유비가 대체 누구란 말인가? 몇 해 전까지만 해도 멍석을 짜고 발을 만들어 팔던 필부가 아니었나. 얼마 전에 서주를 함부로 취하고 은근슬쩍 태수를 칭해 제후의 대열에 오른 것을 보며 참으로 발칙하다 생각하고 있었는데 이제는 제 분수도 모르고 남양을 공격하겠다고? 천하에 본보기를 보일 테니 곧 병사를 내서 짓밟도록 하라."

명령이 떨어지자 10만여 기가 그날로 남양을 출발했다.

"가자, 서주로!"

대장은 기령紀靈 장군이었다.

남하해온 유비의 군대가 길을 서둘러 왔기에 양군은 임회군臨淮郡의 우이盱眙(안휘성 봉양현 동쪽)라는 곳에서 서로 충돌했다. 기령은 산동 사람으로 힘이 장사였으며 끝이 세 갈래인 큰 칼을 잘 쓰기로 유명했다.

"필부 유비, 제 분수도 모르고 어찌하여 우리 대국을 침범하려는 것이냐?"

기령이 진두에 서서 외치자 유비도 함께 외쳤다.

"우리는 칙명을 받들어 온 것이다. 너희는 어찌 스스로 역적이 되려 하느냐?"

기령 밑에 순정荀正이라는 부장이 있었다. 그가 말을 몰아 앞으로 달려나가며 말했다.

"유비의 목, 내 손안에 있다."

그러자 유비 곁에 서 있던 관우가 82근 청룡도로 가로막으며 맞받아쳤다.

"이놈, 우리 주공에게 다가오면 다시는 세상을 못 볼 줄 알아라."

"천한 놈, 비켜라!"

"너 같은 놈을 상대할 우리의 주공이 아니시다. 덤벼라."

"이놈이!"

순정은 관우에게 막혀 유비를 놓쳤을 뿐만 아니라, 땀을 뻘뻘 흘리며 칼을 휘둘러대도 결국 관우에게 상처 하나 입히지 못했다. 두 사람은 싸우는 중에 얕은 강물까지 들어가고 말았다.

"에잇!"

관우는 귀찮다는 듯 사자후를 토하며 청룡도를 높이 치켜들었다. 그러고는 물보라와 핏줄기 속에서 순정의 몸을 두 쪽으로 갈라놓았다. 순정의 몸이 두 동강 나고 기령이 싸움에서 패하자 남양의 전군이 달아나기 시작했다. 그들은 회음 부근까지 물러나 진용을 다시 갖추었다. 하지만 유비를 우습게 봐서는 안 되겠다고 생각했는지 멀리서 화살만 날릴 뿐 며칠이 지나도 싸움에 응하지 않았다.

* * *

서주성에서는 장비가 긴장을 늦추지 않고 밤낮으로 망루에 서서 경비에 임했다.

"누구도 경비를 허술히 해서는 안 된다."

그는 큰형 유비의 노고를 생각해서 갑옷을 벗지도 않았고 침상에 편히 눕지도 않았다.

"과연 장 장군이십니다."

성을 지키는 장병들도 장비를 따랐다. 그의 지휘하에 군율이 잘 지켜지고 있었다. 어제도 그는 성안의 망루를 둘러보았다. 성안에 있으면서도 병졸과 부장 들은 야영할 때와 마찬가지로 맨바닥에서 자고 거친 음식을 먹었다.

"모두 기특하구나."

장비가 병사들을 칭찬하며 순찰을 돌았다. 그러던 중 장비는 말만으로 칭찬하며 돌아다니는 것이 왠지 미안하다는 생각이 들었다.

"활도 시위를 걸어놓은 채 그냥 두면 탄력을 잃고 마는 법이지. 가끔은 시위를 풀어 긴장을 늦출 필요도 있어. 그 대신 무슨 일이 일어나면 바로 팽팽하게 묶어야 해."

그는 굳게 닫아두었던 술 창고에서 커다란 술통을 하나 꺼내 병사들에게 짊어지고 오게 해서는 많은 사람들의 한가운데 놓았다.

"자, 마셔라. 매일 고생이 많다. 이건 임무에 충실한 너희에게 주는 상이다. 사이좋게 한 잔씩 나눠 마시도록 해라."

"장군, 정말 괜찮습니까?"

부장들은 의아하기도 하고 또 두렵기도 했다.

"걱정할 것 없다, 내가 허락한 일이니. 자, 너희도 이리 와서 마셔라."

병사들이 뛸 듯이 기뻐하며 그곳으로 모여들었다. 장비는 그들을 멍한 표정으로 바라보고 있었다. 장비의 얼굴을 본 병사 하나가 미안하다는 생각이 들었는지 그에게 물었다.

"장군께서는 안 드십니까?"

"나는 마시지 않을 것이다. 이미 잔을 깨버렸으니."

장비는 고개를 내젓고 자리를 떴다. 그런데 다른 막사로 가보니 거기에도 불철주야 성벽을 지키느라 고생하는 병사들이 많았다. 장비는 다시 술 창고에서 술을 꺼내오게 했다.

"여기에도 한 통 가지고 오너라."

이쪽의 병사들에게도, 또 저쪽의 병사들에게도 장비는 평등하게 술을 내주고 싶었다.

"벌써 열일곱 통이나 꺼냈으니 더는 내가지 마십시오."

결국 술 창고를 지키고 있던 사람이 문을 닫아버리고 말았다.

성안은 술 냄새와 병사들의 환호성으로 가득했다. 어디를 가나 술 냄새가 진동했다. 이제 장비는 있을 곳조차 없었다.

"한 잔 정도는 괜찮지 않으십니까?"

장비는 병사 중 하나가 권한 잔을 받아 목구멍으로 넘겼다. 그러자 더는 참을 수 없게 되었다.

"그 국자에 가득 떠서 내게도 좀 줘."

장비는 마른 목에 물을 들이붓듯 그 자리에서 두어 잔을 벌컥벌컥 마셨다.

"뭐? 술 창고를 지키는 자가 더는 안 내준다고! 괘, 괘씸한 놈. 장비의 명령이라 전하고 가져오도록 해. 그래도 싫다고 하면 병사들을 몰고 가서 술 창고를 점령하도록 해라. 아하하하하."

몇 개의 술통이 나뒹굴고, 장비의 몸도 술통처럼 되어버렸다.

"와하하하. 정말 유쾌하구나. 누가 씩씩한 노래라도 좀 불러라. 너희가 부르면 나도 한 곡 부르겠다."

술 창고를 지키던 사람의 보고를 받고 조표曹豹가 놀라 달려왔다. 참으로 볼만한 광경이었다. 그가 어이없다는 듯 넋 나간 표정을 짓고 있자, 장비가 그 모습을 보고 국자를 내밀며 말했다.

"아, 조표! 자네도 한잔하지 않겠나?"

조표가 국자를 밀치며 한탄했다.

"아아…… 귀공은 벌써 잊으셨습니까? 그처럼 큰소리치며 했던 약속을 말입니다."

"뭘 그리 투덜대는 게야. 그러지 말고 한잔 들게."

"한심하기는!"

"뭐, 한심하다고? 이 버러지 같은 놈이!"

장비는 국자로 조표의 얼굴을 때렸다. 그리고 조표가 놀라는 사이에 발길질을 해 쓰러뜨렸다. 조표는 발끈 화를 내며 몸을 일으켰고 곧 장비에게로 다가갔다.

"이놈, 어찌 내게 모욕을 주는 것이냐. 사람들 앞에서 나를 잘도 차겠다."

장비가 그의 얼굴에다 술기운 가득한 숨을 내쉬었다.

"발로 찬 게 대수냐? 네놈은 문관이 아니냐. 문관 주제에 대장인 내게 시건방진 소리를 하기에 벌을 준 것뿐이다."

장비는 다시 한 번 주먹을 휘둘러 조표의 얼굴을 때렸다. 더는 보고 있을 수만도 없었기에 병사들이 그의 팔을 잡기도 하고 허리에 매달리기도 하며 말렸다.

"이놈들, 귀찮다."

장비가 몸을 크게 한 번 흔들자 모두 저 멀리 나가떨어지고 말았다.

"와하하하하하, 조표가 도망을 가는구나. 저 꼴 좀 봐라, 정말 우습구나. 저놈 얼굴이 술통처럼 퉁퉁 부어올라서 오늘은 밤새도록 끙끙 앓을 것이 분명하다."

장비는 손뼉을 치며 즐거워했다. 그가 병사들을 향해 씨름을 하자고 했으나 아무도 나서는 사람이 없었다.

"이놈들, 내가 싫은 게냐?"

그는 커다란 팔을 벌려 도망치는 병사들을 쫓기 시작했다. 마치 술래잡기를 하는 아이들처럼 보였다.

한편 조표는 달아오른 얼굴을 부여잡고 어딘가로 모습을 감추었는데, 얼굴이 욱신욱신 쑤셔올 때마다 장비에 대한 원한이 뼈에 사무쳤다.

"이 분을 어떻게 풀어야 하지?"

그는 문득 무서운 책략 하나를 생각해냈다. 그리고 바로 밀서를 써서 그것을 자신의 하인에게 건네주고 은밀하게 소패성으로 달려가게 했다. 소패는 그리 멀지 않은 곳이었다. 사람이 달리면 이각, 말로 달리면 채 일각도 걸리지 않아 도착할 수 있었다. 약 45리쯤 되는 거리였다.

마침 여포가 잠자리에 든 직후였다. 조표의 하인에게 사정을 듣고

난 심복 진궁이 밀서를 가지고 방으로 들어왔다.

"장군, 일어나십시오. 장군, 장군! 하늘에서 온 길보吉報입니다."

"누구냐……. 고단하니 깨우지 마라."

"지금 잠이 문제가 아닙니다. 드디어 일어설 때가 왔습니다."

"무슨 일이냐, 진궁."

"먼저 이 편지를 한번 읽어보십시오."

여포는 간신히 몸을 일으켜 조표가 보낸 밀서를 보았다. 밀서에는 '지금 서주성은 장비가 혼자서 지키고 있는데, 오늘 장비는 술에 많이 취했고, 성의 병사들도 전부 취해 날뛰고 있다, 지금 당장 군대를 이끌고 와서 성을 취하라, 성안에서 성문을 열어 호응하겠다'는 내용이 담겨 있었다.

"하늘이 주신 기회란 이를 두고 하는 말입니다, 장군. 어서 준비하십시오."

진궁이 재촉하자 여포가 말했다.

"잠시 기다려라, 뭔가 좀 이상하구나. 장비는 나를 눈엣가시처럼 여기고 있는 자다. 내게 이처럼 빈틈을 보일 리가 없다."

"무엇을 망설이십니까? 이번 기회를 놓친다면 두 번 다시 때를 얻기는 힘들 것입니다."

"괜찮겠는가?"

"평소 장군답지 않으십니다. 장비의 무용은 두려워할 만한 것이지만 그의 술버릇이 돋았으니 이 틈을 노려야 합니다. 이런 기회도 잡지 못할 정도의 대장이라면 저는 눈물을 무릅쓰고라도 장군 곁을 떠날 것입니다.”

여포도 마침내 마음을 정했다. 오랜만에 적토마가 갑옷에 대검을 찬 주인을 싣고 달빛 아래 45리 길을 힘차게 달렸다. 그리고 병사 8, 9백 명이 각자의 무기를 들고 앞다퉈 서주성을 향해 달렸다.

잠시 뒤 성 밑에 도착한 여포가 큰 소리로 외치며 문을 두드렸다.

“문을 열어라, 문을! 전장에 계신 유 사군使君께서 다급한 일로 내게 사자를 보내셨다. 이에 장 장군과 급히 논할 것이 있으니 이 문을 열도록 하라.”

성문 위에서 내려다보던 병사는 뭔가 좀 이상하다는 생각이 들었다.

“우선은 장 대장께 여쭙고 문을 열겠습니다. 잠시 기다리십시오.”

대여섯 명의 병사가 안으로 보고하러 갔으나 장비의 모습은 보이지 않았다. 그러는 사이 성안에서 생각지도 못했던 함성이 일었다. 조표의 배신이 시작된 것이었다. 마침내 성문이 활짝 열렸다.

“와아.”

여포의 병사들이 물밀듯이 밀려들었다.

장비는 술을 꽤 많이 마시고 초저녁부터 떠 있던 달의 아름다움에 감격해 정원으로 향했다. 그러고는 성곽의 서쪽 정원에 가서 비틀거리다 쓰러져 잠이 들어버렸다. 그랬기에 망루 위와 그의 잠자리가 있는 각을 아무리 살펴봐도 그를 찾을 수 없었던 것이다.

“응?”

함성에 놀라 장비가 잠에서 깨어났다. 그는 칼이 맞부딪치는 소리, 창이 울리는 소리에 자리에서 벌떡 일어났다.

"아뿔싸!"

장비는 맹렬하게 성안을 향해 달려갔다. 하지만 때는 이미 늦었다. 성안은 대혼란에 빠져 있었다. 발에 걸리는 시체들을 보니 전부 성안의 병사들이었다.

"틀림없이 여포 놈일 것이다."

장비는 말에 뛰어올라 장팔사모를 들고 광장으로 나갔다. 그곳에는 조표를 따르는 배신자들이 여포의 병력과 합세하여 미친 듯이 날뛰고 있었다.

"맛을 보여주마."

장비는 적들의 피를 뒤집어쓰며 그들을 쓰러뜨렸으나, 아직 술에서 완전히 깬 상태가 아니었다. 땅에 있는 적병이 하늘에 떠 있는 것처럼도 보이고, 하늘의 달이 서너 개쯤으로 겹쳐 보이기도 했다. 그러니 병사들을 지휘할 수 있을 리가 없었다. 성안의 병사들은 뿔뿔이 흩어져 달아났다. 칼에 맞아 죽는 사람보다 맞아 죽기 전에 항복하는 사람들의 숫자가 훨씬 더 많았다.

"잠시 여기서 벗어나라!"

장비를 에워싼 18명의 아군 부장들이 그를 억지로 잡아끌어 혼란 속에서 벗어나 동문을 부수고 성 밖으로 달아났다.

"어디로 가는 것이냐, 나를 어디로 데려가려는 것이냐!"

장비가 아우성쳤다. 술이 깨지 않아 꿈이라도 꾸고 있는 듯한 모습이었다. 그러자 뒤에서부터 백여 기 정도를 거느리고 뒤따라오며 외치는 사람이 있었다.

"이 비겁한 장비 놈아, 돌아와라!"

조금 전의 원한을 갚기 위해 날랜 병사들만을 가려 뽑아 추격에 나선 조표였다.

"저놈이."

장비는 그 백여 기의 병사들을 낙엽처럼 쓸어버리고, 도망가는 조표의 머리를 두 쪽으로 쪼개버렸다. 피가 7척이나 뿜어져 올라 달을 거멓게 물들였다. 온몸이 땀으로 범벅이 된 장비는 드디어 술에서도 깬 듯한 얼굴로 자신의 몸을 둘러보았다. 그러더니 갑자기 울음이라도 터뜨릴 것 같은 표정을 지었다.

"아아!"

* * *

여포는 역시 여포답게 발톱과 이빨을 드러냈다. 맹수가 결국에는 주인의 손을 문 것이었다. 하지만 그는 원래 심모원려에 의한 계획을 세우고 그것을 실행하는 악인은 아니었다. 그저 맹수의 발작처럼 극히 단순했다. 욕망을 채우고 나자 한 푼어치도 안 되는 양심의 가책을 느끼는 모습까지 보였다. 그 때문인지 그는 서주성을 점령하자마자 성문과 거리에 방을 높다랗게 내걸어 자신의 양심에 대해 변명을 했다.

공포

나는 오래도록 유비의 은우恩遇를 입었다. 지금 이렇게 성을

차지한 것은 은혜를 잊은 무정한 행동이 아니라, 성안의 사특
를 진압하여 적을 이롭게 하는 무리들을 내쫓아 정벌 후의 화
근을 제거하기 위함이다. 그러니 군민들은 속히 평소의 업무
로 돌아가 나의 다스림 아래서 안심하기 바란다.

그러고 나서 여포는 성의 후각으로 들어갔다.

"포로가 된 부녀자들을 거칠게 다뤄서는 안 된다."

여포가 병사들에게 주의를 주었다. 후각에는 유비의 가족들이 살고
있었다. 여포는 후각 안의 사람들도 성을 잃은 후 하녀들을 제외하고
는 모두 다 도망갔을 것이라 생각했다. 그런데 안쪽 어두운 방 한군데
에 어딘가 기품이 있어 보이는 노모와 젊고 아름다운 부인과 어린아이
들이 한데 모여 가만히 서 있는 것이 보였다.

"너, 너희는 유현덕의 가족들이냐?"

여포의 짐작대로 그들은 유비의 어머니와 부인, 그리고 어린 자식들
이었다.

"……."

노모는 아무 말도 하지 않았다. 부인의 공허한 눈에서 하얀 눈물 한
줄기가 흘러내렸다. 앞으로의 일을 근심하고 있는 듯 창백한 얼굴과 머
리카락과 입술이 가느다랗게 떨렸다.

"하하하, 아하하하."

갑자기 여포가 웃기 시작했다. 일부러 웃음을 보이기 위해서 웃은
것이었다.

"부인, 그리고 어머니. 걱정하실 것 없습니다. 저는 여러분과 같은 아녀자를 죽일 만큼 무자비한 사람이 아닙니다. 그건 그렇고 제 주인의 가족들을 내버리고 달아난 불충한 놈이 무슨 면목으로 주인을 볼 요량인지, 아무리 다급했다고는 하지만 참으로 경멸스러운 놈들입니다."

여포는 오만한 태도로 중얼거리고는 부장을 불러 명령했다.

"유비의 노모와 처자를 병사 백 명과 함께 지키도록 해라. 이 방에 사람을 함부로 들여서는 안 된다. 또 호위를 하는 자들 역시 난폭하게 굴어서는 안 된다."

그리고 부인과 노모를 다시 한 번 바라보았다. 이제는 안심했을 것이라 생각했기 때문이다. 하지만 유비의 어머니와 부인은 마치 돌이라도 된 양 얼굴에 핏기가 없었으며, 아무 표정도 보이지 않았다. 하염없이 눈물만 흘릴 뿐이었다. 그들은 말을 잃은 사람처럼 입술을 굳게 다물고 있었다.

"이제는 안심해도 되지 않겠소?"

여포가 은혜를 베푸는 사람처럼 말했으나 부인과 노모는 머리조차 숙이지 않았다. 기쁨이나 감사라고는 조금도 찾아볼 수 없는, 원한 가득한 눈빛이 눈물을 머금은 채 바늘처럼 여포의 얼굴을 찌르고 있었다.

"나는 이제 일을 보러 가봐야겠군. 얘들아, 잘 보살펴드려야 한다."

여포는 서둘러 그곳에서 나왔다.

한편 유비는 서주성에서 그런 일이 일어난 줄도 모르고 적장 기령을 쫓아 회음의 강변까지 나아가 진을 치고 있었다. 황혼 무렵, 관우가 부하들을 이끌고 전선의 진지를 한 바퀴 둘러본 뒤 돌아왔다. 그런데 보초를 서고 있던 병사들이 벌판 끝을 바라보며 수선을 떨었다.

"적인가?"

"적인 것 같은데."

어두워져 가는 벌판 끝에서 석양을 등에 지고 터벅터벅 다가오는 한 무리의 인마가 있었다. 관우도 이상히 여기며 지켜보고 있었다. 잠시 뒤, 확인을 위해 달려나갔던 병사가 돌아오며 외쳤다.

"장 대장입니다. 장 대장과 18기의 부장들이 이쪽으로 오고 있습니다."

"뭐? 장비가 왔다고?"

관우는 이곳으로 와야 할 이유가 없는 장비가 왔다면 틀림없이 좋은 일은 아닐 것이라고 생각했다.

'무슨 일이 일어난 걸까?'

그는 근심스러운 얼굴로 장비를 기다렸다.

마침내 장비와 18기의 부장들이 초라하기 짝이 없는 모습으로 다가와 말에서 내렸다. 관우는 그들의 모습을 본 순간 불길한 예감이 들었다. 평소의 장비와는 전혀 다른 모습이었기 때문이다. 장비는 기운이 없었다. 웃음기도 없었다. 그 호탕하고 시원시원하던 사람이 잔뜩 풀이 죽어 고개를 숙이고 있었다.

"장비야, 무슨 일이냐?"

관우가 장비의 어깨를 두드리자 장비가 힘없이 말했다.

"면목 없게 됐소. 살아서 형이나 큰형님을 뵐 자격도 없지만, 어쨌든 죄를 빌 요량으로 수치심을 참고 여기까지 온 거유. 큰형님께 말씀 좀 넣어주시오."

관우는 장비를 데리고 유비의 막사로 갔다. 유비도 놀란 눈으로 그를 맞아들였다.

"아니, 장비가 아니냐?"

"죄송하게 됐습니다."

장비는 땅거미처럼 찰싹 엎드리더니 서주성을 빼앗긴 사실을 보고했다. 그처럼 굳게 약속했던 금주를 지키지 못하고 인사불성이 되었다는 사실도 솔직하게 털어놓았다.

"……."

한동안 말이 없던 유비가 물었다.

"어쩔 수 없는 일이다. 그런데 어머니는 어떻게 되었느냐? 내 처자는 무사한 것이냐? 어머니와 처자만 무사하다면야 성 하나를 잃는 것도 운, 나라를 잃는 것도 운, 다시 운이 찾아오면 회복할 날도 있을 것이다."

"……."

"어째서 대답이 없는 게냐?"

"그게……."

평소의 장비답지 않게 기어 들어가는 목소리였다. 그가 코를 훌쩍이며 울먹이는 소리로 말했다.

"부끄러워서 죽고만 싶습니다. 술에 너무 취해 있었기에…… 후각으로 달려가서 성 밖으로 피난시키지도 못하고……."

말이 채 끝나기도 전에 관우가 벌컥 화를 냈다.

"그럼 어머니와 형수님과 조카를 모두 여포의 손아귀에 남겨둔 채 너만 혼자 도망쳐왔단 말이냐?"

"아아, 나는 어째서 이렇게 어리석은 놈으로 태어난 건지. 큰형님, 용서해주십시오. 관우 형, 나를 좀 비웃어주시오."

장비는 울부짖으며 자신의 머리를 주먹으로 두어 번 때렸다. 그래도 여전히 '어리석은 자신'에 대한 분이 풀리지 않았는지 갑자기 검을 뽑아 자신의 목을 찌르려 했다. 유비가 깜짝 놀라 외쳤다.

"관우야, 말려라!"

"앗!"

장비의 검을 빼앗은 관우가 장비를 야단쳤다.

"무슨 짓을 하려는 게냐, 이 어리석은 놈아."

장비가 몸부림치며 통곡했다.

"그 검으로 내 목을 쳐주시오. 무슨 면목으로 살아갈 수 있겠소."

유비가 장비 곁으로 다가가 위로하듯 말했다.

"장비야, 이제 그만해라. 이미 엎질러진 물이니 어쩔 수가 없구나."

유비가 다정하게 말하자 장비는 더욱 괴로웠다. 차라리 매를 들어 때리고 때리고 또 때려주면 속이 시원할 듯했다. 유비가 무릎을 꿇어 장비의 손을 힘껏 잡았다.

"옛사람이 말하기를, 형제는 수족과 같고 처자는 의복과 같다고 했다. 의복은 떨어지면 다시 지으면 되나, 손발은 한번 잘려 몸에서 떨어져나가면 그것을 다시 붙일 수가 없다. 잊었느냐, 장비야. 우리 세 사람은 도원에서 의를 맺고 형제의 술잔을 나눌 때, 한날한시에 태어나지는 못했으나 한날한시에 죽기로 맹세한 사이가 아니냐?"

"흑…… 흑……."

장비가 오열하며 고개를 끄덕였다.

"우리 삼 형제는 각자 부족한 점이 있는 사람들이다. 그 결점을 서로 보완해주어야 비로소 참된 수족이자 한 몸이 된 형제라고 할 수 있지 않겠느냐? 너는 신이 아니다. 나도 일개 범부에 지나지 않는다. 범부인 내가 어찌 네게 신처럼 완전하기를 바라겠느냐? 여포에게 성을 빼앗긴 것도 어쩔 수 없는 일이다. 또 아무리 여포라 할지라도 힘없는 우리 어머니와 처자까지 죽이는 잔인한 짓은 하지 않을 것이다. 그렇게 울지만 말고 함께 훗날을 도모하여 나의 힘이 되어주기 바란다. 장비야, 무슨 말인지 알겠느냐?"

"네…… 네…… 네……."

장비는 콧등으로 눈물을 뚝뚝 떨어뜨리며 언제까지고 땅바닥에 두 손을 댄 채 엎드려 있었다. 유비의 말에 관우도 눈물을 흘렸으며, 그 외의 부장들도 모두 감격했다.

그날 밤, 장비는 홀로 회음의 강가로 나가 아직도 다 울지 못한 듯 하늘의 달을 올려다보았다.

"어리석은 놈! 천하에 어리석은 놈! 나는 대체 얼마나 어리석단 말이냐. 죽으면 용서가 될 것이라고 생각했던 것도 참으로 어리석은 일이다. 그래, 무슨 일이 있어도 살아야 한다. 살아서 큰형님 유비를 위해 분골쇄신하자. 오직 그것만이 오늘의 죄를 용서받고, 오늘의 치욕을 씻는 길이다."

장비는 커다란 목소리로 혼잣말을 중얼거렸다. 그런 그를 곁에 있던 말이 이상하다는 듯 바라보았다. 말은 달빛과 노닐고 있었다. 강의 물을 마시고 풀을 먹으며 내일을 위한 영기를 기르고 있는 것처럼 보였다.

밤이 지나는 동안에도 싸움은 없었다. 그 이튿날도 이렇다 할 싸움은 없었다. 적군의 병사들도 움직이지 않았고 아군 병사들도 움직이지 않았다. 가끔 화살이 오가기만 할 뿐, 그 상태로 며칠 더 대치만 했다.

그사이 원술은 서주의 여포에게 외교적으로 접근을 해갔다.

"만약 귀하가 유비의 뒤를 쳐서 우리 남양군을 이롭게 해주신다면 저는 전쟁이 끝난 후, 귀공에게 군량 5만 석, 준마 5백 필, 금은 만 냥, 비단 천 필을 드리겠습니다."

그럴듯한 미끼를 던져 여포를 자기편으로 끌어들이려 한 것이었다. 물론 여포는 기꺼이 원술이 청해온 밀맹密盟에 응했다. 바로 부하 고순高順에게 병사 3만 명을 주고 서둘러 우이로 가라고 명했다.

"유비의 뒤를 습격하라."

우이의 진영에 있던 유비도 일찌감치 그 정보를 듣고 막료들과 회의를 시작했다.

"어찌하면 좋겠소?"

관우와 장비는 입을 모아 말했다.

"설령 앞뒤로 적을 맞아 불리한 위치에 놓인다 할지라도 기령, 고순 따위가 무어 그리 두렵겠습니까?"

비장한 각오로 한바탕 결전을 펼치자고 주장했으나 유비는 자중할 것을 주장했다.

"아닐세, 지금은 숙고에 숙고를 거듭해야 할 중요한 순간일세. 아무래도 이번 출진은 모든 일이 순조롭지가 못했네. 운명의 파장이 거꾸로 부딪쳐오기만 할 뿐이야. 생각건대 지금 우리의 운명은 순풍의 도움을 받지 못하고 오히려 역풍에 흔들리고 있는 형국인 듯하네. 천명에 따르기로 하세. 난파당한 배를 굳이 풍랑에 부딪치게 해서 자멸을 서두르는 것은 오히려 어리석은 일일세."

"주공에게 싸울 뜻이 없으니 어쩔 수 없는 일이다."

다른 부장들이 관우와 장비를 달래, 결국은 지금의 땅에서 벗어나기로 결론을 맺었다.

큰비가 내리는 밤이었다. 회음의 하구가 크게 범람해 기령의 군대도 추격할 수가 없었다. 그 폭풍우가 부는 틈을 이용하여 유비는 우이에서 물러나 광릉廣陵 지방으로 옮겨갔다.

고순이 이끄는 3만 기가 그곳에 도착한 것은 그 이튿날이었다. 도착하고 보니 풍우에 풀이 모두 쓰러졌고, 나무가 부러졌으며, 강이 넘쳐 인마의 그림자는커녕 진지의 흔적에 한 덩이 말똥조차 보이지 않았다.

"적이 고순의 이름을 듣고 무서워서 달아났구나. 참으로 유쾌한 일이로다."

고순은 바로 기령의 진지로 가서 기령과 인사를 나누었다.

"약속한 대로 유비의 군을 내몰았으니 금은과 식량과 마필, 비단을 넘겨주시오."

그러자 기령이 대답했다.

"아, 그건 우리 주공이신 원술 장군과 여포 장군께서 맺은 조건인 듯

하나 나는 아직 듣지 못했소. 또 들었다 한들 그처럼 많은 재화를 나 혼자만의 판단으로 넘겨줄 수는 없는 일이오. 곧 원술 장군께 말씀드릴 테니 귀공도 우선은 돌아가서 그 대답을 기다리도록 하시오.”

일리 있는 말이었기에 고순은 서주로 돌아가 여포에게 그대로 보고했다. 그런데 그 후, 원술에게서 다음과 같은 서간이 왔다.

> 유비는 지금 광릉에 숨어 있소. 속히 그의 목을 쳐서 전에 약
> 속했던 재보를 받도록 하시오. 대가를 치르지 않고 어찌 받을
> 생각만 하시오.

“무례하기 짝이 없는 놈이로구나. 나를 신하로 생각하고 있기라도 한 것이란 말이냐? 제가 먼저 제시한 조건이건만, 갖고 싶으면 유비의 목을 그 대가로 가져오라고? 사람을 놀리는 듯한 이 글은 무엇이란 말이냐!”

여포가 분노했다. 자신을 속였으니 원술을 쳐서 그 죄를 묻겠다고까지 말했다. 화난 여포를 달래는 것은 언제나 진궁의 몫이었다.

“원씨 일족 중에 원소라는 거물이 있다는 사실을 잊으시면 안 됩니다. 원술도 수춘성壽春城에 근거하여 지금은 하남 제일의 세력을 유지하고 있습니다. 그보다는 달아난 유비를 불러들여 그를 달래 소패에 머물게 하고 때를 기다리는 것이 좋을 듯합니다. 때가 오면 유비를 선봉으로 삼아 원술을 치게 하고 원씨 일족의 우두머리라 할 수 있는 원소까지 없애는 것입니다. 그렇게 하면 천하의 대업, 절반은 이미 장군

의 손에 있는 것이라 할 수 있습니다."

다음 날 여포의 사자가 광릉(강소성 양주)으로 향했다.

그 후 유비는 소수의 심복들과 함께 광릉의 산사에 숨어 있었다.

아무리 난세라고는 하지만, 한 발짝 헛디디면 끝도 없는 나락으로 떨어졌고, 그 속도가 끔찍할 정도로 빨랐다. 3일 천하, 하룻밤 사이의 몰락 등과 같은 말은 흥망부침興亡浮沈이 격렬했던 당시의 수많은 영웅과 제후들에게 잘 어울리는 말이었다. 유비라고 해서 그 풍운의 바깥쪽에 있을 수는 없었다. 끊임없이 원씨 일족의 기습을 받아 패망, 또 패망, 그리고 비운만이 계속되었다. 식량과 물자가 떨어지면 병사들이 말과 무기를 훔쳐 달아나는 것도 난세를 살아가는 그들의 생활 방식이었다.

깊은 산의 폐허가 된 절 안에서 유비가 주위를 둘러보았을 때 남아 있는 사람은 관우와 장비, 그리고 10여 명의 부장들과 수십 명의 병사들뿐이었다. 그곳으로 여포가 보낸 사자가 왔다.

"또 무슨 속임수를 쓰려고 사람을 보낸 것이겠지."

관우는 그 내용을 알려고 하지도 않고 무조건 반대했다. 장비도 역시 말렸다.

"큰형님 가서는 안 됩니다."

"아니다."

유비는 그들을 달랜 뒤 여포의 부름에 응하려 했다.

"이제는 그도 선한 마음이 들어 내게 인정을 베풀려 하는 것이다. 타인의 미덕을 욕되게 하는 것은 인간의 양심에 침을 뱉는 것과 다를 바

없는 일이 아니겠느냐. 이처럼 암담하고 탁한 세상에도 인간의 사회가 짐승의 그것으로까지 떨어지지 않는 것은 그 어떤 천성을 타고난 자라 할지라도 한 조각 양심을 가지고 있기 때문이다. 그러니 사람의 양심과 미덕을 존중하지 않으면 안 된다."

장비가 뒤에서 혀를 찼다.

"우리 큰형님은 공자에 너무 경도되어 있어. 무장과 공자는 그 하는 일이 서로 다르거늘 관우 형, 형에게도 책임이 있어."

"왜 또 나를 물고 늘어지는 게냐?"

"시간만 나면 형이 큰형님에게 학문에 관한 얘기를 하고 책을 권하니까 일이 이렇게 되는 거 아니야. 하긴, 형도 근본은 동학초사의 훈장이었으니."

"무슨 억지를 부리는 게냐? 그럼 무만 있고 문이 없으면 어떤 인간이 되겠느냐? 내 앞에 있는 이 사내처럼 되지 않겠느냐?"

관우가 손가락으로 장비의 코를 살짝 두드렸다. 장비는 울컥하며 코를 뒤로 잡아당겼다.

며칠 후, 유비는 서주로 향했다. 여포는 유비의 의심을 풀기 위해 그의 어머니와 부인 등 가족을 중간 지점으로 보내 서로를 만나게 했다. 유비는 어머니와 아내를 두 팔로 맞아들이고 아이들의 인사를 받았다. 그리고 모두가 무사함을 하늘에 감사했다.

"오오, 고마운 일이로다."

"여포가 사람을 시켜 저희를 잘 보살펴주었습니다."

부인인 감甘씨와 미糜씨가 말했다.

그때 여포가 직접 성문까지 나와 유비를 맞으며 변명했다.

"저는 결코 이 성을 빼앗은 것이 아닙니다. 성안에서 사사로운 싸움이 일어 자괴自愧의 조짐이 있었기에 미연에 방지하고자 잠시 지키고 있었던 것일 뿐입니다."

"아니, 저는 처음부터 이 서주를 장군께 양보하려 했습니다. 오히려 합당한 주인을 만난 것이라 기뻐하고 있을 정도입니다. 모쪼록 성을 융성하게 하고 백성들을 사랑해주시기 바랍니다."

여포가 마음과는 달리 거듭 사퇴했으나, 유비도 끝내 사양하고 소패성으로 들어갔다. 그리고 유비는 분을 삭이지 못하는 주변 사람들을 달랬다.

"몸을 낮추고 분수를 지키며 하늘이 주는 때를 기다리자. 교룡이 연못에 숨는 것은 승천을 하기 위해서다."

27
커다란 강의 물고기

아버지 손견이 세상을 떠난 후 원술에게 몸을 의지하고 있던 손책은
원술에게 군대를 빌려 강동 평정에 나선다. 그 앞에 나타난 호적수

커다란 강은 대륙의 동맥이다. 중국 대륙을 살리는 두 개의 대동맥
은 말할 것도 없이 북방의 황하와 남방의 양자강(장강)이다. 오뭣는 커
다란 강의 흐름에 따라 '강동의 땅'이라고 불린다.

오의 장사태수 손견의 아들인 손책도 이제는 당년 21세의 늠름한
청년이 되었다.

"그가 아버지보다 더 뛰어난 것 같아. 강동의 기린아란 그를 두고 하
는 말이야."

세상에서도, 아버지를 섬기던 신하들 중에서도 그의 성장에 기대를

거는 사람이 많았다. 아버지 손견의 시신을 곡아에 묻고 전쟁에서 패한 군대와 함께 강동으로 돌아왔을 때 그는 아직 17세에 불과했다. 그후 현명한 인재들을 모으고 병사들을 훈련하여 조용히 집안의 재흥을 꾀했으나 역경이 이어질 때는 어찌할 수가 없었다. 그래서 마침내는 장사의 땅을 지켜내지 못하는 비운을 맞이하게 되었다.

"때가 오면 모시러 올 테니 잠시 시골로 피해 계십시오."

그는 노모와 일족을 곡아에 있는 친족에게 맡기고 17세 무렵부터 전국을 떠돌았다. 남몰래 품은 큰 뜻을 가슴에 숨긴 채 각 지방의 인정, 지리, 병비 등을 보며 돌아다녔다. 온갖 괴로움을 철저히 맛보며 편력한 것이었다. 그리고 2년 전쯤 회남淮南에 머물며 수춘성의 원술 밑에서 식객으로 살아가고 있었다. 원술과 망부 손견은 친분이 있는 사이였을 뿐만 아니라, 손견이 유표와 싸우다 곡아에서 목숨을 잃은 것도 원술의 사주가 그 전쟁의 동기이기도 했다. 그러다 보니 원술도 손책을 동정하여 특별히 받아주고 아들처럼 사랑했다. 손책은 그곳에 머물며 경현涇縣에서의 전쟁에서 공을 세웠으며, 노강盧江의 육강陸康을 토벌하러 가서는 비할 데 없는 전과를 올렸다. 또한 평소에는 책을 즐기고 행동이 얌전했으며, 사람들을 아끼고 어진 마음으로 대했기에 '그는 커다란 강의 쏘가리다'라는 말과 함께 사람들의 주목을 받았다.

손책은 틈만 나면 무예를 연마하고 산야로 사냥을 나가 심신을 단련했다. 하루는 몇 안 되는 사람들을 데리고 복우산伏牛山에서 온종일 사냥을 했다.

"아, 피곤하구나."

그는 중턱의 바위에 앉아 석양에 물든 붉은 구름의 장엄한 모습을 바라보고 있었다. 원술의 근거지인 수춘성과 회남 일대의 거리와 마을이 눈 아래 펼쳐져 있었다. 그 사이로 굽이쳐 흐르는 한 줄기 강물은 회하淮河였다. 회하는 큰 강이 아니었다. 커다란 강의 흐름과는 비교도 되지 않을 정도였다.

'커다란 강의 물에 몸을 싣고 내 뜻을 펼칠 날이 언제나 올지……'

손책은 강동의 땅을 생각하지 않을 수 없었다.

'곡아의 어머니는……'

그러다 깊은 그리움에 잠기기도 했다.

'언제나 떳떳한 아들이 되어 아버지 무덤의 풀을 벨 수 있을지……'

그리고 홀로 한탄했다.

그때 그늘 아래서 쉬고 있던 부하 중 한 사람이 다가와 말했다.

"도련님, 어찌 헛되이 한탄하고 계십니까? 도련님은 앞길이 창창한 청년입니다. 저 지는 태양도 내일 없이 지는 태양이 아닙니다."

누구인지 돌아보니 자를 군리君理라 하는 주치朱治였다. 아버지 손견의 가신 중 한 사람이었다.

"아, 군리 아닌가? 오늘도 하루해가 저물었소. 산야로 사냥을 다니는 것이 무슨 도움이 될지……. 이처럼 하루하루 덧없는 시간을 보내는 것이 하늘과 땅에게 미안하다는 생각이 드오. 단 하루도 그것을 마음으로 사죄하지 않은 적이 없었소. 그저 고향이 그리워서 나약한 마음으로 한탄한 것이 아니오."

손책이 진지한 얼굴로 말했다.

군리는 손책의 속마음을 듣더니 함께 한탄했다.

"아아, 역시 그런 마음이셨군요. 소년의 세월은 빠릅니다. 혈기에 넘친 한탄은 당연한 것입니다."

"이제 알겠는가, 내 괴로운 마음을?"

"늘 지켜보고 있었습니다. 저 역시도 오에서 태어난 사람이니까요."

"조상들의 땅을 잃고 타지에서 식객으로 머무는 청년 21세. 덧없이 산야에서 짐승들만 쫓고 있으니……. 아, 생각할수록 나는 지금의 처지를 견딜 수가 없소."

"도련님, 그토록 깊이 생각하신다면 대장부로서 어찌 망부의 업을 이으려 하지 않으신단 말씀입니까?"

"하지만 나는 일개 식객에 지나지 않소. 원술이 나를 아무리 아낀다고는 하나 내게 짐승 쫓을 활은 줄지언정, 대업을 일으킬 병마는 주지 않을 것이오."

"그러니 그 온정에 기대면 어떻게 되겠습니까? 도련님을 애지중지하는 자, 애무하는 자, 아름다운 옷과 기름진 음식, 사치스러운 생활 모두 도련님의 청춘을 나약하게 만드는 적입니다."

"그러나 원술이 베푸는 정을 배반할 수도 없는 일 아니오."

"그런 우유부단함을 단호히 떨치지 못한다면 평생 뜻을 이루지 못하실 것입니다. 세상에 가득 찬 풍운을 보십시오. 이러한 시대에 태어났는데 어찌 끝없는 푸념에만 사로잡혀 계십니까?"

"그렇소. 실은 나도 그것을 뼈저리게 느끼고 있었소. 군리, 어찌해야 내가 아무런 부족함도 없는 지금의 상황에서 벗어나, 고난에 맞서 가치 있는 싸움을 펼치는 시대의 아들이 될 수 있겠소?”

“도련님의 숙부 중에 불운한 분이 계시지 않습니까? 단양丹陽의 태수로 계시던…….”

“음, 외삼촌 오경吳景을 말씀하시는 게요?”

“그렇습니다. 그분께서 단양을 잃으셨다는 말을 들었습니다. 역경에 빠진 숙부를 돕는다는 구실로 얼마간의 시간과 군대를 청하는 것입니다.”

“그렇군!”

손책은 눈을 들어 저녁 하늘을 건너가는 새 떼를 바라보며 깊은 생각에 잠겼다. 그런데 아까부터 나무 뒤에 숨어 두 사람의 이야기에 열심히 귀를 기울이던 사람이 있었다. 두 사람의 대화가 끊기자 그가 성큼성큼 앞으로 나와 당돌하게 말했다.

“오오, 강동의 기린아, 무엇을 망설이십니까. 부친의 업을 이어 일어서도록 하십시오. 부족하나마 부하 백여 명을 데리고 가장 먼저 힘을 보태겠습니다.”

그는 원술의 부하로 이 부근의 관리였는데, 이름은 여범呂範이고, 자는 자형子衡이었다. 자형은 사람들로부터도 뛰어난 모사라고 인정을 받고 있었다. 손책은 뜻밖의 지기知己를 얻고 매우 기뻐했다.

“공도 역시 내 마음속 근심을 측은히 여기는 자요?”

“공께서 커다란 강을 건너신다면 말입니다.”

자형이 손책을 바라보았다.

순간 손책이 자리에서 벌떡 일어나 하늘을 향해 한쪽 주먹을 휘둘렀다. 그리고 불꽃이 이는 듯한 눈동자로 외쳤다.

"건너자, 건너자, 커다란 강. 거슬러 오르자, 거슬러 오르자, 천 리의 강물. 타인의 정원 안 조그만 연못에 머물며 잡어들과 어찌 청춘을 게 을리 보낼 수 있겠는가."

자형이 손책에게 물었다.

"하나, 손책 나리. 제가 생각건대 원술은 결코 병사를 빌려주지 않을 것입니다. 아무리 청해도 소용없을 것입니다. 그때는 어떻게 하시겠습니까?"

"걱정할 것 없소. 이미 각오를 했으니 내게도 다 생각이 있소."

아직은 어린 나이지만 이 한마디로 손책이 미래의 큰 그릇이 될 것이라는 사실을 엿볼 수 있었다.

"어떻게 해서 원술에게 병사를 빌리실 생각입니까?"

자형과 군리는 손책의 속뜻을 헤아릴 수 없었다. 그러자 손책이 자신 있다는 듯 미소를 지으며 대답했다.

"원술이 평소 갖고 싶어 하던 물건을 담보로 하면 틀림없이 병사를 빌려줄 것이오."

'원술이 갖고 싶어 하던 물건?'

두 사람은 이리저리 생각해보았으나 무엇인지 알 수가 없었다. 그것이 무엇이냐고 묻자 손책은 자신의 품을 감싸 안으며 힘주어 대답했다.

"전국의 옥새!"

"네? 옥새라니요?"

두 사람이 뜻밖이라는 표정을 지었다. 옥새는 천자의 인장이었다. 국

토를 물려받고 대통을 잇는 데 없어서는 안 될 조정의 보물이었다. 그런데 낙양에서 대란이 일어났을 때 그 옥새가 분실되었다는 소문이 있었다.

"아, 그렇다면…… 전국의 옥새가 지금 도련님의 손에 있다는 말씀이십니까?"

자형이 웅얼거리듯 물었다. 낙양에서 대란이 일었을 때 손책의 아버지인 손견이 궁궐 안의 우물에서 그것을 찾아내 강동으로 가지고 갔다는 소문은 당시 공공연한 것이었다. 그때의 풍문이 자형의 머리에 문득 떠올랐다.

손책이 주위를 둘러보더니 다시 자신의 가슴을 쓰다듬으며 말했다.

"음, 아버지로부터 물려받아 늘 몸에 지니고 있었네만 원술이 어떻게 알았는지 옥새에 군침을 흘린 적이 있었다네. 그는 분수도 모르고 제위에 오르겠다는 야심을 품고 있더군. 그래서 옥새를 자신의 것으로 만들려 하는 것이겠지."

"그렇게 된 거로군요. 이제야 알았습니다, 원술이 도련님을 친아들처럼 아끼는 이유를."

"그의 야심을 알고 있으면서도 모르는 척해왔기 때문에 나도 지금까지 무사히 원소의 비호를 받을 수 있었던 거요. 나를 지키며 길러준 것은 곧 옥새라고 해도 좋을 것이오."

"그렇다면 그처럼 소중한 옥새를 원술의 손에 넘겨줄 생각이란 말씀입니까?"

"아무리 소중한 물건이라 한들 이 손책은 조그만 물건 하나에 큰 뜻을 의탁할 마음이 없소. 내 큰 뜻은 천지에 있소.”

손책의 기개를 보고 두 사람은 크게 감격했다.

얼마 후 손책은 수춘성의 은밀한 장소에서 원술을 만났다.

“벌써 3년째 은혜를 입고 있습니다. 그 은혜도 다 갚지 못하고 이런 청을 드린다는 것은 참으로 염치없는 일입니다만, 얼마 전 고향에서 온 친구의 말에 의하면 숙부인 오경이 양주의 유요劉繇로부터 공격을 받아 몸을 의지할 곳조차 없는 역경에 처했다고 합니다. 곡아에 남겨 두고 온 저희 어머니와 숙모님과 어린 동생들 모두 비운의 밑바닥에서 두려움에 떨고 있다고 합니다.”

손책은 고개를 숙이고 눈물을 흘리며 말을 이었다.

“덕분에 저도 벌써 21세가 되었으나, 아직 아버지의 무덤도 찾아뵙지 못하고 하루하루 편안하게 지내는 것이 과분하기도 하고, 또 한심한 일이기도 하다는 생각이 듭니다. 모쪼록 제게 한 무리의 잡군을 빌려주시기 바랍니다. 강을 건너 숙부를 돕고 조금이나마 망부의 영혼을 위로한 뒤, 하다못해 어머니와 동생들의 안부만이라도 확인하고 다시 돌아오겠습니다.”

그는 그렇게 말한 뒤, 말없이 생각에 잠겨 있는 원술에게 옥새가 든 조그만 상자를 내밀었다. 그것을 본 순간 원술의 얼굴에 붉은빛이 감돌았다. 감출 수 없는 기쁨과 야망의 불꽃이 그의 눈 속에서 활활 타오르기 시작했다.

“이 옥새를 담보로 맡길 테니 부디 저의 청을 들어주십시오”

손책이 말하자 원술은 마치 기다리고 있었다는 듯 흔쾌히 승낙했다.

"알겠네. 병사 3천 명에 말 5백 필을 빌려주기로 하지. 그리고 관작의 직권이 없으면 병사를 부리는 데 위엄이 서지 않을 거야."

원술은 오랜 동안의 야망이 이루어졌기에 손책에게 교위라는 직책을 주고, 진구장군殄寇將軍을 칭할 수 있도록 했다. 뿐만 아니라 무기와 마구 등 모든 것을 준비해주었다. 손책은 무척 기뻐하며 그날로 병사들을 이끌고 출발했다. 따라나선 사람들 중에는 그와 뜻을 같이하기로 약속한 군리와 자형을 비롯해 아버지 손견 때부터 가신으로 있었으며 유랑 중에도 그의 곁을 떠나지 않았던 정보, 황개, 한당 등과 같이 믿음직한 사람들이 있었다.

역양曆陽 강서성 부근까지 왔을 때 젊은 무사 하나가 다가오더니 말에서 내리며 손책을 불렀다. 풍모가 수려하고, 아름다운 옥 같은 얼굴에 나이도 손책과 비슷해 보이는 청년이었다.

"아아, 주유가 아닌가? 이곳에는 어쩐 일인가?"

반가움에 손책도 말에서 내려 그의 손을 잡았다. 주유周瑜는 노강盧江(안휘성) 사람으로 자가 공근公瑾이며 손책의 죽마고우였다. 그는 이번에 손책이 출정한다는 소문을 듣고 힘을 보태기 위해 급히 달려온 것이라 했다.

"친구의 도움을 얻게 되다니, 정말 잘 와주었네. 부디 자네의 힘을 빌려주게나."

"내 자네를 위해서라면 견마의 노고도 아끼지 않겠네."

두 사람은 말 머리를 나란히 하고 길을 가며 정답게 이야기를 나누었다.

“그런데 자네는 강동의 이현二賢을 알고 있는가?”

“강동의 이현이라니?”

“재야에 숨어 사는 두 현인을 말하는 걸세. 한 사람은 장소張昭라고 하고, 또 다른 한 사람은 장굉張紘이라고 한다네. 혹자는 강동의 이장二張이라고도 하지.”

“그런 인물들이 있었단 말인가?”

“반드시 두 사람을 불러 막료로 삼아야 할 걸세. 장소는 여러 책을 두루 읽어서 천문지리에 밝으며, 장굉은 재기가 넘치고 모든 경전에 통달해서 한번 입을 열면 강동과 강남의 백가百家라 할지라도 그를 당해낼 자가 없다네.”

“어찌해야 그 같은 현인들을 맞아들일 수 있겠나?”

“권력으로 대해서도 안 될 것이며, 산더미 같은 재물을 주어도 움직이지 않을 걸세. 사람은 마음에 감복한다는 말이 있으니 자네가 직접 가서 예를 다하고, 깊이 공경하고, 가슴에 품고 있는 진실을 들려주어야 할 걸세. 그리하면 혹시 마음을 움직일지도 모르네.”

손책은 곧 그 지방에 다다르자 직접 장소의 은거지를 찾아 들어갔다. 그리고 그의 열정이 마침내는 장소의 마음을 움직였다.

“모쪼록 나이 어린 저를 질타하시어 아버지의 원수를 갚게 해주십시오.”

그 한마디가 쉽게 나서려 하지 않았던 은사 장소를 움직이게 한 것이었다. 그리고 장소와 주유를 보내 또 다른 한 사람인 장굉까지도 설득했다.

이제 손책의 진중에는 두 현인이 좌우의 날개처럼 가세하게 되었다. 장소를 장사중랑장長史中郎將으로, 장굉을 참모정의교위參謀正義校尉로 삼아 드디어 일군의 위용을 갖추게 된 것이다.

손책이 첫 번째 적으로 삼은 것이 숙부인 오경을 괴롭힌 양주자사 유요였다. 유요는 양자강 기슭의 호족이자 명문가의 자손이었다. 한실의 피를 물려받았으며 연주자사인 유대가 그의 형, 태위인 유총劉寵이 그의 큰아버지였다. 그리고 지금은 커다란 강에 면해 있는 수춘(강서성 구강)에 자리하고 있었는데, 그 부하 중에는 웅장雄將들이 여럿 있었다. 그런 유요를 적으로 삼은 손책의 앞길 또한 썩 순탄한 것만은 아니었다.

＊ ＊ ＊

우저牛渚(안휘성)는 양자강에 접해 있으며 뒤로는 산악을 업고 있어 장사의 철문이라 불리는 요충지였다.

"손견의 아들인 손책이 군대를 이끌고 남하해오고 있다!"

그 소식이 전해지자 유요는 회의를 열어 바로 우저에 군량미 10만 석을 보내고 동시에 장영張英을 대장으로 대군을 주어 방어를 맡게 했다. 그때 회의의 말석에 앉아 있던 태사자太史慈, 자를 자의子義라 하는 사람이 앞으로 나서며 말했다.

"부디 저를 선봉으로 써주시기 바랍니다. 부족하나마 반드시 적을 격파하겠습니다."

유요는 잠시 시선을 주기만 했을 뿐 한마디로 물리쳤다.

"너는 아직 자격이 없다."

태사자는 얼굴을 붉히며 입을 다물었다. 그는 이제 막 서른 살이 된 젊은이였으며, 유요를 섬긴 지도 얼마 되지 않은 신참이었다. 그 자리에 있던 많은 사람들이, '함부로 나대는 건방진 놈'이라는 듯 자신을 보는 것 같아 너무도 부끄러웠다.

우저로 들어간 장영은 저각邸閣이라 불리는 곳에 군량미를 비축해 두고 유유히 손책의 군대가 오기를 기다리고 있었다. 그에 앞서 병선 수십 척을 마련한 손책은 장강長江으로 나가 강을 거슬러 올라가기 시작했다.

"오, 우저가 보인다."

"적이 엄중하게 지키고 있군."

"적의 화살을 두려워해서는 안 된다. 저 기슭에 일제히 배를 대라."

손책을 비롯하여 자형, 주유 등의 장군이 각자 자신이 이끄는 배의 망대에 올라 지휘를 시작했다. 뭍에서 날아오는 화살에 태양빛마저 흐려지는 듯했다. 뱃전을 때리는 허연 물살과 기슭으로 올라서려는 함성이 어지러이 뒤섞였다.

"나를 따르라."

손책이 뱃머리에서 가장 먼저 뭍으로 뛰어내렸다. 그는 몰려드는 적군 속으로 칼을 휘두르며 달려들었다.

"도련님을 지켜라!"

다른 배에서도 속속 장병들이 뛰어내렸다. 뒤이어 마필도 내려졌다. 아군의 시체를 넘어 한 치의 땅을 차지했으며, 또 시체를 밟고 나아가 조금 더 넓은 면적을 점령했다. 그 뒤를 이어서 점차로 전군이 상륙했다. 그 가운데서도 그날 가장 눈부신 활약을 보인 것은 손책군의 황개였다.

"덤벼라!"

그는 적장 장영을 보자마자 성난 말을 몰아 앞으로 나아갔다.

"이놈!"

장영도 용맹한 장수로서 고함을 지르며 힘껏 맞섰으나 처음부터 황개의 적은 아니었다. 장영이 말 머리를 돌려 아군 속으로 달아나자 전군이 한꺼번에 달아났다. 그런데 우저에 도착하고 보니 성문 안쪽과 군량미를 쌓아둔 곳 부근에서 검은 연기가 피어오르고 있었다.

"앗, 무슨 일이냐?"

장영이 당황하여 소리를 지르자, 성 안쪽에서 아군 병사들이 연기와 함께 쏟아져 나오며 외쳤다.

"배신자다!"

"배신자가 불을 질렀다!"

불꽃은 이미 성벽보다 높이 치솟아 있었다. 장영은 도망치려 갈팡질팡하는 병사들을 이끌고 어쩔 수 없이 산속으로 달아났다. 뒤돌아보니 기세가 오른 손책군이 놀랄 만큼 빠른 속도록 추격해오고 있었다.

산 깊은 곳으로 숨어든 장영은 병사들을 수습한 뒤 커다란 한숨을 내쉬었다. 그러고는 귀신에 홀린 사람처럼 의문에 휩싸여 패전의 원인을 생각했다.

‘대체 누가 배신을 한 것일까? 손책이 어느 틈엔가 우리 군 안에까지 손길을 미친 것일까?’

손책군은 대승을 거두었으나 그날의 대승은 손책마저도 생각지 못했던 뜻밖의 승리였다.

‘대체 성안에서 불을 질러 내게 내응한 자는 누굴까?’

그때 성의 뒷문 쪽 산길에서 3백 명 정도의 부대가 징과 북을 울리고 깃발을 흔들며 내려왔다.

“활을 쏘지 말게. 우리는 손 장군을 돕기 위한 무리일세. 적인 유요의 부하가 아닐세.”

잠시 뒤 부대 가운데서 대장인 듯한 사람 둘이 앞으로 나와 외쳤다.

“손 장군을 만나게 해주시오.”

손책이 다가가 그들을 살펴보았다. 한 사람은 옻칠을 한 듯 검은 얼굴에 주먹만 한 코, 누른 수염, 날카로운 송곳니 하나, 악다문 입 등 언뜻 보기에도 사나운 기운으로 넘쳐나는 사내였다. 또 한 사람은 눈빛이 맑고 눈썹이 짙었으며 키가 크고 손발이 긴 대장부였다.

두 사람 모두 멀뚱멀뚱 서서 예의도 모르는 야인의 본성을 그대로 드러내며 인사를 했다.

“이거, 처음 뵙겠수.”

“아, 당신이 손 장군이슈?”

“당신들은 대체 누구시오?”

손책이 묻자 검은 얼굴의 사내가 먼저 대답했다.

“구강九江 심양호潯陽湖에 살고 있는 수적水賊의 두목으로 저는 공혁

公奕이라 하고, 이놈은 제 부하인 유평幼平이라 합니다.”

“수적이라?”

“호수에 배를 띄워놓고 양자강을 나가 지나는 배를 습격하며 강과 호수에서 생활하던 사람들입니다.”

“나는 양민의 편이오. 그러니 양민을 괴롭히는 도적은 곧 나의 적인 것이오. 대낮에 이처럼 떳떳하게 내 앞에 나타나다니, 대체 무슨 뜻이오?”

“그게, 실은 이번에 장군께서 이 지방으로 오신다는 소리를 듣고 부하인 유평과 상의하여, 우리도 언제까지 수적으로 지낼 수는 없다, 손견 장군의 아들이라니 틀림없이 뛰어난 인물일 것이다, 정벌을 당한다면 우리도 끝장이다, 그보다는 우리가 먼저 손을 씻고 양민으로 돌아가자, 이렇게 마음먹은 것입니다.”

“흠.”

손책은 쓴웃음을 지었다. 하지만 그들의 솔직함을 높이 샀다.

“그리고…… 빈손으로 찾아가서 우리를 받아달라고 청하는 것도 그리 현명한 일은 아니다, 뭔가 공을 세운 뒤 그것을 앞세워 부하로 삼아달라고 하면 대우도 좋아질 것이다, 뭐 이런 생각을 했습니다. 그래서 그저께 밤부터 우저의 험한 뒷산을 넘어 숨어 있었습니다. 오늘의 싸움으로 성안의 병사들이 모두 나갔을 때 빈틈을 이용해 안에서 불을 지르고 남아 있던 병사들을 처치한 것입니다. 헤헤, 어떻습니까, 대장? 저희를 부하로 받아들여 한번 써보지 않으시겠습니까?”

“핫하하하.”

손책이 손뼉을 치며 곁에 있던 주유와 모사인 두 장씨를 돌아보았다.

"어떤가? 재미있는 사람들 아닌가? 하지만 너무 재미있다 못해 지나친 면도 있으니 귀공들의 동료로 삼아 무사다운 예의를 좀 가르쳐주도록 하게."

허락을 받아낸 두 사람은 얼굴 가득 기쁜 빛을 띠며, 엄숙한 표정으로 늘어서 있는 각 장군들에게 인사를 했다.

"이거, 앞으로 잘 부탁드리겠습니다."

각 장군들도 웃음을 터뜨렸다. 그래도 두 사람은 매우 진지한 표정을 지었다. 게다가 적의 창고에서 군량미를 훔쳐왔을 뿐만 아니라 부근의 도적들까지 불러 모았기에 손책군은 곧 4천 명이 넘는 병력을 갖추게 되었다.

* * *

"대체 우리 군은 무엇을 했단 말인가?"

철옹성이라 믿고 있던 첫 번째 방어선이 겨우 한나절 만에 무너졌다는 소식을 들은 유요는 아연실색했다. 그때 장영이 패한 군사들을 이끌고 영릉성靈陵城으로 들어왔기에 그는 화를 참을 수가 없었다.

"무슨 낯으로 뻔뻔스럽게 살아 돌아온 것이오? 당장 목을 쳐서 본보기로 삼도록 하시오."

하지만 여러 신하들이 말렸기에 장영은 간신히 목숨을 건질 수 있었다. 그 후 유요는 영릉성의 수비를 더욱 강화하고, 직접 진중에 가담하여 신정산 남쪽으로 사령부를 전진 배치했다. 손책의 병사 4천여 명도 그날 신정산 북쪽으로 이동했다.

그곳에 주둔한 지 며칠이 지난 어느 날, 손책이 근처 마을의 장로를 불러 물었다.

"이 산에 후한 광무제를 기리는 영묘靈廟가 있다고 들었네만, 아직도 그 묘가 있는가?"

"네, 영묘는 남아 있습니다만, 제사를 지내는 사람이 아무도 없어 매우 황폐해져 있습니다."

"그건 봉우리 위에 있는가?"

"정상보다 약간 낮은 중턱입니다만, 그곳에 오르면 파양호鄱陽湖와 양자강이 바로 발아래 보이며, 강남과 강북까지 한눈에 내려다볼 수 있습니다."

"내일 나를 거기에 데려다주게. 내가 직접 가서 묘를 청소하고 간략하게나마 정성껏 제사를 지낼 테니."

"알겠습니다."

장로가 돌아간 뒤, 장소가 손책에게 간언했다.

"묘에 제사를 지내는 것이야 상관없는 일이나, 전쟁이 끝난 뒤에 하는 것이 좋지 않겠습니까?"

"아니, 갑자기 제사를 지내고 싶어졌소. 가지 않으면 마음이 편치 않을 것이오."

"어째서입니까?"

"어제 꿈을 꿨소."

"꿈을요?"

"광무제가 내 머리맡에 서서 나를 부르는가 싶었는데, 솔바람이 불어오더니 신정산 봉우리에 무지개와 같은 빛을 남기고 사라지셨지."

"하지만…… 지금은 유요가 산 남쪽에 진을 치고 있습니다. 가시는 길에 복병이라도 숨어 있으면 어찌하실 생각입니까?"

"걱정할 것 없네. 내게는 신의 보살핌이 있으니. 신의 부름을 받아 신께 제사를 드리러 가는 것일세. 두려워할 것이 어디 있겠는가?"

이튿날 손책은 약속한 대로 장로의 안내를 받아 말을 타고 산길로 접어들었다. 정보, 황개, 한당, 장흠蔣欽, 주태周泰 등 장군 13명이 그의 뒤를 따랐다. 각자가 창과 칼을 들고 앞서거니 뒤서거니 산길을 올랐다.

곧 사방의 시야가 트였고, 구름 사이로 대륙을 가로지르며 굽이쳐 흐르는 양자강의 유구한 모습이 드러나기 시작했다. 그것은 다시 연안 곳곳에 있는 수많은 호수나 연못과 이어져 있었다. 황토로 뒤덮인 대륙의 10분의 1은 거대한 물웅덩이를 이루고 있었다. 그 대지의 몇억분의 1이 될까 말까 한, 마치 새똥을 떨어뜨려놓은 것 같은 마을이 있었다. 그런 마을을 모아놓은 곳이 도회였다. 그리고 성안의 모습이었다.

"오오, 여기인가?"

묘당에 도착한 후 사람들은 말에서 내려 주변의 낙엽을 쓸고 제물을 바쳤다. 손책은 향을 피우고 묘 앞에 무릎을 꿇고 앉아 소리 내어 기원했다.

"바라건대 제게 망부의 유업을 잇게 해주소서. 훗날 강동 땅을 평정하게 되면 반드시 묘를 재흥하여 사시사철 빠짐없이 제사를 올리겠습니다."

그리고 손책은 묘당에서 나와 왔던 길로 되돌아가려 하지 않고 남쪽을 향해 내려가려 했다. 이에 장군들이 놀라 주의를 주었다.

"안 됩니다. 그쪽은 적들이 진을 치고 있는 곳입니다."

* * *

"괜찮소. 걱정할 것 없소."

손책은 돌아보려 하지도 않았다. 따르던 각 장군들이 이상히 여기며 거듭 말했다.

"저희 진지는 북쪽 길로 내려가야 합니다."

"그래서 남쪽으로 내려가려는 것일세. 여기까지 왔는데 이대로 북쪽 길을 따라 내려간다는 것은 너무도 아까운 일 아니겠는가? 여기 온 김에 건너편 봉우리를 넘어 적의 동정을 살펴보고 가세."

손책이 비로소 자신의 뜻을 밝혔다. 그 말에 대담하기로 소문난 장군들도 깜짝 놀라지 않을 수 없었다.

"네? 저희끼리 말씀입니까?"

"은밀히 접근해서 살피기에는 오히려 사람이 적은 편이 좋지 않겠는가? 겁이 나는 사람은 여기서 우리 진영으로 돌아가도 상관없네."

그렇게까지 말하자 돌아가는 사람도, 더 간언하는 사람도 없었다. 그들은 계곡 깊은 곳까지 내려가 말에게 물을 먹이고 다시 하나의 봉우리를 돌아 남쪽의 평야가 보이기 시작하는 곳까지 나갔다. 그러자 그 부근까지 나와 있던 유요의 척후병이 중군, 즉 사령부로 달려가 급히 보고를 했다.

"손책이 겨우 10여 기만을 이끌고 바로 저 산까지 와 있습니다."

"그럴 리가 없다."

유요는 믿지 않았다. 또 다른 척후병이 들어와 보고했다.

"틀림없이 손책입니다."

"그렇다면 계략일 것이다. 적의 계략에 걸려들어 가볍게 움직여서는 안 된다."

유요는 더욱 의심할 뿐이었다.

막장 중에서도 하급에 속하는 젊은 장교가 하나 있었다. 그는 척후병들의 연이은 보고를 들으며 좀이 쑤셔 견딜 수 없다는 표정을 지었다. 그러다 결국에는 앞으로 나서며 유요에게 청했다.

"하늘이 주신 기회입니다. 이때를 놓쳐서는 안 됩니다. 부디 제게 손책을 사로잡아 오라고 명령해주시기 바랍니다."

유요가 그 장교를 보고 말했다.

"태사자, 또 큰소리를 치는 게냐?"

"큰소리가 아닙니다. 이러한 때를 헛되이 보내며 팔짱을 끼고 앉아 있을 바에는 차라리 전장에 나오지 않는 편이 나을 것입니다."

"그렇게까지 말한다면, 네가 나가보아라."

"고맙습니다."

태사자가 무척 좋아하며 말했다.

“허락이 떨어졌다. 뜻이 있는 자는 나를 따르라.”

그가 말을 타고 달려나갔다. 그러자 앉아 있던 무리 중에서 또 다른 젊은 무장이 일어나 말을 타고 달려나가며 말했다.

“손책은 뛰어난 용장이다. 혼자 가게 내버려둘 수 없다.”

앉아 있던 사람들 모두가 크게 웃었다.

한편 손책은 적의 포진을 대충 살펴본 후 말 머리를 돌렸다.

“이제 그만 돌아가세.”

그때 기슭 쪽에서 손책을 부르며 다가오는 사람이 있었다.

“달아나지 마라, 손책! 어딜 가려는 게냐!”

“누구냐?”

휙 몸을 돌려서 보니, 말을 달려 그곳까지 올라온 태사자가 창을 비켜들고 있었다.

“너희 가운데 손책은 없느냐?”

“내가 손책이다.”

“오, 네가 손책이냐?”

“그렇다, 너는 누구냐?”

“내가 바로 동래東萊의 태사자다. 손책을 생포하기 위해 여기까지 왔다.”

“하하하. 재미있는 사람이로구나.”

“뒤에 있는 13기도 한꺼번에 덤벼라. 손책, 준비되었느냐?”

“이놈.”

창과 창, 말과 말이 불똥을 튀기며 50여 합을 싸웠다. 그 자리에 있던 사람들 모두 넋이 나간 듯 지켜보고 있었는데, 태사자가 갑자기 말에 채찍질을 하며 숲 속으로 달려 들어갔다. 손책이 뒤따라가다가 그의 등을 향해 창을 내던졌다. 창은 태사자 옆을 스치고 지나가 땅바닥에 푹 박혔다.

태사자는 식은땀을 흘렸다. 그는 말을 더욱 깊은 숲으로 몰아가며 마음속으로 생각했다.

'손책의 이름은 예전부터 들었으나 듣던 것보다 훨씬 더 뛰어난 무장이로구나. 한 치의 방심도 있어서는 안 되겠다.'

손책도 그의 뒤를 쫓으며 생각했다.

'저자는 참으로 좋은 새다. 사로잡아 우리의 새장에서 길러야겠다. 이처럼 훌륭한 장수가 어째서 유요 따위를 섬기고 있는 것인지?'

손책은 일부러 모욕을 주었다.

"이보게, 잠깐 기다리게. 이름도 없는 잡병이라면 모르겠으나 동래의 태사자라고 이름까지 밝힌 자가 비겁하게 도망을 치다니, 부끄럽지도 않은가? 돌아오게, 돌아와. 돌아오지 않으면 내 평생 웃음거리로 삼아 천하에 이야기를 하고 다니겠네."

태사자는 못 들은 척 달리기만 했다. 그러고는 봉우리를 돌아서 산 뒤쪽 기슭에 다다르자 말 머리를 돌리며 말했다.

"손책, 여기까지 잘도 따라왔구나. 그 용기가 가상해서 승부를 내주도록 하마. 이번에도 내게 맞설 용기가 있느냐?"

말을 달려 가까이 다가간 손책이 대검을 뽑아들며 대답했다.

"너는 참된 용사가 아니라 말만 그럴듯하게 하는 필부로구나. 그러다 또 도망칠 생각이 아니냐?”

“이래도 말만 그럴듯하게 하는 필부냐?”

태사자가 갑자기 창을 뻗어 손책의 미간을 찌르려 했다.

“앗!”

순간 손책이 말의 갈기에 얼굴을 묻었으나 창이 투구의 윗부분을 스치고 지나갔다.

“이놈!”

기마전騎馬戰의 어려움은 고삐를 손에 쥔 채 끊임없이 적의 뒤쪽으로 돌아 들어가야 하는 그 호흡에 있었다. 그런데 태사자는 말을 다루는 솜씨가 참으로 뛰어났다. 뒤쪽으로 돌아 들어가 찌르려 하면 말을 펄쩍 뛰게 해서 오히려 상대편의 뒤쪽에 자리를 잡았다. 마치 파도 위의 조그만 배끼리 칼을 맞부딪치며 싸우는 모습과 흡사했다. 따라서 무기를 다루는 솜씨뿐만 아니라 말을 부리는 데 있어서도 허허실실을 다하기 때문에 승부는 좀처럼 나지 않는다. 무려 백여 합이나 싸웠으나 두 사람 모두 땀을 뚝뚝 흘리며 숨을 헐떡일 뿐이었다.

“이얍!”

“에잇!”

고함이 주변 숲에 메아리쳐 온갖 짐승들도 둥지로 숨은 듯했으며, 떨어지는 것은 사방으로 흩어지는 나뭇잎뿐, 손책은 더욱 맹렬해졌고 태사자는 더욱 사나워졌다. 두 사람 모두 체력이 좋은 젊은이였다. 손책은 21세, 태사자는 30세로 두 사람은 호적수라 하지 않을 수 없었다.

‘더 끌어서는 안 되겠다.’

손책이 그렇게 생각한 순간 태사자 역시 마음속으로 승부를 서두르기 시작했다.

'질질 끌다 손책의 부장 13기가 오면 일이 귀찮아진다.'

두 사람의 등자와 등자가 서로 부딪친 것은 우연히도 두 사람의 뜻이 일치했기 때문이었다.

"받아라."

태사자가 창을 내지르자 손책은 몸을 비틀어 피하면서 자루를 옆구리에 끼었다. 손책이 몸을 두 동강이 내겠다는 듯 위에서 칼을 내리찍자 태사자 역시 피하며 손책의 손목을 쥐었다. 그렇게 서로 힘겨루기를 하던 중 두 사람은 앞발을 들어 올린 말의 등에서 땅바닥으로 떨어지고 말았다. 사람을 떨어뜨린 말은 바로 어딘가로 달려갔다. 엎치락뒤치락, 태사자와 손책은 여전히 뒤엉켜 있었다. 손책은 비틀거리면서도 태사자의 등 뒤에 꽂혀 있는 단검을 뽑아 쥐려 했다.

"어림없다!"

태사자가 손책의 투구를 잡아 밀쳐내려 했다.

* * *

"태사자가 지금 바로 앞에서 적장 손책과 단신으로 싸우고 있는데 쉽게 승부가 날 것 같지 않습니다. 얼른 힘을 보태면 생포할 수 있을 듯합니다."

누군가 유요의 진영으로 달려 들어가 다급하게 보고했다.

그 말을 듣자마자 유요가 천여 기를 이끌고 흙먼지를 일으키며 달려
나갔다. 북을 요란스럽게 울리며 곧 기슭의 숲 가까이까지 다가갔다.
태사자와 손책은 그때까지도 한데 어우러져 숨을 헐떡이고 있었다.

"아뿔싸!"

손책은 다가오는 적의 말발굽 소리를 듣고 단번에 상대방의 숨통을
끊으려 했다. 하지만 태사자의 손이 손책의 투구를 쥔 채 놓지 않았다.
그러자 손책이 사자처럼 머리를 흔들었다. 손책은 태사자의 어깨 너머
로 손을 뻗어 그가 메고 있는 단검 자루를 쥐고 놓지 않았다. 결국에는
투구가 찢어져 두 사람 모두 뒤로 벌렁 나자빠지고 말았다.

손책의 투구는 태사자의 손에 있었다. 그리고 태사자의 단검은 손책
의 손에 있었다. 그 순간 유요의 기병들이 달려들었다. 동시에 손책의
부하 13기도 그곳에 당도했다. 마침내 혼전이 벌어졌다. 중과부적으로
손책 이하 13기도 점차 적에게 밀려 좁다란 계곡까지 내몰렸다. 그런
데 순간 신정묘 부근에서 함성이 일더니 한 무리의 정병들이 구름 떼
처럼 달려 내려왔다.

"주공을 구하라."

'내게는 신의 보살핌이 있다'고 손책이 말한 것처럼 광무제의 신령
이 효험을 발휘하여 그를 돕는 것이라 여겨졌으나, 사실은 시간이 지
났는데도 손책이 돌아오지 않았기에 부하 주유가 수하 5백 명을 이끌
고 찾아온 것이었다. 해가 서쪽으로 기울어가던 무렵, 갑자기 검은 구
름과 허연 구름이 피어오르더니 굵은 비가 힘차게 내리기 시작했다.
그야말로 신이 내린 비일지도 몰랐다. 양군은 승부를 가리지 못하고

물러났고, 인마의 함성도 사라졌다. 그 후, 계곡 위 하늘에는 오색 무지개가 걸렸다.

이튿날, 손책은 새벽같이 산을 넘어 적진을 향해 달려갔다.

'오늘이야말로 유요의 목을 베고 태사자를 사로잡겠다.'

그리고 커다란 소리로 태사자를 불렀다.

"이놈, 태사자는 어디 있느냐?"

손책은 어제의 백병전에서 빼앗은 태사자의 단검을 깃대에 묶어, 병사에게 높이 치켜들고 흔들게 했다.

"무사가 소중한 검을 빼앗긴 채 간신히 목숨만 건져 달아나다니 부끄럽지도 않느냐? 모두들 보시오, 이것이 태사자의 단검이요."

그는 크게 웃으며 태사자에게 모욕을 주었다. 그러자 유요의 군대 속에서도 깃대 하나가 높다랗게 올랐다. 그 끝에는 투구 하나가 걸려 있었다.

"손책, 아직 살아 있었는가?"

태사자가 앞으로 말을 몰고 나오며 호탕하게 맞받아쳤다.

"잘 보아라. 여기에 있는 것은 네놈의 목이 아니냐. 자신의 목을 적에게 건네주어 장대 끝에 내걸리게 한 무사가 어찌 큰소리를 친단 말이냐? 아하하하, 와하하하."

28
소패왕小霸王

순식간에 강동의 소패왕이라 이름을 떨치게 된 손책, 그는 무력뿐만 아니라
더법함과 부하를 아끼는 마음으로도 사람들의 마음을 얻게 된다

모두가 지켜보는 앞에서 태사자가 비웃자 아직 나이 어린 손책이 말
을 몰아 앞으로 나가려 했다.

"좋다, 오늘이야말로 승부를 내주겠다."

"기다리십시오."

심복인 정보가 급히 가로막으며 손책을 말렸다.

"말만 그럴듯하게 하는 적의 헛바닥에 현혹되어 함부로 나가서는
안 됩니다. 주공의 사명은 좀 더 큰 데 있습니다."

정보는 이미 흥분해서 날뛰기 시작한 손책의 말고삐를 다른 사람에

게 맡긴 뒤, 자신이 직접 태사자를 향해 달려나갔다. 그가 나오는 것을 보고 태사자는 상대조차 하려 들지 않았다.

"동래의 태사자는 너처럼 하찮은 자의 목을 벨 칼은 가지고 있지 않다. 내 말에 짓밟히기 전에 얼른 돌아가서 손책을 이리로 내보내라."

"애송이가 큰소리는 잘도 치는구나."

화가 난 정보가 짓쳐 들어갔다. 그런데 싸움이 채 무르익기도 전에 유요가 갑자기 북을 울리고 종을 쳐서 퇴각을 명령했다.

'무슨 일이라도 일어난 걸까?'

태사자는 창을 거두고 물러났으나, 마음속에 불만이 가득했다. 그랬기에 유요의 얼굴을 보자마자 따지듯 말하지 않을 수 없었다.

"참으로 안타깝습니다. 오늘이야말로 손책을 유인해서 계략에 빠뜨릴 생각이었는데. 대체 무슨 일입니까?"

유요는 괴롭다는 듯 떨리는 목소리로 말했다.

"지금 손책이 문제가 아니다. 성을 빼앗기고 말았다. 너희가 눈앞의 적에만 정신을 팔았기 때문이다."

"네? 성을?"

태사자도 놀랐다. 어느 틈엔가 적은 병력의 일부를 나누어 곡아로 향했으며 곡아 쪽에서부터 유요의 본성本城인 영릉성의 뒤쪽을 기습한 것이었다. 게다가 그곳에는 노강의 송자松滋(안휘성 안경) 사람으로, 자가 자열子烈인 진무陳武가 있었다. 진무와 주유는 동향 사람으로 전부터 내통을 하고 있었기에, 그들은 마치 때가 왔다는 듯 강을 건너 손책군과 함께 유요의 빈 성을 공격했다. 그렇게 유요의 성은 쉽게 함락되고 만 것이었다. 무엇보다 가장 중요한 근거지를 잃었기에 유요가 당황하는 것도 당연한 일이었다.

"이렇게 된 이상 말릉秣陵(강소성 남경 남쪽의 봉황산)까지 물러나 전군을 동원하여 방어할 수밖에 없다."

전군이 하룻밤 사이에 진채를 뜯고 가을바람처럼 달아났다. 그런데 이번에는 손책의 병사들이 그들을 야습했고, 안 그래도 사분오열이 된 잔병들을 짓밟았다. 패잔병들의 일부는 설례성薛禮城으로 달아났다. 그곳을 포위하고 있는 동안 적장 유요가 잔꾀를 부려 방비가 허술한 우저를 공격하기 시작했다는 소식이 들려왔다.

"이야말로 독 안에 든 쥐다."

손책은 바로 군사를 돌려 그의 측면을 공격했다.

그러자 적의 맹장 간미干麋가 목숨을 걸고 덤벼들었다. 손책은 간미를 사로잡아 안장 옆에 끼고 유유히 돌아왔다. 그 모습을 보고 유요의 부하 중 번능樊能이라는 호걸이 말을 타고 쫓아오며 외쳤다.

"손책, 기다려라!"

"이것이 필요하냐?"

손책이 뒤를 돌아서 안고 있던 간미의 몸을 힘껏 누르자 간미의 눈알이 튀어나갔다. 그리고 그 죽은 몸을 번능에게 던졌기에 번능은 말에서 굴러떨어지고 말았다.

"사이좋게 저승으로 가거라."

손책은 말 위에서 창을 뻗어 번능을 찌르고 간미의 가슴팍에도 최후의 일격을 가한 뒤, 서둘러 아군의 진지로 돌아왔다.

유요는 마지막 수단으로 감행한 기습마저 참패로 끝나고 믿었던 두 장수 간미와 번능마저 손책의 손에 목숨을 잃자 얼마 남지 않은 병사들을 이끌고 형주로 달아났다. 형주(호북성 강릉의 양자강 유역)에는 또 한 명의 영웅인 유표가 여전히 건재했다. 유요는 원래 말릉으로 물러나 진용을 재정비할 생각이었으나, 거듭되는 패전으로 전군이 뿔뿔이 흩어졌고 그 역시 싸울 뜻이 없었기에 간신히 목숨만 건져 달아난 것이었다.

'이렇게 됐으니 유표에게 몸을 의지할 수밖에 없다.'

그가 황야 곳곳에 버리고 달아난 시체만 해도 만 구가 넘었다.

"유요는 섬길 만한 자가 못 된다."

그렇게 말하며 손책의 진문에 항복한 병사만 해도 그 수를 헤아릴 수 없을 정도로 많았다. 하지만 유요의 부하들 중 끝까지 항복하지 않고 말릉성으로 들어가, 최후의 일전을 벌이겠다며 결사 항전을 다짐한 무리들도 있었다. 바로 장영, 진횡陳橫과 같은 자들이었다.

손책은 연안의 패잔병들을 소탕하며 마침내 말릉으로까지 진격해 들어갔다. 성안의 망루에서 적의 형세를 살펴보던 장영이 적군 속에서 군사들을 지휘하는 젊은 장군을 보고 서둘러 활시위를 당겼다.

'손책이 틀림없다.'

화살은 어김없이 젊은 장군의 왼쪽 허벅지에 맞았고 그는 말 위에서 털썩 떨어지고 말았다. 놀란 병사들이 장군 주위로 몰려들었다. 장영의 생각대로 그는 손책이었다. 손책은 몸을 일으키지 못했다. 수많은 병사들이 그를 부축하여 자신들의 진 안으로 들어갔다.

그날 밤 손책군은 급히 5리쯤 뒤로 물러났다. 진중에는 먹처럼 짙은 안개가 내렸다. 그리고 곳곳에 조기가 늘어섰다.

"화살에 급소를 맞아 손 장군이 허망하게 돌아가시고 말았다."

말단 병사들까지 통곡을 했다. 그리고 아직은 상을 비밀에 부치고 있기는 하지만 곧 관을 짊어지고 물러나거나 장지를 정해 전장의 언덕에 가매장할 것이라고 속삭였다.

성안에서 정탐을 위해 나와 있던 세작이 바로 성으로 돌아가 장영에게 보고했다.

"손책이 죽었습니다."

그 말에 장영이 무릎을 치며 사람들에게 자랑했다.

"역시 그랬군! 내 화살을 맞고 살아난 자는 아무도 없어."

그래도 혹시 몰랐기에 진횡이 다시 사람을 보내 알아보게 하니, 그 이튿날 아침이 되자 부근의 마을 사람 여럿이 아주 튼튼한 관을 짊어지고 진문 안으로 들어갔다는 것이다.

"틀림없습니다. 손책이 목숨을 잃은 듯합니다. 그리고 곧 임시로 장례식을 치를 모양인 듯 준비를 하고 있습니다."

상황을 살피러 나갔던 사람이 한 점의 의심도 없이 본 그대로를 보고했다. 장영과 진횡이 서로 얼굴을 마주 보며 빙그레 웃었다.

"이제는 됐다."

별도 잠든 밤이었다. 한 무리의 병마가 흐르는 강물처럼 은밀하게 벌판을 가로질러 갔다. 애절하게 나팔을 불고 북을 울리고 징을 울리며 지나가는 장송곡이 쓸쓸하게 어둠 속으로 흘렀다. 병마 모두 침묵에 잠겨 있었으며, 벌판을 휩쓸고 가는 바람만이 곡을 했다. 한 무리의 횃불 가운데 새로 짠 관이 있었다. 펄럭이는 오색의 조기도 전부 검게 보였다. 관 앞뒤로 따라가는 각 장군들도 탄식하며 때때로 하늘을 올려다보았다.

장영과 진횡은 그것이야말로 세상을 떠난 손책의 유해를 몰래 묻으려는 행렬이라 생각하고 갑자기 봉화를 올려 그 행렬을 습격했다. 그때까지 풀처럼 보였던 것, 바위와 나무처럼 보였던 것 모두가 일제히 함성을 지르며 공격을 시작했다. 이미 커다란 기둥을 잃은 손책군이 크게 당황할 줄 알았으나 신호와 동시에 장례 행렬이 순식간에 다섯 갈래로 나뉘더니 정연하게 진용을 갖추었다.

"장영과 진횡을 놓쳐서는 안 된다."

손책군에서 호령이 울려 퍼졌다.

"앗, 저들도 미리 대비를 하고 있었던 모양이군. 당황하지 않는 것을 보니 무슨 계책이 있는 것일지도 모르겠다."

장영이 경계를 하며 싸웠으나 애초부터 말릉성을 거의 비우다시피 하고 나온 소수의 병력에 불과했다. 그들은 금방 수세에 몰려 황급히 퇴각하기 시작했다.

"물러나라, 물러나. 성안으로 들어가라."

그런데 숲을 지날 때 말에 탄 장수 네다섯 명이 어둠 속에서 달려나와 장영의 앞길을 가로막았다.

"손책이 여기에 있다! 말릉성은 이미 우리 손에 들어왔는데 어디로 달아나려 하는 것이냐?"

장영은 자신의 귀를 의심했으나 몇 명 되지 않는 적이니 짓밟고 나아가라고 명령하며 이미 혈전이 펼쳐진 곳을 빠져나가려 했다.

"네놈이 장영이냐?"

정면에서 달려오는 젊은 무사가 있었다. 장영이 보니 얼마 전 자신이 성의 망루에서 쏘아 죽였다고 믿고 있었던 손책이었다.

"앗, 죽었다는 건 거짓이었구나."

장영이 놀라 달아나려 하는데, 큰 소리와 함께 손책의 말이 장영의 말을 덮치고 말았다.

"어리석은 놈!"

순간 장영의 몸은 검붉은 피를 세 길이나 뿜어 올렸으며 그의 목은 어딘가로 날아가버렸다. 진횡도 목숨을 잃었다. 그것은 처음부터 철저하게 준비를 해두었던 계책이었다. 손책이 말을 달려 그대로 말릉성까지 가자, 미리 성을 차지하고 있던 아군이 문을 열어 맞아들였다.

모두가 승리의 함성을 지르고 소리 맞춰 만세 삼창을 외칠 때, 장강의 물이 허옇게 빛나기 시작했으며 봉황산과 자금산의 봉우리들에 아침 햇살이 쏟아지고 있었다. 손책은 즉시 법령을 선포하여 백성들을 안심시키고, 말릉에 아군 일부만을 남겨둔 채 곧 경현으로 공격해 들어갔다.

그 무렵부터 그의 용명勇名이 단번에 높아져 사람들 모두 그를 '강동의 손랑孫郎'이라 불렀으며, 혹은 '소패왕'이라는 이름으로 경외의 뜻을 내비쳤다.

＊＊＊

소패왕 손랑의 이름은 떠오르는 태양과 같은 기세를 떨쳤다. 강동 일대의 땅 대부분이 그의 무위武威에 굴복했으나 끝까지 자신들의 성을 지키며 쉽게 꺾이지 않는 한 무리의 세력이 있었다. 바로 태사자였다. 주공인 유요가 달아난 뒤에도 그는 충절을 꺾지 않았으며, 흩어진 병사들을 모아 경현성 안으로 들어가 항전을 계속했다.

손책은 어제는 구강을 거슬러 올랐고, 오늘은 말릉에 당도했으며, 내일이면 경현으로 병사를 진군시킬 계획이었다. 그야말로 남선북마南船北馬의 연전이었다.

"조그만 성이지만 북쪽은 늪지이며, 뒤로는 산을 업고 있다네. 성안의 병사가 겨우 2천 명이라고는 하나 이처럼 끝까지 항전하는 것을 보니 틀림없이 목숨을 걸고 싸울 것이네."

손책은 경현성 앞에 이미 도착했지만 자신들의 우세만 믿고 경솔히 싸움을 걸지는 않았다.

"함부로 접근해서는 안 된다."

그는 조심스러운 마음으로 성에서 떨어진 곳에 진을 치게 하고 적의 동정을 살폈다.

"주유!"

"네."

"그대에게 명령을 한다면, 이 성을 어떤 방법으로 떨어뜨릴 생각이오?"

"쉽지 않은 일입니다. 큰 희생을 감수하지 않으면 안 될 것입니다."

"그대도 쉽지 않은 일이라 생각하오?"

“쉽지 않은 일이기는 하나, 한 가지 계책은 써볼 만하다고 생각합니다. 목숨을 아끼지 않는 장군 한 명과 병사 열 명을 가려 뽑은 뒤, 바람부는 날 밤에 불에 잘 타는 수지와 기름 먹인 헝겊을 짊어지고 성안으로 숨어 들어가 곳곳에 불을 놓게 하는 것입니다.”

“숨어 들어갈 수 있겠소?”

“여럿이 가면 들키고 말 것입니다.”

“하지만 저 높은 성벽을?”

“죽기로 오른다면 오르지 못할 것도 없습니다.”

“그렇다면 누가 좋겠소?”

“진무가 좋을 듯합니다.”

“진무는 받아들인 지 얼마 되지 않았고 앞으로도 크게 쓰일 사람이오. 그런 사람을 사지로 보내자니 아깝다는 생각이 드오. 그리고 더욱 아까운 사람은 비록 적이지만 태사자라는 인물이오. 그를 사로잡아 우리 편으로 삼을 방법은 없겠소?”

“그렇다면 이렇게 하시는 것은 어떻겠습니까? 안에서 불길이 일면 그와 동시에 삼면에서 쉴 새 없이 공격을 하되 북문 하나만을 일부러 남겨두는 것입니다. 태사자는 그곳으로 달아날 게 분명합니다. 그가 성에서 나오면 오로지 그 한 사람만을 쫓되 앞길에 복병을 숨겨두는 것입니다.”

“묘책이오!”

손책이 손뼉을 쳤다.

진무 밑으로 10명의 결사대가 결성되었다. 만약 임무를 마치고 살아서 돌아오면 단번에 백 명의 부하를 거느린 오장伍長으로 승진시키고 커다란 은상도 내리겠다고 했기에 수많은 사람들이 지원했다. 그 가운데서 10명만을 뽑은 후 바람 부는 밤을 기다렸다.

달도 없는 어둡고 바람 부는 밤이 곧 찾아왔다. 기름 먹인 헝겊과 짚을 장정들에게 지우고 진무는 가벼운 복장으로, 땅을 기고 풀을 헤쳐 적의 성벽 밑까지 다가갔다. 성벽은 돌을 깎아 만든 것이 아니었다. 고열로 흙을 구워 만든 벽돌의 일종인 전磚이라는 것을 두께 1척, 높이 수십 척으로 쌓아올려 만든 것이었다. 하지만 수백 년 동안 풍우에 시달렸기 때문에 벽돌과 벽돌 사이에서 풀이 자라고, 흙이 무너지고, 새들이 둥지를 틀어 그 벽면은 꽤 거칠어져 있었다.

"모두 잘 들어라. 내가 먼저 올라가 밧줄을 내릴 테니 여기에 숨어서 적의 보초를 감시하고 있어라. 결코 소리를 내서도 안 되고 섣불리 움직여 적의 눈에 띄어서도 안 된다."

진무는 그렇게 주의를 준 뒤 혼자 성벽을 기어올랐다. 벽돌과 벽돌 사이에 단검을 찔러 그것을 밟고 올라 한 걸음 한 걸음, 검의 사다리를 만들며 올라갔다.

* * *

"불이야!"

"불이 났다!"

식량 창고에서, 무기고에서, 망루의 아래쪽에서, 그리고 마구간에서 사람들이 소리쳤다. 또 각 문의 문지기들도 한꺼번에 소리를 지르며 허둥거렸다.

성을 지키던 태사자가 높은 곳에 서서 불을 끄기 위해 지휘했다.

"소란 피우지 마라. 적의 계략이다. 당황하지 말고 불을 꺼라."

하지만 성안은 이미 혼란에 빠져 있었다.

휙! 횡!

화살이 태사자의 몸을 스치고 지나갔다. 높은 곳에 서 있을 수 없을 정도로 바람도 강한 밤이었다. 곳곳에서 일어난 불길은 걷잡을 수 없이 퍼져나갔다. 한쪽을 끄는 동안 또 다른 곳에서 불길이 치솟았다. 불은 곧 주위의 모든 것을 집어삼켰다. 뿐만 아니라 성의 세 방향에서 거센 바람을 타고 함성, 북소리, 격렬한 징소리 등이 한꺼번에 밀려왔기에 성안의 병사들은 불을 끌 생각도 하지 않고 솥 안의 콩처럼 이리저리 튀며 우왕좌왕했다.

"북문을 열고 달아나라."

태사자가 망루에서 내려오며 부장에게 명령했다. 그리고 가장 먼저 거친 바람을 가르고 성 밖으로 내달렸다.

"성 밖으로 나가 단번에 손책과 자웅을 겨루겠다! 적은 성을 공격하기 위해 전군으로 삼면을 감싸고 있으나 다행히도 북쪽에는 적의 수가 많지 않다."

태사자는 독려하고, 병사들은 불길에 쫓겨 밖으로 쏟아져 나왔다. 그런데 어떻게 된 일인지, 숫자가 얼마 되지 않는 것처럼 보였던 성 북쪽에 뜻밖에도 적의 숫자가 많았다.

"저기, 태사자가 나왔다."

신호가 오가더니 팔방의 어둠 속에서 화살이 어지러이 날아들었다. 태사자의 병사들은 적의 모습을 보기도 전에 치명상을 입었다. 그래도 태사자는 물러나지 않고 홀로 분투했다.

"전진, 전진하라! 적의 중심을 돌파하라!"

그를 따르는 장병은 극히 일부였다. 그 얼마 되지 않던 장병들도 모두 쓰러진 것인지, 달아난 것인지, 주위를 둘러보니 언제부턴가 태사자 혼자만 남아 있었다.

"더는 어쩔 수가 없구나. 여기서 끝이란 말인가?"

그는 불길에 휩싸인 성을 돌아보며 입술을 깨물었다. 그리고 고향인 황현黃縣 동래로 돌아가 다시 일어설 때를 기다리자고 마음먹은 뒤, 여전히 불어대는 광풍과 어지러이 쏟아지는 화살을 뚫고 강 쪽으로 서둘러 달리기 시작했다. 그때 뒤쪽 어둠 속에서 울부짖는 듯한 목소리가 들려왔다.

"태사자를 놓쳐서는 안 된다!"

"태사자, 기다려라!"

마치 열풍이 소리를 지르며 뒤따라오는 듯했다. 10리, 20리, 달리고 또 달려도 뒤따라왔다.

그 지방에는 연못이나 호수나 조그만 물웅덩이 같은 것이 아주 많았다. 장강이 늪지로 흘러들고, 그 늪지의 물이 다시 광야의 수많은 웅덩이로 스며든 것이었다. 연못과 호수와 늪지에는 갈대가 우거져 있었다. 그 때문에 태사자는 몇 번이고 길을 잘못 들었다.

“아뿔싸!”

늪지의 진흙에 말의 발이 빠지는 바람에 그는 그만 갈대숲 사이로 떨어지고 말았다. 그러자 사방의 갈대숲 사이에서 갈고리가 한꺼번에 쏟아졌다. 추가 달린 밧줄과 갈고리가 묶인 사슬이 그의 몸을 얽어맸다.

“분하구나.”

그렇게 태사자는 생포되었다. 몸을 꽁꽁 묶인 채 손책의 본진으로 끌려가는 도중에도 그는 몇 번이고 구름이 빠르게 흘러가는 하늘을 올려다보았다.

‘안타깝도다.’

그는 슬픔의 눈물을 글썽였다.

드디어 태사자가 손책의 본진으로 끌려왔다.

‘이제 끝장이로구나.’

모든 것을 포기한 그는 눈을 감고 바닥에 조용히 앉아 있었다. 그러자 누군가가 장막을 걷어 올리며 들어왔다.

“참으로 오랜만에 뵙습니다.”

그는 마치 친구라도 맞이하듯 다정하게 인사를 건넸다. 태사자가 눈을 떠 그 사람을 보니 다름 아닌 적의 총사 손책이었다.

태사자가 의연하게 말했다.

“손랑인가? 어서 내 목을 치게.”

손책이 태사자에게 성큼성큼 다가갔다.

“죽기는 쉽고 살기는 어렵소. 장군은 어째서 죽음을 서두르는 것이오?”

"죽음을 서두르는 것은 아니나, 이렇게 된 이상 한시라도 수치를 맛보고 싶지 않을 뿐이오."

"장군이 부끄러워해야 할 것은 없지 않소?"

"싸움에서 패한 장수가 무슨 할 말이 있겠소? 장군도 쓸데없는 질문은 하지 말고 어서 그 칼을 뽑아 내 피를 보도록 하시오."

"아니오. 나는 장군의 충절을 잘 알고 있기에 장군의 피를 보며 기뻐할 마음이 조금도 없소. 장군은 자신을 싸움에서 패한 장수라 비하하고 있으나 그 패인은 장군에게 있지 않소. 유요가 어리석었기 때문이오."

"……."

"안타깝게도 장군은 뛰어난 자질을 가지고 있으면서도 제대로 된 주인을 만나지 못했던 게요. 구더기 속에 있으면 누에도 고치를 만들지 못하고 실을 뽑지 못할 것이오."

"……."

태사자가 말없이 고개를 숙이고 있자 손책이 무릎을 꿇어 그의 몸에 묶여 있던 밧줄을 풀어주며 말했다.

"어떻소 장군. 그 목숨을 좀 더 의미 있는 싸움과 자신의 인생을 위해 바칠 생각은 없소? 다시 말해 우리 군에 들어와 힘이 되어줄 수는 없겠소?"

태사자가 흔쾌히 대답했다.

"알겠소. 항복하겠소. 모쪼록 아둔한 나를 밑에 두어 장군의 힘이 되게 해주시오."

"장군은 참으로 시원시원한 사람이오. 쓸데없이 체면을 내세우지도 않고. 그 시원시원함도 마음에 들었소."

곧이어 손책은 태사자를 자신의 막사로 데려갔고, 우스갯소리로 물었다.

"그런데 장군, 얼마 전 신정산에서 서로 힘을 다해 싸웠소만 그때 싸움이 조금 더 계속됐더라면 장군은 이 손책을 이겼을 것이라 생각하시오?"

태사자도 웃으며 대답했다.

"글쎄, 어떻게 됐을까요. 승패는 알 수 없는 일입니다."

"하나 이것만은 틀림없었겠지. 만일 내가 졌다면 나는 장군에게 포박당했을 것이오."

"물론입니다."

"그랬다면 장군은 그 밧줄을 풀어 내가 그랬던 것처럼 나를 살려주셨겠소?"

"아니, 만일 그랬다면 장군의 목은 이미 없어졌을 것입니다. 제가 살려주려 해도 유요가 가만두지 않았을 테니까요."

"하하하, 옳은 말이오."

손책이 크게 웃었다.

두 사람은 술자리를 벌여 한층 더 유쾌하게 이야기를 나누었다. 손책이 태사자에게 청했다.

"앞으로의 싸움에서도 장군의 의견을 여러 가지로 들을 테니, 좋은 계책이 있으면 언제든 말씀해주시오."

"패장이 어찌 병사兵事를 논하겠습니까."

태사자가 겸손하게 대답했으나 손책은 포기하지 않았다.

"아니오. 옛날의 한신을 생각해보시오. 한신도 항복해온 장수 광무군廣武君에게 계책을 묻지 않았소."

"그렇다면 그리 큰 계책은 아닙니다만, 장군의 막하 중 한 사람이 되었다는 증거로 어리석은 의견 하나를 말씀드리겠습니다. 하나, 제 의견은 틀림없이 장군의 마음에 들지 않을 겁니다."

태사자가 손책의 얼굴을 보며 미소를 머금었다. 손책도 미소를 지어 보였다.

"그렇다면 장군은 애써 진언을 해도 이 손책에게는 그것을 받아들일 만한 도량이 없다고 생각하시는 게요?"

"그렇습니다."

태사자가 고개를 끄덕인 뒤 말을 이었다.

"그것을 두려워하고 있습니다. 그래도 일단은 말씀드리겠습니다."

"음, 말씀해보시오."

"다름이 아니라, 유요를 따르던 장병들은 지금 주인을 잃고 사방으로 흩어져 있습니다."

"패잔병들에 관한 말씀이시오?"

"한마디로 패잔병이라 하면 이미 힘을 잃어 무능한 무리라 무시하는 경향이 있으나 그 가운데는 참으로 아까운 장수와 병사들도 섞여 있습니다."

"흠, 그들을 어찌하면 좋겠다는 말씀이시오?"

"제게 3일 정도의 자유로운 시간을 주신다면, 그들을 설득해 장래에 반드시 장군의 방패가 될 수 있을 만한 정병 3천 명을 모아오겠습니다. 그리고 장군께 충성을 맹세하겠습니다."

"알겠소. 가도록 하시오. 단, 오늘부터 3일째 되는 날의 정오까지는 꼭 돌아와야 하오."

손책은 자신의 도량을 보이듯 준마 한 필을 주어 태사자를 떠나게 했다.

이튿날 아침, 태사자의 모습이 보이지 않자 휘하의 각 장군들이 이상히 여기며 손책에게 물었다. 손책은 어젯밤 그의 진언을 받아들여 3일의 시간과 함께 진 밖으로 내보냈다고 대답했다.

"태사자를?"

각 장군들 모두 기껏 사로잡아 우리에 가둔 호랑이를 들판에 풀어주기라도 한 것처럼 놀라 할 말을 잃었다.

"태사자의 진언은 틀림없이 거짓일 것입니다. 다시는 돌아오지 않을 것입니다."

사람들의 말에 손책은 웃으며 고개를 내저었다.

"아니, 돌아올 게요. 그는 신의信義가 두터운 사람이오. 바로 그렇기 때문에 그의 목숨을 아낀 것이니, 만약 신의를 저버리고 돌아오지 않는다면 다시는 그를 보지 않아도 아까울 것이 없소."

"글쎄요, 과연 어떨지……."

그래도 각 장군들은 믿지 않았다.

3일째가 되자 손책은 진 밖에 해시계를 세워놓고 병사 둘을 시켜 지켜보게 했다.

"진시입니다."

병사들은 일각이 지날 때마다 손책에게 보고했다. 다시 일각이 지나자 병사가 말했다.

"사시가 되었습니다."

해시계는 진의 시황제가 처음으로 진중에서 썼다고 한다. 『송사宋史』에는 하승천何承天이 '표후일영表候日影'을 관장했다고 기록되어 있다. 명나라 때에는 구영대晷影臺라는 것이 있었다. 해시계의 진보된 모습이었다. 후한 시대의 해시계는 물론 원시적인 것으로, 모래 위에 막대기를 수직으로 세우고 그 그림자의 길이를 재서 시각을 계산했다. 모래 대신 나무판을 사용하기도 하고, 혹은 벽에 비치는 그림자를 기록하는 방법을 사용하기도 했다.

"정오입니다!"

시간을 재던 병사가 진 안을 향해 커다란 소리로 외치자 손책이 각 장군들을 불렀다. 그리고 남쪽을 보라며 손가락으로 가리켰다. 아니나 다를까, 태사자가 3천 명의 장병들을 이끌고 벌판 끝에서 흙먼지를 일으키며 달려오고 있었다. 조금 전까지 의심하던 장군들도 손책의 형안과 태사자의 신의에 감탄하여 두 손을 들어 환호했다.

***

이제는 강동도 어느 정도 평정되었다.

손책의 군세軍勢는 날이 갈수록 강성해졌으며, 그의 위세가 원근을 굴복시켜, 통합을 위한 발걸음도 한 단계 더 올라서 있었다.

'지금이 중요한 순간이다. 앞으로 내가 해야 할 일은 무엇일까?'

손책은 스스로에게 물었다.

'그래, 어머니를 모셔오자!'

그의 노모와 일족들은 일가의 기둥이었던 손견의 죽음 이후, 오래도록 곡아에서 살며 온갖 박해를 받았다. 그는 곧바로 주렴을 단 가마와 비단으로 덮개를 한 수레를 준비하고, 거기에 수많은 장군과 호위병들을 보내 곡아에 있는 노모와 일족을 데려오게 했다.

손책이 오랜만에 어머니의 손을 잡고 선성宣城 안으로 이끌며 말했다.

"이제 안심하고 이곳에서 여생을 즐기십시오. 저도 이제는 어른이 됐습니다."

"네 아버지가 계시다면 얼마나 기뻐하셨을지……."

벌써 백발이 되어버린 노모는 그저 흐느껴 울기만 할 뿐이었다.

손책이 동생 손권에게 말했다.

"네게 대장 주태를 붙여줄 테니, 선성을 지키며 나를 대신해 어머니를 잘 보살펴드려라."

그리고 그는 다시 남쪽 지방의 정벌에 나섰다. 한 지역을 정벌한 후에는 바로 치안에 신경을 써서 민심을 얻는 데 노력했다. 법률을 바로 잡고 빈민을 구제하고 산업을 일으키는 한편, 악질적인 위법자에게는 한 치의 용서도 없이 엄벌을 내렸다. 손랑이 온다는 소문이 들리면 양민들은 서둘러 길을 열어 길가에 엎드렸으며, 그렇지 않은 사람은 두려워하며 모습을 감추었다.

그동안 주나 현의 관아와 성을 버리고 산야에 숨어 살던 수많은 관리들도, '손랑은 백성을 사랑하고 신의가 두터운 이를 두루 쓴다'는 말을 듣고 속속 향리로 돌아와 관직에 오르기를 청했다. 손책은 그러한 문사들도 채용하고 재능에 따라 잘 써서 평화의 부흥에 힘쓰게 했다. 그렇게 그는 각지의 치안에 힘쓰며 병마를 계속 남쪽으로 움직였다.

그 무렵 오군(절강성)에서는 '동오東吳의 덕왕德王'을 자칭하는 엄백호嚴白虎가 위세를 떨치고 있었다. 그는 손책이 군대를 이끌고 남쪽으로 내려온다는 소문을 듣고 신하들과 대책을 논했다.

엄백호의 동생인 엄여嚴與가 풍교楓橋(강소성 소주 부근)까지 병사를 이끌고 나가 방어 태세를 구축했다. 이를 본 손책이 직접 전선에 나가 단번에 돌파하려 했으나 장굉이 그를 말렸다.

"대장의 일신은 삼군의 생명입니다. 이제 주공께서는 중군에 머물며 하늘로부터 받은 목숨을 중히 여기시기 바랍니다."

"알겠소."

간언을 받아들인 손책은 한당을 선봉으로 삼았다. 진무, 장흠 두 장군이 작은 배를 타고 풍교의 뒤로 돌아 들어가 적을 협공했기에 엄여는 버티지 못하고 오성吳城으로 후퇴해버렸다. 숨 돌릴 겨를도 주지 않고 오성으로 밀고 들어간 손책은 호 근처에 말을 세워놓고 공격에 힘쓰는 아군을 지휘했다. 그러자 장수인 듯한 사내가 오성의 높다란 망루 안에서 몸을 불쑥 내밀더니 왼손으로 들보를 잡아 몸을 지탱하고 오른손으로 손책을 손가락질하며 욕설을 퍼부었다.

"듣기 싫은 소리로구나."

손책이 뒤를 돌아보자 태사자도 이미 그를 발견하고 활에 화살을 메기고 있었다. 태사자가 손가락을 놓아 퉁 하는 소리와 함께 화살을 날리자 화살은 어김없이 날아가 망루의 들보에 꽂혔다. 더구나 적의 장수인 듯한 사내의 손을 꿰뚫어 들보에 박아놓았다.

"훌륭한 솜씨요!"

그것을 본 손책이 안장을 두드리며 칭찬했고, 그의 실력에 감탄한 전군이 쾌재를 불렀는데 그 함성만으로도 이미 오성을 압도했다.

한편 태사자의 화살 한 발에 손이 들보에 박힌 적장은 비명을 지르며 몸부림쳤다.

"누가 와서 이 화살을 좀 뽑아라."

곧 병사 하나가 달려와 화살을 뽑고 그를 부축해 데려갔다. 그 장수는 좋은 웃음거리가 되었다. 반면 태사자의 이름은 '근래 보기 드문 명사수'라는 말과 함께 널리 알려졌다.

오래도록 절강의 한 지방을 차지하고 앉아 '동오의 덕왕'을 자칭하던 엄백호도 긴 시간 품어온 자부심에 동요의 빛을 띠기 시작했다.

"얕잡아봐서는 안 되겠구나."

적군을 살펴보니 총사 손책을 비롯하여 휘하의 장성들 모두 놀랄 정도로 나이가 어렸다. 새로운 시대가 낳은 신진 영웅들이 왕성한 투지로 말 머리를 나란히 하고 있었다.

"엄여, 이건 좀 생각해볼 문제 같구나."

그가 동생을 돌아보며 팔짱을 낀 채 말했다.

"무슨 생각이 필요하단 말입니까?"

"아무래도 한때의 모욕을 참고, 더 큰 타격을 받기 전에 그와 화목하
는 것이 좋겠다."

"항복하겠다는 말씀이십니까?"

"그에게는 명분을 주고 우리가 실권을 잡으면 될 게야. 그들은 아직
나이가 어리니 싸움에는 강할지 모르나 심모원려는 없을 게야. 일단
화목을 하고 난 뒤, 내게 다 생각이 있다."

형을 대신하여 엄여가 강화를 위한 사자로 손책의 진중을 찾았다.

"자네가 동오 덕왕의 동생이라고?"

그를 맞은 손책은 예의도 갖추지 않고 그의 얼굴을 바라보다 곧 술
자리를 마련하라고 명령했다.

"어쨌든 술을 마시며 이야기하세."

손책이 엄여에게 술을 권했다.

엄여는 마음속으로 생각했다.

'과연 강동의 소패왕이라는 명성에 걸맞게 시원시원하기는 하다만,
아직 젖비린내가 나는구나. 이상을 품고 있는 서생이 어쩌다 때를 얻
고 병마를 거느리게 되어 잠시 큰소리를 치고 있는 것이리라.'

그는 상대방이 어리다고 얕잡아보며 자꾸만 추켜세우는 말을 했다.
그런데 술자리가 무르익을 무렵 손책이 문득 도통 알아들을 수 없는
질문을 했다.

"자네는 이래도 평상심을 지킬 수 있겠는가?"

"이래도라니요?"

엄여가 묻자 손책이 갑자기 칼을 빼어들어 그가 앉아 있던 의자의

다리를 잘랐다.

"이래도 말이다."

엄여는 뒤로 벌렁 나자빠졌다.

"그러게 미리 말하지 않았는가."

손책이 배를 움켜쥐고 웃으며 넘어진 쪽이 잘못이라는 듯 말하고 칼을 칼집에 꽂았다. 그러고는 창백한 얼굴로 널브러져 있는 엄여에게 손을 내밀었다.

"자, 일어나게. 술김에 장난을 좀 쳐본 것일 뿐이니. 그나저나 자네의 형은 대체 어떤 조건으로 이 손책에게 화목을 청하려는 것인가? 얘기를 한번 들어보기로 하지."

"형님께서 말씀하시기를……."

엄여가 허리의 통증을 참아가며 위의를 갖춰 말했다.

"다시 말해서, 무익한 싸움으로 병사를 다치게 하기보다는 서로 오래도록 화친하여 강동 땅을 평등하게 나눠 가짐이 어떻겠느냐 하는 것이 형님의 뜻입니다."

"평등하게?"

손책이 눈썹을 곤두세우며 소리쳤다.

"너희처럼 경박한 무리들이 우리와 동등하게 나라를 나누어 가질 생각을 품고 있다니, 어찌 그리 분수를 모른단 말이냐. 당장 돌아가라!"

강화가 결렬된 것을 깨달은 엄여가 말없이 돌아가려 하는데, 뒤에서 손책이 단칼에 그의 목을 베어버렸다.

손책은 검을 닦으며 한쪽 구석에서 떨고 있는 엄여의 부하에게 말했다.

"가져가거라."

그는 바닥에 나뒹구는 엄여의 목을 가리키고 다시 말을 이었다.

"내 대답은 이 목이다. 가지고 돌아가서 엄백호에게 본 그대로를 전해라."

부하는 주인의 목을 끌어안고 허겁지겁 돌아갔다.

엄백호는 동생의 목만 돌아온 것을 보고 복수심을 불태우기보다는 오히려 손책의 무시무시한 도전에 몸을 떨었다.

'혼자 싸우는 것은 위험한 일이다.'

그는 우선 회계會稽(절강성 소흥)로 물러나 절강성의 여러 영웅들과 함께 대책을 강구하기로 마음먹었다. 그러고는 바로 오성烏城을 버리고 야반도주했다. 태사자와 황개 등이 그들을 추격하여 승리를 마음껏 즐겼다. 어제까지만 해도 '동오의 덕왕'을 자처하던 사람의 위엄은 어디에서도 찾아볼 수 없었다.

엄백호는 가는 곳마다 나타나는 추격군의 공격을 피해, 민가에서 백성들을 협박하여 먹을 것을 얻기도 하고 산야에 숨기도 해가며 간신히 회계에 도착했다.

* * *

회계의 태수는 왕랑王朗이었다. 왕랑은 엄백호를 돕기 위해 대군을 일으켜 손책의 침략을 막으려 했다. 그러자 신하 중 자가 중상仲翔인

우번虞翻이 나서서 간언했다.

"때가 왔습니다. 때를 거스르는 어리석은 행동은 자신을 망칠 뿐입니다. 이 싸움은 피하셔야 합니다."

"때란 무엇을 말하는 것인가?"

왕랑이 묻자 중상이 바로 대답했다.

"시대의 물결입니다."

"그렇다면 외적의 침략을 그냥 지켜보고만 있으라는 말인가?"

"엄백호를 잡아 손책에게 넘겨주고 손책과 화친을 맺어 이 땅의 안전을 도모해야 합니다. 그것이 시대의 흐름을 따르는 길입니다."

"닥쳐라! 회계의 왕랑이 손책 따위에게 조금이라도 허리를 굽힐 성싶으냐? 그야말로 세상의 웃음거리가 될 것이다."

"그렇지 않습니다. 손책은 의를 중히 여기고 인정을 베풀어 최근 곳곳에서 민심을 얻고 있습니다. 그에 비해 엄백호는 사치, 악정 등 좋은 일은 무엇 하나 하지 않았습니다. 게다가 고루한 구시대의 인간입니다. 태수께서 손을 내밀지 않아도 시대의 흐름과 함께 사라질 인물입니다."

"나와 엄백호는 오래전부터 친분을 맺어온 사이다. 손책은 우리의 평화를 어지럽히는 외적에 지나지 않는다. 이러한 때일수록 서로 힘을 합쳐 침략해 들어오는 적을 막아야 한다."

"아아, 태수도 다음 시대가 원하는 사람이 아니구나."

중상이 길게 탄식하자 왕랑이 크게 화를 내며 그를 추방했다.

"네놈이 우리의 멸망을 바라고 있구나. 꼴도 보기 싫다. 내 앞에서 당장 사라져라!"

중상은 더 이상 말하지 않고 그곳에서 물러났다. 저택에서 쫓겨날 때 그는 아무것도 챙기지 않았으나 평소 새장에 넣어 기르던 종다리만은 그냥 지나칠 수 없었다.

"너도 매정한 사람의 손에서 자라기는 싫겠지."

중상은 중얼거리며 새장째 품에 안고 저택을 나왔다.

그가 왕랑에게 말한 이른바 시대의 풍랑은 산야에 숨어 살던 현인들을 세상에 나오게도 했지만, 반대로 관아나 기존 무장들 밑에 있던 수많은 현인들을 산림山林으로 내몰기도 했다. 중상도 그런 사람 중 하나였다. 그는 말없이 들판을 걸으며 앞으로 은거할 만한 땅을 찾았다. 그러다 한 시골의 이름도 없는 산에 들어섰고 이제 안심이라는 듯 새장 속의 종다리를 푸른 하늘에 놓아주었다.

"너도 고향으로 돌아가거라."

중상은 미소를 지으며 푸른 하늘로 빨려 들어가는 작은 새를 바라보았다. 그 모습이 앞으로 살아갈 자신의 모습과 다를 바 없다고 생각했기 때문이다.

중상이 놓아준 새가 푸른 하늘로 날아올랐을 무렵, 회계성과 물밀듯이 밀려든 손책군 사이에서는 연일 격전이 펼쳐지고 있었다. 회계태수 왕랑은 그날 성문을 열고 직접 밖으로 나가 흙먼지 속으로 말을 달리며 손책을 불렀다.

"애송이 손책은 내 앞으로 나오너라."

"누가 손책을 찾느냐?"

젊은 장군 하나가 갑옷과 칼 소리를 쩌렁쩌렁 울리며 왕랑의 눈앞에 나타났다.

"네놈이 버릇없이 절강의 평화를 깨는 풋내기 우두머리냐?"

그 말을 듣자마자 손책이 맞받아쳤다.

"늙은 돼지 같은 놈이 무슨 소리를 지껄이는 게냐? 우리 군은 양민들의 고혈을 빨아 살찌운 배로 게으른 잠을 자는 도적을 영요榮耀의 소굴에서 내몰기 위해 왔다. 어서 눈을 떠 당장 성을 바치도록 해라."

"버러지 같은 놈, 말은 잘도 하는구나."

왕랑이 화를 내며 말을 몰아 달려나갔다. 손책도 창을 쥐고 맞섰다.

"장군, 돼지를 베는 데 왕의 검은 필요치 않습니다."

갑자기 한 사람이 달려나와 손책 대신 왕랑에게 창을 내질렀다. 다름 아닌 태사자였다. 왕랑의 진영 속에서도 주흔周昕이 말을 몰아 나와 태사자와 맞부딪쳤다.

"태사자를 죽여라!"

"왕랑을 놓쳐서는 안 된다!"

"손책을 사로잡아라!"

"주흔을 포위하라!"

서로의 함성이 어지러이 뒤얽히며 엄청난 혼전이 펼쳐졌으나 손책군의 주유와 정보 두 장군이 어느 틈엔가 적의 후방으로 돌아 들어가 퇴로를 끊어버렸다. 이에 회계성의 병사들 전군이 커다란 혼란에 빠져버렸다.

왕랑은 간신히 목숨만 건져 성안으로 들어갔고 그 후 소라처럼 성문을 굳게 닫았다.

"함부로 나가서는 안 된다."

그는 오로지 지키는 데에만 병력을 집중시키고 일절 움직이지 않았다. 성안에는 동오에서 도망쳐온 엄백호도 숨어 있었다.

"적은 먼 길을 온 군대이니 이대로 1개월만 버티면 군량이 부족해질 것입니다. 장기전이야말로 그들이 두려워하는 것이니 굳게 지키기만 한다면 손책은 자연히 궁지에 몰리게 될 것입니다."

엄백호는 그렇게 말하고는 수비에 가담하여 성을 더욱 높이 쌓고 온갖 방비책을 강구했다. 과연 손책군은 어려움에 빠지기 시작했다. 아무리 싸움을 돋우어도 성안의 병사들이 밖으로 나오려 하지 않았다.

"아직은 밀이 익지 않았고 운반해오자니 길이 멀구나. 양민의 곡식을 빼앗아 군량미로 쓴다 한들 오래가지 않을 것이며, 또 그러면 대의를 잃게 된다. 대체 어찌하면 좋단 말인가?"

"얘야, 내게 한 가지 생각이 있다."

"오, 숙부님. 대체 어떤 것입니까?"

손책의 숙부 손정이 그 물음에 답했다.

"회계의 재물과 군량은 회계성 안에 있지 않다는 사실을 알고 있느냐?"

"몰랐습니다."

"여기서 수십 리 떨어진 곳에 있는 사독査瀆이라는 곳에 보관되어 있단다. 그러니 사독을 급습한다면 왕랑도 지켜보고만 있을 수는 없을 게다."

"참으로 그럴듯합니다."

손책은 숙부의 말에 따르기로 했다. 그날 밤 그는 진 곳곳에 횃불을 밝히고 수많은 깃발을 꽂아 마치 당장이라도 회계성을 공격할 것처럼 꾸민 뒤, 사독으로 병사들을 질풍처럼 몰고 갔다.

눈을 속이려는 계책인 줄도 모르고 활활 타오르는 횃불에 성안의 병사들은 밤새도록 긴장을 늦추지 않았다.

"방심해서는 안 된다. 야습이 있을 것이다!"

하지만 날이 밝아 횃불이 꺼진 뒤에 보니 성 밑의 적병은 하나도 남아 있지 않았다.

"적이 사독을 습격했다."

보고를 들은 왕랑은 깜짝 놀라 성 밖으로 나갔다. 그리고 사독으로 가는 중간에 손책의 복병을 만나 결국 철저하게 섬멸당하고 말았다. 간신히 목숨을 건진 왕랑은 해우海隅(절강성 남양)로 달아났으나 엄백호는 여항餘杭(절강성 항주)으로 달아나던 중 원대元代라는 사내가 내준 술을 먹고 깊은 잠을 자다 목을 잃고 말았다. 원대는 그 목을 손책에게 바쳐 은상을 받았다. 그렇게 해서 회계성도 손책의 손에 떨어져 남쪽 지방의 대부분이 그의 통치하에 들어왔다. 손책은 숙부인 손정을 회계의 성주로 삼았으며, 심복인 군리를 오군의 태수로 삼았다.

그런데 그때 선성에서 급보가 날아들었다. 그의 집안에서 조그만 소동이 벌어졌다는 것이었다.

"어느 날 밤, 근교의 산속에 살던 산적과 토벌당하고 남아 있던 각 주의 도적들이 하나가 되어 선성을 급습했습니다. 아우 되시는 손권 나리와 대장인 주태 장군 두 분이 온 힘을 다해 막았는데, 그러던 중에 도적들 속으로 뛰어든 손권 나리를 돕기 위해 주태 장군이 갑옷도 입지 않고 알몸으로 수많은 적들과 싸우다 온몸에 창상을 입어 중태에 빠져 있습니다.”

심부름꾼의 말을 들은 손책은 급히 서둘러 선성으로 돌아갔다. 무엇보다도 걱정했던 어머니의 몸에는 아무런 탈이 없었으나 주태는 생각했던 것 이상으로 부상이 심해 밤낮으로 괴로워했다.

“어떻게 해서든 살리고 싶은데 어디 좋은 약이 없소?”

가신들에게 묻자 얼마 전 엄백호의 목을 바쳐 그의 신하가 된 원대가 말했다.

“벌써 7년 전의 일입니다만, 해적의 습격을 받아 제가 심한 상처를 입었을 때 회계의 우번이 자기 친구 중에 명의가 있다며 한 의원을 소개시켜준 적이 있었습니다. 그 의원의 치료를 받고 겨우 열흘 만에 상처가 깨끗이 나았습니다.”

“우번이라면, 중상을 말하는 것이오?”

“그를 어찌 아시는지요?”

원대의 눈이 휘둥그레졌다.

“그 중상이라는 자는 왕랑의 신하였으나 찾아서 마땅히 써야 한다고 장소가 천거한 인물이오. 당장 중상을 찾아내 그 명의와 함께 데려오도록 하시오.”

손책의 말에 중상을 찾으라는 수색령이 각 군에 떨어졌다.

재야에 숨은 지 얼마 되지 않은 중상은 자신을 찾아온 사람을 통해 손책의 말을 전해 들었다.

"사람 하나 살리는 일이라면……."

그는 친구인 명의를 데리고 곧장 선성으로 향했다.

중상의 친구답게 그 의원도 특이한 구석이 있는 사람이었다. 백발동안白髮童顔의 노인으로 속기俗氣가 조금도 느껴지지 않는 참으로 맑은 모습이었다. 그는 찔레꽃과 비슷한 흰 꽃 한 송이를 들고 끊임없이 냄새를 맡으며 다녔다. 이곳은 인내가 너무 심해 자연의 냄새를 좀 맡아야겠다는 듯한 표정이었다.

손책이 의원을 만나 이름을 물었다.

"화타華陀라고 하오."

그는 패국 초군 사람으로 자가 원화元化였는데, 필요한 말 외에는 하고 싶어 하지 않는 듯했다. 그리고 바로 환자를 보더니 혼자 중얼거렸다.

"한 달쯤이면 되겠군."

정말로 1개월쯤 지나자 주태의 상처는 씻은 듯이 나았다. 손책이 매우 기뻐하며 화타에게 말했다.

"참으로 명의시오."

그러자 화타가 가만히 웃으며 말했다.

"당신도 역시 나라를 다스리는 명의가 아니오. 치료법이 좀 거칠기는 하지만."

"답례로 받고 싶은 게 있으시오?"

손책이 묻자 화타가 다시 대답했다.

"그런 건 없소. 다만 중상을 써주셨으면 하오."

29
평화주의자

소패와 서주, 유비와 여포의 사이를 갈라놓으려 하는 원술의 계획도 뜻대로
이루지지는 않는다. 그러나 생각지 못했던 장비의 행동으로 둘 사이는 갈라지고

이제 강남과 강동의 81주는 시대의 인물 손책이 다스리게 되었다.
병사는 강하고 땅은 비옥했으며 문화도 발랄하고 청신淸新한 기운을
띠어 '소패왕 손랑'의 위치는 더욱 확고해졌다. 그는 장군들에게 각지
의 요해를 지키게 하는 한편, 현명한 인재들을 널리 모아 선정을 베풀
었다. 그리고 곧 조정에 표를 올려 중앙의 조조와 친교를 맺는 등 외교
에도 신경을 썼다. 예전에 몸을 의지하고 있던 회남의 원술에게도 사
람을 보내 그간의 소식을 전했다.

"예전에 맡겨두었던 전국의 옥새, 그것은 돌아가신 아버지의 소중한

유품이니 이번에 돌려주셨으면 합니다. 물론 그때 빌려주셨던 병마는 열 배로 돌려드리겠습니다."

그런데 원술의 세력 역시 만만치 않았다. 원술은 회남을 중심으로 강소江蘇, 안휘安徽 일대에 걸쳐 세력을 더욱 확장했으며 내심 커다란 야망을 품고 있었기에 군비와 성채에는 특히 힘을 쏟아부었다.

"오늘 이처럼 여러분을 모이게 한 것은, 다름 아니라 손책이 이제 와서 옥새를 돌려달라며 사람을 보내왔기 때문이오. 어찌 답하면 좋겠소? 그에 대해 여러분들의 의견을 듣고 싶소."

그날 원술은 30여 명의 장군들과 함께 논의를 했다. 장사인 양대장楊大將, 도독都督 장훈張勳을 비롯하여 기령, 교유橋蕤, 뇌박雷薄, 진란陳闌 등과 같은 사람들이 모두 모여 있었다.

"굳이 대답할 필요도 없습니다. 그냥 묵살하시면 될 것입니다."

한 사람이 말했다. 그러자 또 다른 사람이 손책을 욕했다.

"손책은 배은망덕한 자입니다. 그동안 장군의 보살핌을 받은 그가 거짓으로 병사 3천 명과 말 5백 필을 빌려가서는 지금까지 인사 한마디 없었습니다. 이제야 사람을 보냈는가 싶었는데 맡겨둔 옥새를 돌려달라니 참으로 무례하기 짝이 없습니다."

"그렇지."

원술이 흡족한 표정을 지었다. 신하들 모두 원술의 야망을 어렴풋이 알고 있었다. 그랬기에 일제히 입을 모아 말했다.

"모쪼록 강동으로 군대를 내어 배은망덕한 자를 응징해야 합니다."

하지만 양대장은 반대했다.

"강동을 공략하려면 장강을 건너야 하는데 그것은 그리 쉬운 일이 아닙니다. 게다가 손책은 지금 떠오르는 해처럼 사기가 충천해 있습니다. 따라서 이번에는 조금 자중하시어 우선은 북방의 근심을 제거하고 우리의 부강을 꾀한 후에 차차 남쪽을 공략해도 늦지 않을 것입니다."

"그래, 북방의 근심이라면 소패성의 유비와 서주성의 여포가 아닌가?"

"소패성의 유비는 작은 세력이니 짓밟는 데 커다란 어려움이 없을 테지만 여포가 버티고 있습니다. 따라서 계략으로 둘 사이를 갈라놓아야 합니다."

"어떻게 해서 둘을 갈라놓을 수 있겠는가?"

"그것은 참으로 간단한 일입니다. 그러나 그에 앞서 예전에 여포에게 주기로 약속한 군량 5만 석과 금은 만 냥, 말, 비단 등의 물건을 전부 주어야 합니다."

"그래, 주기로 하지."

원술이 그의 의견을 받아들였다.

"소패와 서주가 내 손에 들어온다면야, 그 정도는 아까울 것도 없지."

곧이어 신하들은 예전에 원술이 여포에게 주기로 약속했던 군량, 금은, 비단, 말 등 결코 적지 않은 물량을 서주로 실어 날랐다. 그렇게 여포의 환심을 사고 유비를 고립시켜 제거한 뒤, 여포마저 없애기 위한 계략임은 말할 필요도 없었다.

하나, 여포도 그리 만만하지는 않았다.

"이제 와서 원술이 수많은 물자를 보내다니 대체 뭘 바라는 거지?"

그는 내심 기뻤으나 한편으로는 의심을 하며 심복인 진궁에게 물었다.

"진궁, 자네는 어떻게 생각하는가?"

진궁이 웃으며 대답했다.

"뻔한 일입니다. 장군의 환심을 산 뒤, 유비를 치려는 생각일 것입니다."

"그렇지? 나 역시도 그런 생각이 들었다네."

"유비가 소패에 있으면 우리의 전위가 되어주니 조금도 해로울 것이 없습니다. 그러나 만일 원술이 손을 뻗어 소패가 그의 세력권 안에 들어가면 북방의 제후들과 손잡을 위험이 있기 때문에 서주는 베개를 높이 하고 잠을 잘 수 없게 됩니다."

"그렇게 내버려둘 수는 없지."

"그렇습니다. 그의 술책에 놀아나서는 안 됩니다. 보내온 물건은 그냥 받아두고 가만히 지켜보기만 하면 될 것입니다."

며칠 후 예상대로 새로운 정보가 들어왔다. 회남의 병사들이 성난 파도처럼 소패로 향하고 있다는 것이었다. 원술의 부장 중 기령이 병력 10만 명을 지휘해 먼 길을 달려 소패성으로 진군 중이라는 소식이었다.

한편 소패성에 있는 유현덕은 그 대군과 맞서서는 도저히 승산이 없다는 사실을 알고 있었으며, 무엇보다 무기와 식량마저 부족했기에 여포에게 급히 사람을 보냈다.

"뜻밖의 어려움에 봉착하게 되었습니다. 속히 와서 구원해주시기 바랍니다."

사자의 말을 전해 듣고, 여포는 군대를 동원하여 소패로 보냈으며 자신도 양군 사이에 출진했다. 회남군은 뜻밖의 형세에 여포의 불신을 강하게 질타했다. 대장인 기령이 여포에게 격렬하게 항의를 해왔다. 양군 사이에 여포가 끼어버린 형국이었으나 그는 결코 난처한 표정을 짓지 않았다.

"원술과 유비, 두 사람 모두에게 원한을 사지 않도록 일을 처리하리라."

진궁은 여포의 중얼거림을 듣고, 여포에게 과연 그럴 만한 재주가 있을까 의심을 하며 일을 지켜보았다.

여포는 두 통의 편지를 썼다. 기령과 유비를 같은 날 자신의 진영으로 초대하려는 것이었다. 유비는 소패성에서 약간 떨어진 곳까지 나와 5천 명의 병력으로 대진하고 있다가 여포의 초대장을 받았다.

"가봐야겠구나."

유비가 자리에서 일어서려 하자, 관우가 강하게 반대했다.

"여포가 다른 마음을 품고 있다면 어떻게 하시겠습니까?"

"나는 오늘까지 그에게 절의와 겸손을 지켜왔네. 그에게 의심을 품게 할 만한 행동은 무엇 하나 하지 않았어. 그러니 그가 나를 해할 수는 없을 게야."

유비는 그렇게 말하며 발걸음을 옮겼다. 이번에는 장비가 앞으로 나서며 말했다.

"큰형님은 그렇게 말씀하시지만 우리는 여포를 믿을 수가 없습니다. 잠시만 기다리고 계십시오."

"어디를 가려는 게냐?"

"여포가 성에서 나와 진지에 있다니 참으로 좋은 기회입니다. 병사들을 데리고 여포의 중진을 불시에 덮쳐 그놈의 목을 베고, 나간 김에 기령의 선봉까지 짓밟아놓고 오겠습니다. 이각도 걸리지 않을 것입니다."

유비는 여포의 초대보다도 그의 난폭함이 훨씬 더 두려웠다. 그는 좌우에 명령해 장비를 말렸다. 장비는 벌써 검을 빼들고 달려나갔다가 사람들이 끌어안아 말리는 바람에 어쩔 수 없이 진 안으로 다시 돌아왔다.

관우가 장비를 달랬다.

"장비야, 그렇게까지 여포가 의심스러워서 만일의 사태를 걱정하고 있다면, 어째서 목숨을 걸고서라도 지키겠다는 각오로 형님을 따라 여포의 진영으로 가지 않는 게냐?"

장비가 침을 뱉듯 대답했다.

"가겠소! 내 어찌 가지 않을 수 있겠소!"

그러고는 유비를 따라 자신도 서둘러 말에 올랐다. 관우가 씁쓸하게 웃자 장비가 어린애처럼 떼를 쓰듯 말했다.

"뭘 웃는 게요? 자기도 조금 전에 못 가게 말렸으면서."

여포의 진영으로 들어간 장비는 더욱 험악해져 얼굴에 웃음기를 찾아볼 수 없었다. 마치 도깨비 가면을 쓴 것 같았다. 눈동자만 가끔 좌우로 움직일 뿐이었다. 관우도 방심하지 않고 유비 뒤에 버티고 서 있었다. 잠시 뒤 여포가 자리에 앉았다.

"잘 오셨소."

그의 인사까지는 좋았으나, 그다음 말은 관우와 장비의 얼굴을 분노로 불타오르게 했다.

"이번 일로 귀공의 위기를 구하기 위해 나도 꽤 고심했소. 그 공로를 잊지 말았으면 하오."

유비는 머리를 숙이며 대답했다.

"높으신 은혜를 어찌 잊을 수 있겠습니까? 진심으로 고마워하고 있습니다."

그때 여포의 부하가 들어와 보고했다.

"회남의 대장 기령 장군이 오셨습니다."

"오, 벌써 오셨는가? 이쪽으로 모시게."

여포는 가볍게 명하고 천연덕스러운 표정으로 앉아 있었으나 유비는 깜짝 놀랐다. 기령은 교전 중인 적의 대장이었다.

"손님이 오신 듯하니 저는 그만 물러나겠습니다."

유비가 당황하며 그 자리를 피하려 하자 여포가 그를 말렸다.

"아니, 오늘은 일부러 귀공과 기령을 한꺼번에 부른 것입니다. 함께 상의할 일도 있으니 그냥 앉아 계십시오."

그러는 사이에 기령도 막사 바로 앞까지 안내되어 왔다. 여포의 부하와 이야기를 나누는 듯 호쾌한 웃음소리가 울렸다.

"이곳입니다."

안내하던 무사가 영문의 장막을 걷어 각의 정원을 가리켰다. 기령은 별생각 없이 안으로 들어서다 놀란 표정으로 제자리에 멈춰 섰다.

적장 유비, 관우, 장비 세 사람이 전부 그 자리에 있었으니, 기령이 놀라는 것도 당연한 일이었다.

"자, 여기에 앉으시오."

여포가 뒤돌아보며 빈자리 하나를 가리켰다. 하지만 기령은 지금의 상황을 의심하지 않을 수 없었다. 겁에 질린 나머지 그는 몸을 돌려 밖으로 나가버리고 말았다.

"들어와 앉으라는데 왜 그리 사양하시는 게요."

여포가 밖으로 나가 그의 팔을 붙들었다. 그리고 어린아이처럼 들어 올려 안으로 데려가려 하자 기령이 비명을 질렀다.

"여 공, 여 공! 내게 무슨 허물이 있기에 귀공은 나를 죽이려는 것이오?"

여포가 껄껄 웃으며 대답했다.

"귀공을 죽일 리가 있겠소?"

"그렇다면 유비를 죽일 생각으로 부르신 겁니까?"

"아니, 유비를 죽일 마음도 없소."

"그렇다면 대체 어떻게 하실 생각입니까?"

"두 사람 모두를 위해서요."

"무슨 말씀이신지? 마치 귀신에 홀린 것 같습니다. 그처럼 사람을 놀라게 하지 마시고 본심을 말씀해주십시오."

"내가 진심으로 바라는 것은 평화요. 나는 원래부터 평화를 사랑하는 사람이니. 그래서 오늘은 두 분을 한자리에 모셔놓고 화목을 중재하려는 것이오. 이 여포가 중재에 나선 것이 귀공은 마음에 들지 않소?"

다른 사람도 아닌 여포가 자신의 입으로 '평화주의자'라고 큰소리를 치다니, 결코 믿을 수 없는 일이었다. 그러니 기령 역시 그런 평화주의자를 믿을 수가 없었다. 우습다기보다도 더욱 커다란 의혹에 두려움을 느꼈다.

"화목이라니, 대체 어떤 화목을 말씀하시는 것인지?"

"화목이란 전쟁을 멈추고 친목을 맺는 것을 말하오. 귀공은 그것도 모르시오?"

기령은 어이가 없었다. 여포가 이해할 수 없다는 표정을 지으며 기령의 어깨를 끌어 자리로 데려갔다.

참으로 묘한 장면이 연출되었다. 그곳의 분위기는 이미 싸늘하게 식어 있었다. 그곳에서 기령과 유비는 똑같이 손님이었으나, 전장에서는 칼을 맞대고 싸우는 적이었다.

그들은 서로를 곁눈질하며 태연한 척 앉아 있었으나, 어색하지 않을 수 없었다.

"이렇게 앉기로 합시다."

여포는 자신의 오른쪽에 유비를 앉히고, 왼쪽에 기령을 앉혔다.

곧 술자리가 벌어졌다. 하지만 술이 맛있을 리가 없었다. 유비와 기령 두 사람 모두 술잔만 핥듯 앉아 있었다. 혼자서 술을 마시던 여포가 잠시 뒤 술잔을 높이 들어 올리며 말했다.

"자, 이제 됐소. 이것으로 양쪽의 친교가 성립되었소. 서로 마음을 터놓고 건배를 하도록 합시다."

잔을 치켜든 것은 여포의 손뿐이었다. 일이 그렇게 되자 기령도 입을 다물고만 있을 수 없었다. 그는 당장 자리를 박차고 일어나겠다는 표정으로 여포의 얼굴에 대고 외쳤다.

"농담 그만두시오."

"뭐가 농담이라는 게요?"

"생각해보시오. 나는 주인의 명령을 받아 유비를 생포하지 못하면 살아 돌아가지 않겠다는 각오로 10만 군사를 이끌고 이 전장에 온 사람이오."

"알고 있소."

"필부들의 주먹다짐이라면 모를까, 그렇게 간단히 병사를 물릴 수가 없소. 내가 전쟁을 멈추는 날은 유비를 생포하거나, 유비의 목을 창끝에 꿰어 들고 개선가를 부르는 날이 될 것이오."

"……."

유비는 말없이 듣고 있었으나 그 뒤에 선 관우와 장비의 두 눈에서는 불꽃이 활활 타오르고 있었다. 순간 유비의 뒤쪽에서 장비가 바닥을 쿵쿵 울리며 성큼성큼 앞으로 나서더니 눈을 부릅뜨고 말했다.

"이놈 기령아, 밖으로 나와라! 가만히 듣고 있자니 사람을 앞에 두고 못하는 소리가 없구나. 큰형님과 의리로 맺어진 우리가 병력은 부족하다만, 너 같은 버러지나 메뚜기와는 실력이 다르다. 예전에 황건의 무리 백만 명을 겨우 수백 명으로 쳐부순 우리를 모른단 말이냐? 다시 한 번 그 혓바닥을 놀려봐라, 가만두지 않을 테니!"

당장이라도 검을 뽑아 달려들 것 같은 표정이었기에 관우가 놀라 장비를 끌어안으며 말렸다.

"그렇게 너 혼자서만 큰소리치면 어쩌자는 게냐? 언제나 네가 먼저 나서서 나는 나설 자리가 없지 않느냐?”

“우물쭈물하는 건 내 성격에 맞지 않소. 기령, 네 이놈아. 싸움에 나섰으니 장소를 가릴 필요가 어디 있겠느냐? 우리 큰형님의 목을 원한다면 어디 한번 가져가보도록 해라.”

“잠깐 기다리라는데도 이러는구나. 여 장군께도 무슨 생각이 있으실 게다. 여 장군께서 일을 어떻게 처리하실지, 우리도 큰형님처럼 지켜보기로 하자.”

“아니, 여포에게도 할 말이 있소. 쓸데없는 짓하면 여포고 뭐고 용서하지 않을 거요.”

장비가 머리카락과 수염을 곤추세우고 고함쳤다. 장비에게 그런 말을 들었으니 기령도 가만히 있을 수 없었다.

“이 필부 놈이!”

기령은 검을 울리며 자리에서 일어났다. 여포가 두 사람을 노려보다 큰 소리로 말했다.

“시끄럽소. 쓸데없이 소란 피우지 마시오.”

그러고는 밖을 향해서 외쳤다.

“누가 좀 들어오너라.”

여포는 우르르 달려온 가신들에게 섬뜩한 어조로 명령했다.

“화극을 가져와라, 내 방천극을!”

평화주의를 외쳤던 여포도 일이 뜻대로 되지 않자 화가 나서 본성을 드러내려는 모양이었다. 그가 화를 내면 무슨 짓을 할지 몰랐다. 기령은 매우 두려워했으며, 유비도 숨을 죽인 채 가만히 지켜보고 있었다.

방천극이 여포의 손에 건네졌다. 그는 그것을 끌어안고 사람들을 둘러본 뒤, 입을 열었다.

"오늘 내가 두 분을 불러서 화목하라고 한 것은 내가 하는 말이 아니오. 하늘이 명하신 일이오. 따라서 내 말에 대해 이래저래 불평을 하는 것은 하늘의 명을 어기는 일이오."

그는 여전히 엄숙한 평화주의자의 가면을 벗지 않았다. 무슨 생각을 한 것인지 그렇게 말하자마자 여포는 각에서 달려나가 맞은편에 있는 원문轅門 옆까지 단숨에 가더니 그곳에 방천극을 거꾸로 세워놓고는 돌아와서 다시 말했다.

"보시오. 여기서 원문까지의 거리는 150보요."

사람들 모두 여포가 가리키는 곳을 바라보았다. 무엇 때문에 저런 곳에 화극을 세워놓은 것인지, 그저 의아해하기만 할 뿐이었다.

"내가 여기서 저 화극의 작은 날을 겨냥해 한 발의 화살로 맞히겠소. 화살이 맞으면 천명을 받들어 화친을 맺고 돌아가도록 하시오. 맞지 않는다면 끝까지 싸우라는 하늘의 뜻일지도 모르오. 나는 손을 떼고 간섭하지 않을 생각이오. 둘 다 성에 찰 때까지 싸우도록 하시오."

기발한 제안이었다.

기령은 맞을 리 없다고 생각했기에 동의했다. 유비 역시 동의할 수밖에 없었다.

"뜻에 따르겠습니다."

"그럼, 한 잔씩 더 하기로 합시다."

자리로 돌아온 여포는 다시 술을 한 순배 돌렸다. 그러고는 멀리에

있는 화극을 바라보며 술을 마시다 얼굴에 술기운이 벌겋게 감돌기 시
작하자 부하에게 활을 가져오라고 외쳤다.

여포는 각 앞으로 나가서 팔꿈치를 똑바로 굽혔다.

작은 활이었다. 각궁, 혹은 이만궁李滿弓이라 불리는 반궁형半弓型 활
이었다. 가래나무에 얇은 판금을 씌우고 옻칠을 했기에 활의 힘에 있
어서는 강궁强弓이라 해도 좋을 터였다.

퉁!

시위가 빠르게 제자리로 돌아왔다. 시위에서 튕겨나간 화살이 바람
을 가르고 한 줄기 선명한 빛으로 선을 그리며 날아갔다. 쨍그랑, 저 멀
리서 소리가 들리더니 화극의 작은 날이 별처럼 반짝였으며 화살은 세
동강이로 부러져버렸다.

"맞았다!"

여포는 활을 내던지고 자리로 돌아왔다. 그리고 기령을 향해 말했다.

"자, 이미 약조한 일이오. 당장 천명을 받들도록 하시오. 뭐? 주공께
할 말이 없어진다고? 원술에게는 내가 편지를 보내 장군을 허물하지
않도록 할 테니 걱정 마시오."

기령은 곧 자리를 떴다. 그가 나가자, 여포가 유비에게 거들먹거리며
말했다.

"어떻소? 만일 내가 이번에 돕지 않았다면 귀공의 좌우에 아무리 뛰
어난 두 동생이 버티고 있다고 한들 멸망을 면키 어려웠을 게요."

"오늘의 은혜는 이 몸이 다하는 날까지 잊지 않겠습니다."

강요하듯 베푼 은혜라는 점을 알면서도 유비는 재배한 뒤 곧 소패로

돌아갔다.

＊ ＊ ＊

"이대로 머물러 있으면 유비가 아니라 여포가 약속 위반이라며 병사들을 동원해서 공격해올 게야."

기령은 여포를 두려워했다. 여포에게 속은 듯한 기분이 들기도 했지만 그의 두둑한 배짱에 압도되고 말았다. 기령은 어쩔 수 없이 군대를 물려 회남으로 돌아갔다. 그에게서 자세한 이야기를 듣고 분노한 것은 원술이었다.

"대체 얼마나 뻔뻔한 놈인지 그 끝을 모르겠구나. 어마어마한 물건을 받았으면서도 유비 편을 들어 억지로 화목을 권했단 말이냐?"

원술은 화가 가라앉지 않았다. 그래서 자신이 직접 대군을 이끌고 가서 서주와 소패를 한꺼번에 쓸어버리겠다는 명령을 내리려 했다. 기령은 자신이 그냥 돌아왔음을 크게 부끄러워하면서도 결코 쉽게 움직여서는 안 된다고 간언했다.

"여포의 용맹은 천하 모든 사람들이 아는 바입니다. 용맹뿐인가 싶었으나 이번에 보니 기지와 모략에도 뛰어난 듯합니다. 게다가 서주의 지리적 이점도 점하고 있으니 섣불리 나섰다가는 큰 손실을 입게 됩니다."

"그렇다면 그가 북쪽에 자리 잡고 있는 한 나는 남으로도 서로도 나아갈 수 없다는 말인가?"

“제게 한 가지 떠오른 계책이 있습니다. 듣자 하니 여포에게 묘령의 아름다운 딸이 하나 있다고 합니다.”

“첩의 딸인가, 정실의 딸인가?”

“정실인 엄씨가 낳은 딸이라고 하니 일을 도모하기가 더욱 좋습니다.”

“어째서?”

“장군께도 마침 아내를 맞기에 적당한 아드님이 계시니 혼담을 통해 먼저 여포의 마음을 떠보는 것입니다. 여포가 그 혼담을 받아들이느냐, 받아들이지 않느냐로 그의 마음이 어디에 있는지를 알 수 있을 것입니다.”

“그렇군.”

“만약 그가 혼담을 받아들여 딸을 아드님께 보낸다면 일은 다 된 것이나 다를 바 없습니다. 여포는 반드시 유비를 죽일 것입니다.”

원술이 무릎을 치며 말했다.

“좋은 생각이오. 이번 계책을 낸 상으로 전장에서 그냥 돌아온 죄는 묻지 않도록 하겠소.”

원술은 우선 ‘화목을 위해 고생하신 귀하의 호의에 참으로 깊은 경의와 감사를 바친다’며 답례품을 보냈다. 그리고 그로부터 2개월쯤 뒤에 사자를 보내 혼담을 넣었다.

“오래도록 흠모해온 장군의 집안과 인척 관계를 맺어 영원히 함께 영광을 나누며 친목을 더욱 두텁게 하고 싶습니다.”

그에 대한 여포의 대답은 물론 평범한 것이었다.

"잘 생각해본 뒤 이쪽에서도 곧 사람을 보내 답하도록 하겠소."

화친의 중재에 감사의 뜻을 전한 직후에 나온 혼담이었기에 여포도 진지하게 생각하지 않을 수 없었다.

"나쁘지 않은 얘기 같은데, 부인은 어떻게 생각하시오?"

여포는 부인 엄씨에게 의견을 물었다.

"글쎄요……."

그녀는 사랑스러운 외동딸의 문제였기에 상아로 깎아놓은 듯한 손가락을 뺨에 대고 생각에 잠겼다. 후원의 모란꽃 향이 창을 통해 은은하게 전해졌다. 제아무리 여포라 할지라도 이러한 때에는 온화한 눈빛을 한 좋은 아버지였다.

첫 번째 부인, 두 번째 부인, 그리고 첩이라 불리는 부인까지 여포에게는 그렇게 세 명의 부인이 있었다. 엄씨가 정실이었다. 그 후에 조표의 딸을 맞아 두 번째 부인으로 삼았으나 요절했기에 그녀와의 사이에 자녀는 없었다. 세 번째는 첩이었다. 첩의 이름은 초선이었다. 초선이라고 하면 그가 장안에서 살던 무렵, 뜨거운 연심을 품었고 바로 그 연심 때문에 동탁에게 등을 돌리게 되었으며, 마침내는 당시의 정권을 뒤엎은 그 대란의 불씨가 된 여성이었다.

"초선아, 초선아!"

그는 지금도 그 규방에 들어가면 그렇게 이름을 불렀다. 하지만 그 후 그의 집에서 살게 된 초선은, 박명한 초선과는 이름만 같은 다른 여인이었다. 어딘가 닮은 구석이 있었지만 나이도 달랐으며, 심성도 달랐다.

여포는 미련이 많은 사내였다. 장안의 대란 속에서 죽은 초선이를 잊을 수가 없었다. 그랬기에 각 주를 돌아다니며 초선이와 비슷한 여성을 찾았으며, 얼굴 어딘가에 그 모습을 담고 있는 여자를 간신히 얻어, "초선아, 초선아!" 하고 부르고 있는 것이었다. 그 초선이에게도 자식은 없었기에 자식이라고는 엄씨 부인이 낳은 딸 하나뿐이었다. 아버지 여포는 그 딸에게 큰 애착을 느끼고 있었다. 딸의 행복을 자신의 미래 이상으로 걱정했다.

"어떻소?"

원술이 제안한 혼담에 그는 꽤 망설이고 있었다. 한편으로는 좋은 혼처라고 생각하면서도, 다른 한편으로는 위험하다는 생각이 들기도 했다.

"저는 좋은 혼처가 아닐까 싶은데……."

정실 엄씨가 이어 말했다.

"제가 듣기로 원술은 곧 천자가 될 사람이라던데요."

"누가 그러던가?"

"누구랄 것도 없이 하녀들까지 모두 그렇게 수군거리는걸요. 천자의 자리에 오를 만한 자격을 가진 사람이라고요."

"그의 손에는 옥새가 있소. 그 때문에 떠도는 말이겠지. 하나 백성들이 수군거리는 말에는 힘이 있는 법, 어쩌면 정말로 실현될지도 모르겠소."

"그러니 좋지 않겠어요? 우리 아이를 시집보내면 곧 황비가 될지도 모르잖아요."

"부인도 참 기발한 생각을 다 하셨소."

"어미로서 가장 중요하게 생각하는 문제인걸요. 단지 그 댁에 아들이 몇 명 있는지 그건 좀 알아볼 필요가 있겠어요. 여럿 있는 중에서도 가장 모자란 아들에게 시집을 가게 되면 나중에 후회해도 소용없는 일이니까요."

"그 점은 걱정할 것 없소. 원술에게 아들은 하나밖에 없으니."

"그럼 생각할 필요도 없는 일이잖아요."

암탉의 울음소리에 수탉도 날갯짓을 했다. 원술의 '공영의 복리를 영원히 함께 나누자'는 말이 진실인 것처럼 여겨졌다.

대답을 기다리고만 있을 수는 없다는 듯, 원술이 다시 한윤韓胤을 사자로 보냈다.

"혼담에 대해서는 어떻게 생각하고 계십니까? 일가 군신 모두 좋은 답이 있기를 학수고대하고 있습니다."

여포는 한윤을 역관으로 맞아들여 정성스럽게 대접한 뒤, 승낙한다는 뜻을 전하고 사자 일행에게 수많은 금은을 주었다. 그리고 원술에게 보내는 화려한 선물을 말과 수레에 가득 실어 함께 가져가게 했다.

"말씀 잘 전하겠습니다. 틀림없이 주공께서도 매우 기뻐하실 것입니다."

한윤이 떠난 이튿날의 아침이었다. 까다롭기로 유명한 진궁이 예사롭지 않은 얼굴로 여포가 일어나기를 기다리고 있었다.

잠시 뒤 여포가 잠자리에서 일어나 나왔다.

"오, 진궁. 이렇게 일찍 어쩐 일인가?"

“잠시 드릴 말씀이 있습니다.”

“뭔가?”

“원씨 집안과의 혼담에 대해서입니다.”

진궁의 표정을 보고 여포는 내심 당혹감을 느꼈다.

‘진궁이 내게 무언가 간언을 하러 온 것이 아닐까?’

상대방에게는 이미 승낙의 뜻을 밝혔다. 그러니 지금 내부에서 이견이 일면 일이 번거로워지는 셈이었다.

“……”

여포는 아직 잠이 덜 깬 흐릿한 눈을 옆으로 돌렸다.

“괜찮으시겠습니까? 여기서 말씀드려도.”

“자네는 반대하는 겐가?”

“결코 그렇지 않습니다.”

진궁이 머리를 숙였기에 여포는 안심하고 각에서 나와 목련나무 밑을 걷기 시작했다.

“다른 사람들이 나오면 귀찮아지니, 저 정자로 가서 얘기하세.”

연못 위 정자의 탁상에 앉아 여포가 말했다.

“자네에게는 아직 말하지 않았으나 아내도 좋다고 하기에 혼인을 승낙했다네.”

“잘하셨습니다.”

진궁의 대답에는 어딘가 석연치 않은 구석이 있었다.

“무슨 문제라도 있는가?”

여포는 진궁이 간언을 할까 두려워하면서도 그의 동의를 구했다.

"잘하셨다고 생각합니다만, 그 시기가 문제입니다. 식은 언제 올리기로 하셨습니까?"

"아직 거기까지는 얘기하지 않았네."

"약속 이후 식을 올리기까지는 예로부터 정해진 기간이 있습니다."

"그에 따르려 하네."

"안 됩니다."

"어째서?"

"혼약이 성립된 날부터 식을 올리는 날까지의 기간을 신분에 따라 네 가지로 나누는 것이 세상의 일반적인 관습입니다."

"천자는 화촉을 밝히기까지 1년, 제후는 그사이의 기간이 반년, 각 대부나 무사는 한 계절, 서민은 1개월이 아닌가?"

"그렇습니다."

"그렇다면, 음……."

여포가 무슨 말인지 알았다는 듯 이어 말했다.

"원술은 옥새를 가지고 있으니 곧 천자가 될지도 모르네. 그러니 천자의 예를 따르라는 말인가?"

"아닙니다."

"그렇다면 제후의 자격인가?"

"그것도 아닙니다."

"대부의 예로 행하란 말인가?"

"안 됩니다."

"그렇다면……."

여포가 노여운 빛을 띠었다.

"내 딸을 서민의 예에 따라서 시집보내란 말인가?"

"그런 말씀은 드린 적이 없습니다."

"도통 알 수 없는 소리만 하는군. 그렇다면 대체 어떻게 하란 말인가?"

"이번 일은 집안의 내사內事이기는 합니다만 천하의 웅장雄將은 늘 풍운을 바라보며 모든 일을 처리해야 합니다."

"말해 무엇하겠는가."

"비할 데 없는 효용驍勇을 지니신 장군과 옥새를 가지고 부국강병을 자랑하는 원술이 인척을 맺는다는 소리를 들으면, 세상에 이를 주저呪詛하지 않고 질시하지 않을 자가 어디에 있겠습니까?"

"그런 걸 일일이 따지자면 어디에도 시집보내지 못할 걸세."

"어쨌든 만전을 기해야 할 것입니다. 따님을 위해서도. 누군가 가마가 떠나는 길일을 천재일우의 호기라 생각하여 복병을 심어놓고 따님을 납치해간다면 어찌하시겠습니까?"

"그도 그렇군. 대체 어떻게 하면 좋겠소?"

"길일을 기다리지 말아야 합니다. 신분도 관습도 따져서는 안 됩니다. 우선은 다른 사람들이 알기 전에 따님을 속히 수춘으로 보내셔야 할 것입니다."

"그렇군. 그런데 이를 어쩐다……."

"마음에 걸리는 일이라도 있으십니까?"

진궁이 날카롭게 물었다.

여포가 머리를 긁적이며 대답했다.

"실은 부인도 이번 혼담을 마음에 들어 하며 매우 기뻐하기에, 자네에게는 묻지도 않고 원술의 사자에게 승낙의 뜻을 밝혔다네."

"상관없지 않습니까? 저는 이번 혼담을 깨려는 것이 아닙니다."

"하나, 사자 한윤은 벌써 회남으로 돌아갔다네."

"그것도 상관없습니다."

"어째서?"

여포가 이상히 여기며 물었다. 진궁이 너무도 차분했기에 오히려 이상하다는 생각이 든 것이었다.

"실은 오늘 아침에 저 혼자 역관으로 은밀히 찾아가 한윤과 밀담을 나누었습니다."

"뭐라고? 내게는 말도 하지 않고 원술의 사자를 만났단 말인가?"

"걱정이 돼서 견딜 수가 없었기에……."

"그래, 무슨 이야기를 나누었는가?"

"저는 한윤을 만나 단도직입적으로 말했습니다. '이번 혼담, 결국 그쪽에서는 유비의 목을 원하는 것이지요? 신부도 신부지만 그 후에 원하는 것은 유비의 목, 그렇지 않은가요?' 제가 그렇게 갑작스럽게 말하자 한윤은 놀라 낯빛을 잃고 말았습니다."

"그야 물론 그랬겠지. 그래, 한윤은 어떻게 답하던가?"

"한동안 제 얼굴만 바라보고 있다가 목소리를 낮춰, '그러한 말은 모쪼록 큰 소리로 말씀하지 마십시오.' 그 역시도 보통내기는 아닌지라 참으로 그럴듯하게 대답했습니다."

"흠, 자네는 대체 무슨 말을 하려고 했던 것인가?"

"혼례를 세상의 관습에 따라 정하면 반드시 불길한 일이 일어날 것이다, 일이 순조롭게 끝나지는 않을 것이다, 우리 주공께는 내가 그렇게 말씀드릴 테니 그쪽 집안에서도 속히 준비를 해주셨으면 한다, 이렇게 말하고 돌아왔습니다."

"한윤이 내게는 아무런 말도 하지 않았소만……."

"그야 말할 수 없었겠지요. 이번 혼담은 정략결혼입니다, 하고 밝히는 사자가 어디 있겠습니까?"

진궁은 여포가 생각을 바꿀 것이라 예상했으나, 그의 얼굴을 살펴보니 딸을 시집보내는 데 필요한 절차와 그 날짜만을 마음에 두고 있는 듯했다.

"그럼 날짜는 빠를수록 좋단 말이지? 이거 마음이 갑자기 조급해지는데."

여포는 다시 후각을 향해 성큼성큼 걸어갔다. 부인 엄씨에게도 납득을 시킨 뒤 밤을 낮 삼아 혼례 준비를 서두르게 했다.

더할 나위 없이 화려한 혼례 준비가 갖추어졌다. 수많은 비단과 능직이 사용되었다. 마차와 아름다운 덮개가 준비되었다. 드디어 신부가 출발하기로 한 날이 찾아왔다. 새벽녘부터 서주성 안에서 풍악 소리가 울려 퍼졌다. 전날부터 밤새도록 성대한 축연이 벌어졌던 것이다.

마침내 새가 지저귀는 아침의 햇살과 함께 성문이 열리며 백마가 끌고 온 금 덮개를 덮은 마차가 모습을 드러냈다. 마차는 수많은 시녀와 시동, 아름답게 치장한 무사들의 보호를 받으며 자줏빛 구름 속을 가듯 성 밖으로 나왔다.

한편 진규陳珪는 나이가 많았기에 아들의 집에서 병구완을 받고 있었다. 그의 아들은 유현덕의 신하 진등이었다.

"무슨 일로 저리도 풍악 소리가 요란한 게냐?"

방에서 수발을 들던 아이가 대답했다.

"어르신, 아직 모르고 계셨습니까? 서주성을 나선 신부의 행렬이 멀리 회남까지 가는 것을 마을의 백성들이 환호하며 배웅하는 것입니다."

"그거 큰일이구나. 이러고 있을 때가 아니다."

진규는 자신을 성까지 데려다달라고 자꾸만 고집을 부렸다. 결국 그는 숨을 헐떡이며 서주성으로 들어가 여포를 만났다.

"몸도 좋지 않으면서 왜 나온 게요? 굳이 축하하러 오지 않아도 되는데."

여포가 말하자 진규가 고개를 크게 저으며 대답했다.

"그 반대입니다. 장군의 임종도 이제 얼마 남지 않았기에 오늘은 문상을 하러 온 것입니다."

"노인 양반, 지금 자신의 얘기를 하고 있는 게 아니오?"

"아닙니다. 늙어 병든 저보다 장군께서 먼저 가십니다."

"무슨 말도 안 되는 소리를 하는 게요!"

"하지만 수명은 어쩔 수가 없는 일입니다. 장군 스스로가 저승으로 발걸음을 옮기고 계시니."

"불길한 소리 하지 마시오. 이 즐거운 축일에."

"오늘을 길일이라고 생각하시다니, 벌써 죽음의 그림자가 드리운 듯합니다. 왜냐하면 이번 혼담은 원술의 모략입니다. 장군께 유비라는 인물이 붙어 있는 한 장군을 제거할 수 없기에 우선은 따님을 인질로 잡아둔 뒤 유비가 있는 소패를 공략하겠다는 생각입니다."

"……"

"유비가 공격을 받아도 장군께서는 이제 그를 도울 수가 없을 것입니다. 그를 죽게 내버려두는 것은 장군의 수족을 떼어내는 것이라 생각되지 않으십니까?"

"……"

"아아, 이제는 어쩔 수가 없습니다. 두려운 것은 사람의 수명과 원술의 교묘한 묘략입니다."

"흠……"

한숨을 내쉬던 여포는 그곳에 진규를 남겨둔 채 어딘가로 가버리고 말았다.

"진궁, 진궁!"

여포의 커다란 목소리에 진궁이 밖으로 달려나갔다. 여포가 그의 얼굴을 보자마자 성난 목소리로 외쳤다.

"어리석은 놈! 네가 나를 망치는구나."

그러고는 갑자기 기병 5백 명을 정원으로 불러 명령했다.

"딸의 가마를 따라가 바로 데려오도록 해라. 이번 혼담은 없었던 일로 하겠다."

여포의 변덕이야 늘 있었던 일이지만 이번에는 모두가 어리둥절하지 않을 수 없었다. 기병대는 즉각 흙먼지를 일으키며 신부의 행렬을 뒤쫓았다. 여포는 곧 붓을 들어 '어젯밤부터 딸이 갑자기 가벼운 병에 걸려 누워 있으니 혼례는 당분간 미루어야겠다'는 내용의 편지를 써서 원술에게 보냈다.

병든 노인 진규는 성안에 머물다 저녁이 되어서야 말 위에 올라 집으로 향했다.

"아아, 이것으로 참된 주인을 위기에서 구했구나."

그는 듬성듬성 자란 수염 속 입을 오물거리며 말했다.

* * *

진규는 다시 병상으로 돌아와 조용히 누워 있었다. 그런데 험악한 세상의 움직임을 곰곰이 생각해보니 소패에 있는 유현덕의 위치는 참으로 위험한 것이라 하지 않을 수 없었다.

'여포는 앞문의 호랑이, 원술은 뒷문의 이리와 같구나. 그 둘 사이에 껴 있으면 언젠가는 반드시 둘 중 하나에게 잡아먹히고 말 것이야.'

그는 너무도 걱정이 된 나머지 병상에서 붓을 들어 여포에게 편지를 써 보냈다. 그 편지에는 다음과 같은 내용이 담겨 있었다.

요즘 이 늙은이가 듣자 하니 원술은 옥새를 가지고 있어 곧 천
자를 칭할 것이라 합니다. 명백한 반역입니다. 이번에 다행스
럽게도 장군께서 따님의 행렬을 되돌리셨으니 내친김에 급히

병사를 보내 아직 수춘으로 가고 있을 한윤을 잡아 허도로 보
내 조정의 판결을 받아야 할 것입니다. 조조는 장군의 공을 인
정할 것입니다. 장군께서는 관군이라는 대의명분하에, 조조
의 병사를 좌익으로 삼고 유현덕을 우익으로 삼아 대역 죄인
을 제거해야 할 것입니다. 지금이 바로 움직여야 할 때입니
다. 드넓은 세상에 영명을 떨치고 동시에 일대의 대계를 단번
에 이룰 수 있는 기회를 덧없이 놓쳐서는 안 됩니다. 이와 같
은 기회는 두 번 다시 찾아오지 않을 것입니다.

"무슨 생각을 그렇게 하시는 거예요?"

아내 엄씨도 여포의 어깨너머로 진규의 편지를 읽게 되었다.

"진규의 말에도 일리가 있으니 어찌하면 좋을지 생각하고 있었소."

"죽어가는 병자의 말에 마음이 움직여 이렇게 좋은 혼담을 파기할
생각이란 말씀이신가요?"

"딸아이는 어떻게 하고 있소?"

"울고 있어요. 가엾게도……."

"이를 어쩐다……."

여포는 중얼거리며 관리들이 업무를 보고 있는 정각政閣으로 갔다.
그곳에서 관리들이 수선을 떨고 있었다. 여포가 그중 한 사람에게 무
슨 일이 있었는지 물어보았다.

"소패의 유비가 여기저기서 속속 말을 사들이고 있다고 합니다."

그 말에 여포는 크게 웃었다.

"무장이 말을 사들이는 것은 만일의 때를 대비하기 위한 것이니 그렇게 눈에 쌍심지를 켜고 수선을 떨 필요도 없는 일 아니냐? 나도 좋은 말을 얻고 싶어서 얼마 전에 송헌宋憲을 산동으로 보냈다. 이제는 그도 돌아올 때가 되었구나."

그로부터 사흘 뒤의 일이었다. 산동 지방으로 군마를 구하러 갔던 송헌과 그 외의 관리들이 마치 여우에라도 홀린 것처럼 멍한 표정으로 성에 돌아왔다.

"군마는 얼마나 구해왔느냐? 가장 좋은 놈 대여섯 마리를 이리 끌고 와봐라."

여포가 말했다. 그러자 여포의 노여움을 두려워하며 관리들이 머리를 숙이고 대답했다.

"죄송합니다. 명마 3백 마리를 끌고 그저께 밤 소패 부근에 접어들었는데 한 무리의 강도가 나타나 2백 마리 이상의 좋은 말을 빼앗아 달아났습니다. 그래서 어제와 오늘까지 근방을 샅샅이 뒤져보았으나 산적도 말도 도무지 행방을 알 수가 없기에 어쩔 수 없이 남은 말만 끌고 돌아왔습니다."

"뭐? 강도들에게 좋은 말을 2백 필이나 빼앗겼단 말이냐?"

여포의 이마에 퍼런 힘줄이 돋았다.

"식충이 같은 놈들. 너희는 평소 무엇 때문에 녹을 받고 있는 것이냐?"

여포가 거친 목소리로 송헌 등에게 책임을 물었다.

"소중한 군마를 여럿 강도에게 빼앗겨놓고 뻔뻔스러운 얼굴로 돌아오는 놈들이 어디 있느냐? 강도들이 나타나면 즉시 붙잡아 포박을 하는 것이 너희의 임무가 아니더냐!"

송헌이 성난 사자 앞에 엎드려 변명을 했다.

"화를 내시는 것도 참으로 지당한 일입니다만, 아무래도 그 강도들은 평범한 강도나 산적이 아닌 듯합니다. 하나같이 건장한 사내들로 모두 복면을 하고 있었는데, 그중에서도 키가 크고 두목인 듯한 놈은 저희를 마치 어린아이 다루듯 내던져 감히 다가갈 수도 없었습니다. 게다가 그 행동이 놀랄 만큼 빠르고 정확했습니다. 저희가 타고 있던 말을 빼앗아 거기에 오르자마자 두목이 한마디 호령을 한 순간 말 떼에 채찍을 가해 바람처럼 달아나고 말았습니다. 너무도 신속하게 일을 처리하기에 이상하다는 생각이 들어 은밀히 알아보았습니다만, 저희는 감히 손을 댈 수가 없는 무리였습니다. 그 복면을 한 강도들은 소패성 유현덕의 동생인 장비라는 자와 그 부하들이었습니다."

"뭐? 그 장비 놈이……."

여포의 분노가 소패 쪽으로 향했다. 그래도 약간 의심이 들어 다시 한 번 더 물었다.

"틀림없느냐? 틀림없이 알아본 것이냐?"

"결코 거짓이 아닙니다."

여포가 이를 갈며 자리에서 일어나 포효했다.

"이놈! 나도 더는 참을 수가 없다."

성안의 장군들이 바로 소집되었다. 여포는 자리에 앉지도 않고 선 채였다.

"유비에게 선전포고를 하겠다! 당장 소패로 밀고 들어가라."

여포도 갑옷을 입고 적토마에 올라 소패성으로 향했다.

그 소식을 듣고 유비는 무척 놀라고 말았다. 그는 이유를 알 수 없었다. 하지만 사태는 급박했다. 막지 않으면 안 되었다. 그는 병사들을 이끌고 성 밖으로 나갔다. 그리고 커다란 소리로 여포에게 말했다.

"여 장군, 여 장군. 이게 대체 어찌 된 일입니까? 아무 이유 없이 군대를 움직이시다니, 무슨 일인지 말씀해주십시오."

"잘도 지껄이는구나, 유비."

여포가 모습을 드러냈다.

"이 배은망덕한 놈! 일전에 이 여포가 원문의 화극을 활로 맞혀 목숨을 잃을 위기에 처한 너를 구해주었거늘, 네놈은 장비를 시켜 내 군마 2백여 필을 훔치는 것으로 그 보답을 삼는단 말이냐? 군자의 탈을 뒤집어쓴 도적놈! 너는 강도를 동생으로 삼아 재산을 늘릴 생각이냐?"

커다란 모욕이었다. 유비는 얼굴빛이 창백해졌으나 전혀 모르는 일이었기에 망연히 입을 다물고 있었다. 그러자 뒤에서부터 장비가 창을 들고 나와 유비 앞을 가로막고 서더니 큰 소리로 외쳤다.

"이 인색한 놈아! 군마 2백 필이 뭐 그리 대단하단 말이냐? 그 말을 빼앗은 것은 바로 이 장비다만, 나를 보고 강도라니 그냥 들어 넘길 수 없구나. 내가 강도라면 네놈은 분적糞賊이다."

"뭐, 분적?"

여포도 당황하지 않을 수 없었다. 세상에 여러 도적이 있지만 분적이라는 것은 아직 들어본 적조차 없었다. 그는 장비의 말을 도저히 알아들을 수가 없었다.

"그렇지 않느냐? 너는 원래 머물 곳이 없어서 이 서주에 몸을 의지하러 온 떠돌이에 지나지 않았다. 우리 큰형님 덕분에 어느 틈엔가 서주성에 들어앉아 태수인 양하고 있을 뿐만 아니라 세금도 전부 횡령하고, 딸을 시집보낼 준비를 한다며 백성의 고혈을 짜내고, 이처럼 천하가 어려운 때에 일족이 모두 모여 구린내 나는 짓만 하고 있다. 그러니 너 같은 놈은 국적國賊이라고 하기에도 아깝다. 분적이라 해야 할 것이다. 알겠느냐, 여포야."

장비의 욕설이 채 끝나기도 전이었다. 여포가 얼굴의 수염과 머리카락을 곧추세우고 방천극을 크게 휘두르며 장비를 공격하기 시작했다.

"이놈!"

"어림없다."

장비는 타고 있던 말을 뒷발로 서게 하며 상대방의 빗나간 화극에 성난 목소리로 일갈했다.

조롱을 받은 여포가 더욱 크게 화를 냈다.

"받아라!"

여포는 화극을 고쳐 쥐고 말 머리를 장비 쪽으로 향해 나아갔다.

"어디, 덤벼봐라."

장비도 장팔사모를 꼬나들고 고리 같은 눈으로 여포를 노려보았다.

천하의 장관이라 해도 좋을 광경이었다. 장비와 여포 모두 당대 최고의 용장이라 할 수 있었다. 하지만 같은 철완이라 할지라도 그 성격은 전혀 달랐다. 장비는 여포를 죽을 만큼 싫어했다. 여포만 보면 아무것도 아닌 사소한 일에도 부글부글 끓어오르는 투지를 참을 수가 없었다. 마찬가지로 여포도 평소 장비의 얼굴만 보면 구역질이 날 정도로 불쾌함을 느꼈다.

이처럼 서로를 미워하는 두 호걸이 전장이라는 때와 장소를 얻어 서로 맞서게 되었으니 그 싸움이 얼마나 격렬했을지는 굳이 말할 필요도 없을 것이다. 서로의 무기가 맞부딪치기를 2백여 합, 흐르는 땀이 말의 등을 적셨으며 두 사람의 고함이 구름에 메아리치는 듯했다. 그래도 여전히 승부는 갈리지 않았으며, 말발굽 때문에 주위의 흙이 파헤쳐졌고, 해는 이미 서쪽으로 기울려 했다.

"장비, 장비야! 어째서 물러나지 않는 것이냐? 큰형님의 명령을 듣지 않을 생각이냐?"

뒤에서 관우의 목소리가 들려왔다. 정신을 차리고 장비가 앞뒤를 둘러보니 벌써 어둑해진 전장에 남아 있는 것은 자기 혼자뿐이었다.

"아, 관우 형님."

장비는 대답하며 여전히 여포와 싸웠는데, 아군의 진지 쪽에서 퇴각을 알리는 종소리가 들려오고 있었다.

"어서 오너라. 그런 적은 그냥 내버려두고 물러나라."

관우가 장비를 빙 둘러쌌던 적의 한편을 무너뜨리고 있었다. 당황한 장비가 달리며 외쳤다.

"여포, 내일 다시 오너라."

여포가 등 뒤에서 욕설을 퍼붓는 소리가 들렸으나, 이미 서로의 모습마저 희미하게 보이는 저녁이 되어버리고 말았다. 장비가 가까이 다가오자 관우가 달려가서 속삭였다.

"형님께서 이만저만 화가 나신 게 아니다."

장비가 성으로 돌아오자마자 유비는 곧 장비를 불러 따져 묻기 시작했다.

"네가 또 사고를 치고 말았구나. 훔친 말은 대체 어디에 숨겨두었느냐?"

"성 밖의 절에 전부 묶어두었습니다."

"옳지 못한 수단으로 얻은 말을 우리 마구간에 들일 수는 없다. 관우야, 그 말들을 전부 끌고 가서 여포에게 건네주고 오너라."

관우는 그날 밤, 2백여 필의 말 전부를 여포의 진영으로 돌려보냈다. 말을 다시 받은 여포는 곧 마음이 풀어져 병사를 물리려 했으나 진궁이 옆에서 간언했다.

"만일 지금 유비를 없애지 않으면 훗날의 근심거리가 될 것입니다. 날이 갈수록 서주의 인망이 장군에게서 떠나 그에게로 갈 것입니다."

그 말을 듣자 여포는 유비의 도덕심과 선행이 오히려 두렵기도 하고 또 얄밉기도 했다.

"옳은 말이오. 인정이 곧 내 약점이오."

여포가 그대로 숨 쉴 틈도 주지 않고 이튿날까지 공격했기에, 병력이 그리 많지 않은 소패성은 곧 위기에 빠지고 말았다.

"어찌하면 좋겠는가?"

유비가 묻자 손건이 대답했다.

"이제 더는 버틸 수가 없습니다. 일단 성을 버리고 허도로 가야 합니

다. 중앙의 조조에게 의지하여 때를 기다렸다가 오늘의 빚을 갚을 수
밖에 없습니다."

그의 말에 따라 유비는 그날 밤 삼경에 뒷문으로 빠져나갔다. 그리
고 심복과 약간의 병사들만 데리고 달빛으로 하얗게 반짝이는 길로 달
아났다.

30
붉게 물든 육수

다시 한 번 출정하여 손쉬운 승리를 거두는 듯했던 조조,
며칠 밤의 달콤한 향락의 대가는 너무나도 큰 것이었다

후미를 맡게 된 관우와 장비는 2천여 명의 병사들을 성 밖으로 데리고 나가 여포의 병사들을 마음껏 짓밟게 하여 위속魏續, 송헌 등에게 큰 타격을 주었다.

'이것으로 마음속도 조금은 후련해졌다.'

두 사람은 그렇게 되뇌며 앞서 출발한 유현덕의 뒤를 따라갔다.

때는 건안 원년(196년)의 겨울이었다. 유현덕은 땅을 잃고 먹을 것도 없이, 야윈 말과 슬픔에 잠긴 가족들을 데리고 마침내 허도에 도착했다. 그런 유비에게 조조는 결코 무정하지 않았다.

"유비는 내 아우다."

빈객을 대하는 예로 맞아들이고 이야기를 나눌 때는 윗자리를 내주어 위로했다. 한편 술자리를 마련해 관우와 장비의 노고도 치하했다. 저물녘이 되자 유비는 은혜에 감사한 뒤 상부相府에서 나와 역관으로 돌아갔다.

그의 뒷모습을 바라보며 조조의 심복인 순욱이 의미삼장하게 중얼거렸다.

"과연 유비는 소문과 다르지 않은 인물입니다."

"음."

조조는 다른 말은 하지 않았다. 순욱이 그의 귓가로 얼굴을 가져가 다시 말했다.

"유비야말로 앞으로 대단한 영걸이 될 인물입니다. 지금 제거하지 않으면 결국에는 나리의 큰 장애물이 되지 않겠습니까?"

순욱은 암암리에 유비를 살해할 것을 권했다. 그러자 조조가 짐짓 깜짝 놀란 눈으로 바라보았다. 그의 눈동자에서 붉은 형광이 반짝였다. 그때 곁에 있던 곽가가 고개를 내저으며 조조에게 다가왔다.

"이름이 알려지지 않은 사람이라면 모르겠으나 유현덕은 이미 의기인애義氣仁愛로 상당히 알려져 있습니다. 만약 나리께서 그를 죽이신다면 천하의 현재賢才들로부터 존경심을 잃게 될 것이며, 나리께서 외쳐오신 대의와 인정 모두 거짓된 것이라 여기게 될 것입니다. 유비 한 사람을 두려워하여 장래의 근심을 끊기 위해 사해의 신망을 잃는다는 것은 하책 중에서도 하책이니 저는 절대로 찬성할 수 없습니다."

“옳은 말이오.”

조조는 명석한 사람이었다. 그의 피는 쉽게 끓어오르고 또 쉽게 탁해지기도 하나 본질적으로 충언을 잘 받아들였다.

“나도 그렇게 생각하네. 역경에 빠진 그에게는 오히려 은혜를 베푸는 편이 낫겠네.”

조조는 조정으로 들어가 유비를 위해 예주목을 청하고, 곧 그 소식을 유비에게도 전했다. 그리고 유비가 임지로 떠나기에 앞서 병사 3천 명과 군량미 만 섬을 주었다.

“자네의 앞길을 축복하는 내 조그만 뜻일세.”

조조의 거듭되는 호의에 유비는 깊이 감사했다. 그러자 조조가 유비에게 속삭였다.

“때가 되면 자네와 협력하여 자네의 원수를 갚으러 가겠네.”

조조가 언젠가는 주벌誅伐해야겠다고 생각한 것은 여포라는 존재였다.

“…….”

유비는 그저 미소를 지으며 고개만 끄덕이고는 임지로 떠났다.

그런데 조조가 계획한 여포 정벌이 채 실현되기도 전에 뜻밖의 방면에서 허도에 위기가 찾아왔다. 허도는 황제가 머물고 있는 곳이며, 조조는 조야의 위에 서서 재상으로 우러름을 받고 있었다.

“이 화원을 범하려는 도적이 대체 누구냐?”

그는 검을 지팡이 삼아 분연히 일어났다. 그리고 상부로 달려드는 병사들의 보고를 엄한 눈빛으로 들었다.

동탁의 신하 중에 허창으로 천도하기 전 장안에서 위세를 떨쳤던 장제가 있었다. 얼마 전부터 동탁 일족의 잔당들을 규합하여 '왕성 복고, 타도 조조'의 기치를 내걸고 허도로 진군해 들어올 궁리를 하는 일군이 있었는데, 그 일군의 중심에는 장제의 조카인 장수張繡가 서 있었다. 장수는 각 주의 패잔병들을 전부 끌어 모아 점차로 세력을 더해갔으며, 모사 가후를 참모로 맞아들였고 형주태수 유표와 군사동맹을 맺어 완성을 근거지로 삼았다.

"좌시할 수 없다."

조조는 군대를 끌고 가 토벌하기로 마음먹었다. 그런데 아무래도 서주의 여포가 마음에 걸렸다.

"만약 나와 장수와의 싸움이 길어지면 여포는 틀림없이 그 틈을 이용해 유비를 공격할 것일세. 유비를 짓밟은 기세를 몰아 다시 비어 있는 허도로 공격해 들어온다면 이곳도 버티지는 못할 게야."

그러한 근심이 있었기에 조조는 출진을 망설였다. 그때 순욱이 말했다.

"그 문제라면 특별히 걱정하실 것도 없습니다."

"그럴까? 다른 사람이라면 특별히 두려워할 것도 없으나 여포만은 방심할 수 없는 놈이라 생각하는데."

"하나, 다루기 쉬운 사람이라고도 할 수 있습니다."

"이익을 나누어주잔 말인가?"

"그렇습니다. 욕망에는 눈이 어두운 사람이니 이번에 그의 관위를 높여주고 은상을 내리면서 유비와 화목하라고 말해보십시오."

“옳은 말이오.”

조조가 무릎을 쳤다. 그리고 바로 봉거도위奉車都尉 왕칙王則을 정식 사자로 서주에 보내 그 뜻을 전했다. 그러자 여포는 뜻밖의 은상에 감격하여 군소리 없이 조조의 뜻에 따랐다.

그 소식을 들은 조조는, ‘이제 후환도 사라졌다’며 하후돈에게 선봉을 맡긴 후 대군을 이끌고 완성으로 진격해 들어갔다.

육수淯水(하남성 남양 부근) 일대에 15만 대병이 안개처럼 진을 펼쳤다. 때는 이미 봄도 깊어 건안 2년(197년) 5월, 바람에 흐느적거리는 버드나무 가지가 파랗게 물들어 있었고 육수의 완만한 흐름 위에는 복숭아 꽃잎이 가득 떨어져 있었다. 장수는 그 유명한 조조가 친히 대군을 이끌고 왔다는 소식을 듣고 참모인 가후와 상의했다.

“어떤가, 승산은 있겠는가?”

“조조가 전력을 다해 공격에 나섰으니 이기기는 힘들 듯합니다.”

“대체 어떻게 하면 좋겠는가?”

“항복할 수밖에 없습니다.”

앞을 내다보는 가후의 눈은 정확했다. 가후는 장수에게 권하여 싸움이 채 시작되기도 전에 백기를 들게 했으며, 직접 사자가 되어 조조의 진영을 찾았다. 항복을 청하러 온 사자이기는 했으나 가후의 태도는 흠잡을 데 없이 훌륭했다. 뿐만 아니라 언변이 시원시원했다. 조조는 그런 가후의 인품에 적잖이 반해버리고 말았다.

“장수를 떠나 나와 함께 일해보고 싶은 마음은 없는가?”

“과분한 말씀이십니다만, 장수께서 제 말을 잘 따라주시니 차마 그를 버릴 수가 없습니다.”

“전에는 누구 밑에 있었는가?”

“이각 밑에 있었습니다. 그러나 그것은 저의 가장 큰 실수로 덕분에 오명을 입게 되었고, 그 후 천하의 미움을 받고 있어 지금은 더욱 자중하고 있습니다.”

* * *

전화를 면한 완성은 평화를 위해 안팎으로 외교가 진행되고 있었다. 조조는 완성으로 들어가 성안 한곳에서 기거했다. 그러던 어느 날 밤 장수 등과 함께 술을 마신 후 자신의 침소로 돌아와 문득 어떤 소리를 들었다.

“이 성안에도 미기美妓가 있는 듯하구나. 호궁胡弓 소리가 들리는 것을 보니.”

원정 중이었기에 조조의 조카인 조안민曹安民이 그의 수발을 들고 있었다.

“안민아, 너도 저 호궁 소리가 들리지?”

“네, 어제도 밤새도록 애절하게 연주했던 것 같습니다.”

“저 호궁을 치고 있는 게 대체 누구냐?”

“기녀는 아닙니다.”

“너는 누군지 알고 있느냐?”

“살짝 훔쳐본 적은 있습니다.”

"음흉한 놈이로구나."

조조가 장난스럽게 쓴웃음을 지으며 다시 물었다.

"그 용모가 어떠하냐?"

"절세미인입니다."

안민이 진지하게 말했다.

"그래? 그렇게 미인이란 말이지……."

조조는 훅 하고 술 냄새를 풍기며 봄밤에 어울리는 한숨을 내쉬었다.

"이리 데려오도록 해라."

"네? 누구를……."

"말할 필요도 없지 않느냐. 저 호궁을 치는 여인 말이다."

"하나, 안타깝게도 저 여인은 미망인이라고 합니다. 장수의 숙부인 장제가 세상을 떠났기에 이 성으로 데려와 장수가 돌봐주고 있다고 합니다."

"미망인이면 어떠냐? 너는 말을 섞은 적이 있겠지? 이리 데려오도록 해라."

"규방의 깊은 곳에 있는 사람인데 제가 어찌 다가갈 수 있었겠습니까? 말을 섞은 적조차 없습니다."

"그럼……."

조조가 더욱 열띤 어조로 명령했다.

"무장한 병사 50명을 데리고 가서 조조의 명이라 전한 뒤 중문으로 들어가거라. 그리고 장제의 가족에게 물을 것이 있다 하고 당장 데려오도록 해라."

“네.”

조안민은 숙부의 눈빛에 차마 거절할 수 없어 황급히 밖으로 나갔다.

곧 병사들에게 둘러싸인 한 미인이 조조의 침소 앞에 도착했다. 장막 밖의 촛불이 희미하게 흔들렸다. 조조는 검을 세워 자루 끝에 양손을 얹은 채 가만히 서 있었다.

“데리고 왔습니다.”

“수고했다. 너희는 이제 물러가도록 해라.”

조안민과 병사들이 발소리를 울리며 자신들의 막사로 돌아갔다. 그리고 그 뒤에는 아름다운 여인의 그림자만이 쓸쓸하게 남겨졌다.

“부인, 좀 더 앞으로 다가오시오. 내가 바로 조조요.”

“…….”

그녀가 살포시 눈을 들었다. 참으로 요염한 모습이었다. 난초꽃 같은 눈꺼풀이 기다란 눈썹을 떨게 하며 조조의 마음을 의심하고 있었다.

“두려워할 것 없소. 잠시 묻고 싶은 것이 있을 뿐이오.”

조조가 황홀하다는 듯 바라보며 말했다. 그리고 경국지색이란 이런 미인을 두고 하는 말이 아닐지 생각했다. 부인은 고개를 숙인 채 발걸음을 옮겼다.

“이름과 성은 어떻게 되시오?”

조조가 거듭 묻자 비로소 기어 들어가는 목소리로 그녀가 대답했다.

“돌아가신 장제의 아내로, 추鄒씨라 합니다.”

“나를 알고 있소?”

“승상의 존함은 전부터 듣고 있었으나 이렇게 뵙는 것은…….”

"호궁을 연주하고 계셨나 보던데, 호궁을 좋아하시오?"

"그렇지만도 않습니다."

"그러면 어째서?"

"너무도 쓸쓸해서……."

"쓸쓸하셨구려. 아아, 비원秘園의 외로운 짐승은 쓸쓸해하고 슬퍼하는구려. 그런데 부인, 내 원정군이 어째서 이 성을 불태우지 않고 장수의 항복을 받아들였는지 그 뜻을 아시오?"

"……."

조조는 다섯 발자국 정도 성큼성큼 걸어가 갑자기 부인의 어깨에 손을 얹었다.

"아시겠소, 부인?"

부인은 어깨를 움츠리며 얼굴에 홍조를 띠었다. 조조가 그 뜨거운 귀에 입술을 대고 다시 물었다.

"부인께 감사를 받으려는 건 아니나, 내 한마디로 장수의 일족을 죽일 수도 있고 살릴 수도 있다는 사실은 알고 계시겠지요? 그런데 내가 왜 이처럼 관대한 처치를 했는지, 부인……."

풍만한 가슴 위로 인형처럼 가느다란 목을 치켜들고 있던 부인은 조조의 타오르는 눈빛을 보자 마취에 걸린 사람처럼 그 속으로 빨려 들어갔다.

"내 열정을 너는 어떻게 생각하느냐? 음란하다고 생각하느냐?"

"아…… 아닙니다."

"그럼 기쁘냐?"

조조가 거푸 묻자 추씨는 몸을 부들부들 떨었다. 촛농과 같은 눈물이 뺨을 타고 하얗게 흘러내렸다. 조조가 입술을 씹으며 강렬한 눈빛을 그녀의 얼굴에 고정시킨 채 다그치듯 물었다.

"분명히 말해라!"

그는 난공불락의 성을 공격할 때처럼 연심을 드러낼 때도 타고난 조급증을 그대로 드러냈다.

"어서 대답하지 못하겠느냐?"

흔들린 꽃은 이슬을 사방으로 떨어뜨렸다. 그리고 입술을 움직여 희미하게 어떤 대답인가를 했다. 좋다는 것인지, 싫다는 것인지 조조의 귀에는 들리지 않았다. 하지만 조조는 그녀의 대답 따위를 기다리고 있었던 것이 아니다.

"왜 우는 게냐. 눈물을 닦아라."

그렇게 말하며 그는 실내를 커다란 걸음으로 활보했다.

* * *

이튿날 아침, 가후를 찾아와 살짝 귀띔을 해준 부하가 있었다.

"군사軍師, 들으셨습니까?"

"조조의 일 말이냐?"

"그렇습니다."

"갑자기 각에서 물러나 성 밖의 진채로 옮겨갔다고 하더구나."

"그 일이 아닙니다."

"그럼, 무슨 일이냐?"

"말씀드리기 좀 그렇습니다만."

그러고는 조그만 목소리로 조조와 추씨의 관계를 이야기했다. 그 후에 가후는 주공인 장수를 찾아갔다. 장수도 못마땅한 표정으로 침울해 있다가 가후를 보자마자 갑자기 울분을 토로하듯 말했다.

"괘씸한 놈! 얼마나 잘났는지는 모르겠으나 어찌 이리도 나를 모욕한단 말이냐. 더는 조조에게 굴복할 수 없다."

"옳으신 말씀입니다."

가후는 그렇게 대답한 후 이어 말했다.

"그러나 이런 일은 가능한 밖으로 새어나가지 않도록 하는 편이 좋을 것입니다. 남녀 사이의 일은 또 다른 문제이니."

"어쨌든 숙모님도 숙모님이시다."

"그만 마음을 진정시키십시오. 대신 조조에게는 그에 합당한 대가를 치르게 하면 될 것입니다."

모사 가후가 주위 사람들을 물리친 뒤 무엇인가를 속삭였다.

그리고 그다음 날, 장수는 성 밖에 있는 조조의 중군으로 천연덕스럽게 찾아가서는 불평을 털어놓았다.

"일이 참으로 난처하게 되었습니다. 저를 무능한 성주라 생각한 것인지 요즘 성안의 질서가 어지러워졌습니다. 부하 병사들이 제멋대로 날뛰거나 다른 성으로 달아나고 있습니다."

조조가 비웃듯 미소 지으며 대답했다.

"그런 놈들을 단속하기란 참으로 간단한 일 아닌가? 성 밖의 사문에 감시대를 세워두고, 순찰병에게 밤낮으로 순찰을 돌게 하여 도망치는 병사가 있으면 그 자리에서 목을 치게. 그리하면 금방 가라앉을 테니.”

“그 방법을 생각하지 못한 것은 아닙니다만, 비록 제 병사라 할지라도 저는 항복을 했으니 귀군에 말도 하지 않고 병사를 움직이는 것은 옳지 않은 일이라는 생각이 들어서…….”

“사소한 일에 신경 쓸 것 없네. 자네가 자네 나름대로 군율을 엄격히 해주지 않으면 오히려 우리가 힘들어지네.”

장수는 마음속으로 ‘됐구나’ 하며 기뻐했으나 겉으로는 시치미를 뗐다. 그리고 성안으로 들어가 모든 사실을 가후에게 들려주었다. 가후가 고개를 끄덕인 뒤 말했다.

“호거아胡車兒를 이리로 부르십시오. 제가 지시를 하겠습니다.”

성안에서 가장 용맹한 자라 일컬어지는 호거아가 불려왔다. 온몸의 털이 붉고 독수리 같은 사내였다. 힘이 좋아 5백 근을 짊어지고 하루에 7백 리를 간다고 알려진 사람이었다.

“호거아, 너는 조조군의 전위와 싸워 이길 자신이 있느냐?”

가후가 묻자 호거아는 매우 당황한 얼굴로 고개를 저었다.

“세상에 두려운 자는 아무도 없으나 그놈에게만은 이길 수 없을 듯합니다.”

“하지만 무슨 수를 써서라도 전위를 없애지 않으면 조조에게는 이길 수가 없다.”

“그렇다면 책략이 하나 있기는 합니다. 전위는 술을 좋아하니 적당한 구실로 그를 취하게 만든 후 제가 데려다주는 척하며 조조의 중군으로 들어가겠습니다."

"그걸세, 내가 생각하고 있던 것도! 전위의 창만 빼앗는다면 자네도 전위를 없앨 수 있을 게야."

"그렇게만 된다면 식은 죽 먹기입니다."

호거아가 커다란 덧니를 드러내며 웃었다.

전위는 제석천을 지키는 사천왕처럼 언제나 조조의 방 밖에 서서 눈을 번뜩이는 충실한 호위무사였다. 어느 날, 그는 한가로움에 하품을 참으며 사령부인 중군 밖을 날아다니는 하얀 나비를 바라보고 있었다.

"벌써 여름이 다가오는데……."

그는 무료하기 짝이 없다는 표정으로 열 보를 걸어갔다 다시 돌아왔다. 그리고 아직 한 번도 피 맛을 보지 못한 손안의 창을 측은하다는 듯 바라보았다. 조조가 연주에서 일어나 사방의 용사들을 모을 때 격문에 응해 부하가 된 전위는 그 첫 대면에서 괴력을 선보였다. 그때 조조로부터, '이 사람은 은나라 주왕을 따르던 악래에게도 지지 않을 사람이다'라는 말을 들은 후 그는 전위라 불리기도 하고 악래라 불리기도 했다. 그러한 악래 전위는 사천왕처럼 창을 들고 긴 해 아래 서 있자니 참을 수 없이 나른하기만 했다.

"이놈, 어딜 가는 게냐?"

병사 하나가 각의 복도를 훔쳐보며 다가왔기에 전위는 심심풀이 삼아 외쳤다. 병사가 전위 앞에 무릎을 꿇고 앉더니 편지를 내밀었다.

"전위 장군이십니까?"

"뭐야, 내게 볼일이 있어서 온 게냐?"

"네, 장수 장군께서 보낸 심부름꾼입니다."

"그렇군, 내게 보낸 편지로군. 무슨 일이지?"

전위가 펼쳐보니, '오랜 원정의 무료함을 달래주고자 조그만 잔치를 열 테니 내일 저녁 성안으로 들어와 달라'는 초대장이었다.

'한동안 맛난 술도 마시지 못했구나.'

전위가 마음속으로 중얼거렸다. 그는 내일은 낮 동안에만 근무를 서면 되니 가야겠다고 마음먹었다.

"알았다고 전해주게."

그는 그렇게 말하고 심부름 온 병사를 성으로 돌려보냈다.

다음 날, 해가 지기 전부터 성안으로 들어간 전위는 이경 무렵까지 술을 마셨다. 그리고 제대로 걷지도 못할 만큼 취해 성 밖으로 나왔다.

"주공의 명령이시니 제가 중군까지 모셔다드리겠습니다. 제 어깨에 기대십시오."

병사 하나가 친절하게 말하며 부축을 해주었다. 어제 편지를 들고 심부름을 왔던 병사였다.

"아아, 자넨가?"

"기분이 아주 좋으신 듯합니다."

"못 마셔도 한 말은 마셨으니까. 어떤가, 내 배가? 아하하하, 배 속이 전부 술이야."

"더 드실 수 있습니까?"

"더는 못 마시겠네. 그러고 보니, 나도 덩치가 큰 편이네만 자네도 꽤 큰데. 키가 거의 같잖아."

"위험합니다. 그렇게 제 목을 감으시면 저도 걸을 수가 없습니다."

"자네, 얼굴 한번 장관이구먼. 머리카락하고 수염이 전부 빨갛잖아."

"그렇게 얼굴을 쓰다듬지 마십시오."

"뭐야, 도깨비 같은 얼굴을 해가지고."

"이제 각까지 다 왔습니다."

"뭐? 벌써 중군인가."

조조의 방 앞까지 오자 그렇게 취했던 전위도 정신을 바싹 차렸지만, 교대까지는 아직 시간이 있었기에 자신의 방에 들어서자마자 앞뒤 가릴 것 없이 잠에 빠져들고 말았다.

"감기에 들면 어쩌려고 이러십니까? 그럼, 저는 이만 물러가겠습니다."

부축해온 병사가 전위의 몸을 흔들었으나 전위의 코 고는 소리만 더욱 커질 뿐이었다.

"잘 주무시오."

붉은 털의 병사가 뒷걸음치며 방에서 나왔다. 그의 손에는 어느 틈엔가 전위의 창이 들려 있었다.

그날 밤에도 조조는 추씨와 술잔을 주거니 받거니 하고 있었다. 그는 문득 잔을 내려놓더니 귀를 기울였다.

"저 말발굽 소리는 뭐지?"

조조는 이상히 여기며 부하 하나를 시켜 보고 오라고 했다. 돌아온 부하가 보고했다.

"장수의 군대가 도망병을 잡기 위해 순찰을 도는 소리였습니다."

"아아, 그런가?"

조조는 의심하지 않았다. 그런데 이경쯤 되자 중군 밖에서 갑자기 함성이 들려왔다.

"무슨 일인지 보고 오너라!"

부하가 다시 달려나갔다. 그리고 장막 밖에서 보고를 했다.

"별일 아닙니다. 병사의 실수로 말꼴을 쌓아둔 수레에 불이 붙어 모두가 불을 끄고 있는 중입니다."

"조심들 하지 않고."

그런데 그로부터 얼마 지나지 않아 창틈으로 벌건 불길이 새어들었다. 초저녁부터 한가로이 술을 마시던 조조였으나 놀라 창문을 열어보니 진중 가득 검은 연기가 들어차 있었다. 게다가 심상치 않은 함성이 들려오고 분주하게 움직이는 사람들의 그림자도 보였다.

"전위, 전위!"

평소와는 달리 전위도 보이지 않았다. 어찌 된 일인가 싶어 조조는 황급히 갑옷을 입었다.

한편 초저녁부터 코를 골며 잠에 빠져 있던 전위가 코를 찌르는 메케한 냄새에 벌떡 일어났으나 때는 이미 늦었다. 요새의 사방이 불길에 휩싸여 있었다. 그는 사람을 살육하는 끔찍한 함성과 어지러이 울리는 북소리를 듣고 장수가 배신했다는 사실을 알아차렸다.

"아뿔싸! 창이 보이질 않는구나."

천하의 전위도 당황하지 않을 수 없었다. 게다가 날이 더워 옷도 제대로 걸치지 않고 잠을 자고 있었기에 갑옷을 입을 시간도 없었다. 그는 어쩔 수 없이 옷도 입지 않은 채 밖으로 뛰쳐나갔다.

"전위다! 악래다!"

적의 보병들이 달아나기 시작했다. 전위는 그중 한 명의 칼을 빼앗아 닥치는 대로 적을 베었다. 요새의 문 가운데 하나를 그 혼자만의 힘으로 탈환했다. 하지만 곧 기다란 창을 든 기병의 한 무리가 보병들 대신 돌진해 들어왔다. 전위 혼자 기병과 보병 약 20명쯤을 베었다. 칼이 부러지자 창을 빼앗았고 창끝이 갈라지자 그것도 버리고 좌우 양손으로 적병 둘을 붙잡아 그들을 종횡으로 휘두르며 날뛰었다. 그렇게 되자 적은 그에게 접근하지 않았다. 대신 반라의 전위에게 가차 없이 화살을 쏘았다. 그래도 전위는 금강신처럼 버티고 서서 요새의 문을 사수했다. 한동안 전위가 꼼짝도 하지 않자 적의 보병이 조심조심 다가갔다. 전위는 마치 송충이처럼 전신에 화살이 꽂힌 채 하늘을 노려보며 숨이 끊어져 있었다.

그동안 조조는 그런 곳에서 덧없이 죽을 수 없다는 듯 말에 뛰어오르자마자 한달음에 도망치고 말았다. 어찌나 재빠르게 달아났는지 적도, 아군도 그 사실을 알지 못했다. 단지 조카인 조안민만이 맨발로 뒤를 따랐을 뿐이다. 조조가 달아났다는 소식은 곧 사방으로 퍼졌다. 적의 기마대가 그를 쫓기 시작했다. 뒤쫓으면서 쉴 새 없이 화살을 날렸다. 조조가 타고 있던 말에 세 발의 화살이 박혔다. 조조의 왼쪽 팔꿈치에도 화살 하나가 날아와 박혔다. 맨발로 따라가던 안민은 끝까지 도망치지 못하고 적들의 손에 잡혀 한껏 조롱을 당하다 목숨을 잃었다.

조조는 부상당한 말에 채찍을 가해 육수로 텀벙 뛰어들었다. 건너편

기슭으로 막 오르려는 순간 다시 한 발의 화살이 날아와 말의 눈을 꿰뚫었다. 말은 털썩하고 땅을 박차며 쓰러졌다.

육수의 물은 검게 보였지만, 낮이었다면 붉게 불타올랐을 것이다.

조조와 말 모두 온몸이 피투성이였다. 게다가 말은 더 이상 일어날 수 있을 것 같지가 않았다. 정신없이 달아난 아군 병사들도 대부분 이 강에서 목숨을 잃은 듯했다. 조조는 단신으로 간신히 뭍에 기어올랐다. 그때 어둠 속에서 조앙曹昻의 목소리가 들려왔다.

"아버지 아니십니까?"

조앙은 그의 큰아들이었다. 한 무리의 무사들과 함께 그도 구사일생으로 도망쳐온 것이었다.

"여기에 오르십시오."

조앙이 안장에서 내려 자신의 말을 아버지에게 내주었다.

"마침 적당한 곳에서 만났구나."

조조는 바로 말에 올라 달리기 시작했으나, 조앙은 백 보도 가지 못해 적이 어지러이 쏘아대는 화살을 맞았다. 조앙이 숨을 헐떡이며 외쳤다.

"저는 신경 쓰지 말고 어서 달아나십시오. 아버지만 살아 계신다면 언제든 적에게 설욕할 수 있으니 저는 돌아보지 마시고 얼른 달아나십시오."

조조는 주먹으로 자신의 머리를 때리며 후회했다.

"이렇게 훌륭한 아들을 둔 나는 얼마나 죄 많은 아비란 말이냐. 원정 길에 나섰으면서 군무를 게을리하고 여색에 빠지다니, 참으로 면목 없

구나. 게다가 아비의 천벌을 아들이 대신 받다니……. 아아, 나를 용서
해라, 아들아.”

그는 아들의 사체를 말안장에 싣고 밤새도록 달려 도망쳤다. 이틀
정도 지난 후 그가 무사하다는 소식을 듣고 사방으로 흩어졌던 장군들
과 잔병들이 모여들었다.

하필 그러한 때에 청주 병사들이 눈물을 흘리며 조조에게 고했다.

“우금이 모반하여 청주의 군마를 죽였습니다.”

청주는 아군의 심복인 하후돈이 다스리는 곳이었고, 우금은 아군의
장수였다.

“우리의 어지러움을 틈타 난을 꾀하다니 용서할 수 없다.”

조조는 격노하여 곧 우금의 진영으로 급히 병사를 보냈다. 우금도
장수를 공격하기 위한 일익으로 진지를 구축하고 있었다. 그런 그는
조조가 자신에게 병사를 보냈다는 사실을 알고도 당황하지 않았다.

“참호를 파고 준비를 더욱 강화하라.”

그의 부하들이 평소 우금답지 않은 행동이라고 간언했다.

“이는 청주의 병사들이 승상께 참언을 했기 때문입니다. 거기에 저
항한다면 진짜 반역 행위가 되어버립니다. 사람을 보내서 일의 진상을
분명히 밝혀야 합니다.”

“아니, 그럴 시간이 없네.”

우금은 진을 움직이지 않았다. 그 후 장수군이 그곳으로 세차게 달
려 들어갔지만 우금의 진만은 조금도 흐트러지지 않았다. 오히려 그들
을 잘 방어한 후 격퇴해버렸다. 그러고 난 뒤에야 우금은 조조를 찾아

갔다.

"청주의 병사들이 고한 내용은 사실과 전혀 반대되는 일입니다. 그들이 혼란을 틈타 약탈을 시작했기에 아군이지만 어쩔 수 없이 베었습니다. 그런데 거기에 원한을 품고 허언을 꾸며 저를 모함한 것입니다."

우금은 명료하게 진상을 밝혔다.

"그렇다면 어째서 내가 보낸 병사들에게 반항한 것이냐?"

조조가 따져 묻자 우금이 분명하게 대답했다.

"몸의 죄를 변명하는 것은 나 하나를 지키기 위한 사사로운 행동입니다. 그처럼 일신의 안위에 마음을 빼앗긴다면 적에 대한 대비는 어찌 되겠습니까? 아군에 대한 오해는 나중에 풀면 된다고 생각했기 때문입니다."

가만히 바라보고 있던 조조가 우금에게로 손을 뻗으며 힘주어 말했다.

"이젠 잘 알았네. 내가 자네에게 품었던 의심은 전부 풀렸네. 자네는 공사를 잘 구분하여 혼란에 빠지지 않았으며 자신에게 쏟아지는 비방에는 신경도 쓰지 않고 아군의 방어선을 잘 지켜 적의 추격을 막아주었네. 자네야말로 참된 명장이라 할 수 있네."

조조는 최고의 말로 우금을 칭찬하고 특히 그 공을 인정하여 익수정후益壽亭侯에 봉했으며, 황금 기물 한 벌을 상으로 내렸다. 그리고 우금을 모함한 청주 병사들을 전부 처벌했으며, 그 주장인 하후돈도 부하들을 잘 단속하지 못했다는 이유로 견책했다.

이번 원정에서 조조는, 인간적인 면에서는 커다란 실수를 범했으나 삼군의 총사라는 면에서는 상벌을 분명히 하여 군기를 바로잡았다. 상벌에 관한 일이 일단락 지어지자 그는 제단을 쌓아 전몰자들의 영혼을 위로했다. 그때 조조는 전군의 예배에 앞서 스스로 향을 피우고 단에 올라 눈물을 흘렸다.

"전위, 내 잔을 받게나."

그리고 오래도록 명복을 빈 뒤, 삼군의 장병들을 향해 눈물을 흘리며 말했다.

"이번 전쟁에서 나는 큰아들인 조앙과 사랑하는 조카 조안민을 잃었으나, 그 일이 내 마음에 깊은 상처를 주지는 못했네. 그러나 평소 내게 충성을 다하던 악래 전위를 잃은 것은 참으로 안타까운 일일세. 전위가 내 곁에 없다는 생각을 하면 울지 않으려 해도 자꾸만 눈물이 흐른다네."

엄숙하게 그의 눈물을 지켜보던 장병 모두 감동의 눈물을 흘렸다. 그들은 조조를 위해 죽을 수만 있다면 행복한 일일 것이라고 생각했다. 그리고 충성은 평소의 행동에서 나오는 것이라고 생각하게 되었다.

어쨌든 조조는 참패를 당했다. 하지만 아군의 마음을 사로잡았다는 점을 생각하면 그 패전을 만회하고도 남았다. 조조는 역경에 처해서도 그 역경마저 전진을 위한 디딤돌로 만드는 법을 잘 알고 있었다. 과거를 돌아보아도 조조의 세력은 역경을 겪은 이후에 더욱 강성해졌다.

조조는 일단 병사들을 되돌려 도읍인 허창으로 돌아갔다. 그 후 서주의 여포가 사자를 보내 포로 한 명을 호송해왔다. 사자는 노인 진규의 아들인 진등이었으며, 포로는 원술의 신하인 한윤이었다.

진등은 조조에게 여포의 뜻을 전했다.

이미 알고 계시겠지만 이 한윤이라는 자는, 원술의 명을 받아 혼담을 가지고 서주로 온 사자입니다. 이 여포는 일전에 승상의 은혜를 입고 조정으로부터 평동장군平東將軍의 수綬를 받아 크게 감격한 바 있습니다. 이에 원술과 전에 맺었던 혼약을 파기하고 앞으로는 승상과의 친선을 더욱 돈독히 할 생각이며 그 증표로 한윤을 묶어 이처럼 허도로 보냅니다.

"나와 여포가 친선을 맺는다면 여포에게도 좋은 일이 될 것이며, 내게도 좋은 일이 될 것이다."

조조는 기뻐하며 바로 형리에게 명령하여 한윤의 목을 치게 했다. 형리는 사람들의 왕래가 특히 많은 허도의 거리로 한윤을 끌고 나가 사형을 집행했다.

그날 밤, 조조는 진등을 자신의 집으로 불러 잔치를 열었다.

31
오만한 자의 관冠

황제를 참칭하고 여포 정벌에 나선 원술, 그 원술을 막기 위해
양 한 마리를 끌고 한가로이 적진으로 찾아가는 노인

술자리에서 조조는 진등의 사람됨을 살피고, 진등은 조조의 속내를
살피고 있었다. 진등이 조조에게 속삭였다.

"여포는 원래 이리나 승냥이와 같은 성격을 가진 자로 무용은 뛰어
납니다만, 진심으로 제휴할 만한 인물은 되지 못합니다. 이렇게 말씀드
리면 승상께서는 여포의 사자로 온 제 마음을 의심하실 테지만, 제 아
버지 진규도 서주성에 살고 있기 때문에 어쩔 수 없이 여포의 신하가
된 것일 뿐입니다. 사실은 그를 따를 마음이 없습니다."

"나도 같은 생각일세."

조조의 가슴속에도 두 가지 생각이 자리하고 있었는데, 진등이 먼저 말을 꺼내자 그도 본심을 털어놓은 것이었다.

"자네의 말처럼 여포가 믿을 수 없는 사람이라는 점은 나도 잘 알고 있네. 그러나 그 사실만 염두에 두고 대한다면 그가 이리나 승냥이 같은 사람이라 할지라도 나중에 후회할 만한 일은 나도 하지 않을 걸세."

"그렇습니다. 그 사실만 염두에 둔다면 걱정할 필요 없습니다."

"다행히 자네와 지기가 되었으니 멀리서나마 앞으로도 나를 위해 힘써주기 바라네. 자네의 아버지 진 대부에 대해서는 나도 예전부터 알고 있었다네. 서주로 돌아가면 말씀 좀 잘 전해주기 바라네."

"알겠습니다. 훗날 승상께서 어떤 비상수단을 쓰셔야 할 때가 오면 저희 부자가 서주에서 반드시 내응하겠습니다."

"부탁하겠네. 오늘 밤의 잔치는 참으로 뜻깊은 자리가 되었네. 지금 한 말 잊지 않도록 하게."

조조와 진등은 술잔을 들어 약속의 눈빛을 주고받았다. 그 후 조조는 조정에 표를 올려 진등을 광릉태수로 임명하게 하고, 아버지 진규에게도 녹祿 2천 석을 내리게 했다.

그 무렵, 회남의 원술에게는 사신 한윤이 허도의 저잣거리에서 처형당했다는 소식이 당도해 있었다.

"괘씸한 놈!"

원술은 여포의 행동에 크게 화를 냈다.

"예를 다해 혼담을 가지고 간 내 사자를 조조의 형리에게 넘기다니. 뿐만 아니라 전부터 있던 혼담을 파기하여 이 원술에게 씻을 수 없는 치욕을 주었다.”

원술은 바로 20만 명이 넘는 대군을 동원하고 그들을 일곱 갈래로 나누어 서주로 향하게 했다. 여포의 전위는 나뭇잎처럼 흩어졌으며, 한 부대가 성난 파도처럼 소패로 침입해 들어갔고, 그 외에도 곳곳의 전투에서 서주군은 완전히 궤멸되어 패잔병들이 속속 서주성으로 몰려들었다. 사태가 악화되자 여포는 당황하여 중신들을 급히 불러들였다.

“누구든 좋네. 오늘은 기탄없이 의견을 말해주게. 이 서주성을 위기에서 구하는 계책이라면 무엇이든 듣겠네.”

자리에 있던 진궁이 말했다.

“이제 아셨을 겁니다. 이와 같은 위기를 초래한 것은 다름 아닌 진규 부자입니다. 장군께서는 진규 부자를 믿고 허도에 사자로까지 보내셨습니다. 그런데 그는 조정과 조조에게 아첨하여 교묘히 자신의 작록과 앞길의 안위만을 꾀했을 뿐, 오늘과 같은 일이 벌어졌는데도 얼굴조차 보이지 않습니다.”

“옳소, 옳은 말이오!”

누군가가 진궁의 말을 지지했다. 진궁이 더욱 격한 어조로 말을 이었다.

“그러니 그에 대한 대가로 진규 부자의 목을 쳐서 원술에게 보내면 원술도 화를 풀고 병사를 물릴 것입니다. 인과응보라고, 그들에게 책임을 지우는 것 외에 서주성을 구할 방법은 없습니다.”

여포는 그 뜻을 따르기로 마음먹었다. 그래서 바로 사람을 보내 진규 부자를 성안으로 불러들여 죄를 묻고 목을 치려 했다. 그러자 진 대부가 커다란 소리로 웃으며 말했다.

"병에도 죽지 못하고 그렇다고 꽃도 피우지 못하는 고목 같은 늙은 이의 목은 매화 열매 하나만큼의 가치도 없을 것입니다. 아들놈의 목도 필요하시다면 드리겠습니다. 하지만 장군께서는 어찌 그리 겁이 많으십니까? 아하하하하, 천자께 부끄럽지도 않으십니까?"

"누구 앞이라고 웃는 것이냐? 나보고 겁쟁이라니, 말 다했느냐? 네놈이 큰소리치는 것을 보니 네게는 적을 깨뜨릴 자신이 있는 모양이로구나!"

여포가 눈을 부릅뜨고 진규 부자를 노려보았다.

"과연 어떨지요."

진 대부는 참으로 침착했다. 여포가 재촉하듯 말했다.

"있다면 말해보아라. 만일 좋은 계책이라면 네놈의 목숨만은 살려주겠다."

"계책은 있습니다만, 쓰고 안 쓰고는 장군의 마음에 달려 있습니다. 아무리 좋은 계책이라 할지라도 쓰지 않으면 헛된 공상에 지나지 않습니다."

"어쨌든 말해보아라."

"듣자 하니, 회남의 병력은 20만 명이 넘는다고 합니다. 그러나 전부 오합지졸일 것입니다. 왜냐하면 원술이 얼마 전부터 제위에 오르겠다는 야심을 품고 그 군용을 급격히 팽창시켰기 때문입니다. 한번 생각해보십시오. 제6군의 주장인 한섬은 예전에 섬서 지방의 산채에서 지내던 도적들의 두목이 아니었습니까? 제7군을 이끄는 양봉은 역적 이각의 부하였으나 이각을 버리고 조조에게도 쫓겨나 원술에게 의지하고 있는 몸입니다.”

“음, 옳은 말이오.”

“그와 같은 자들의 성격이야 장군께서도 잘 알고 계실 터인데 어찌 원술의 세력을 두려워하시는지요? 우선은 재물로 저들을 품어 내응하겠다는 약속을 받아내는 것입니다. 그렇게 해서 적을 혼란에 빠지게 한 뒤, 사자를 보내 유현덕과 손을 잡는 것입니다. 유비는 온량하고 고결한 사람이니 이번에도 장군의 역경을 그냥 보아 넘기지 않을 것입니다.”

“나는 결코 원술을 두려워하는 것이 아니오. 단지 큰일을 앞두고 중신들의 의견을 물은 것뿐이오.”

여포는 진 대부의 명쾌한 말에 변명처럼 말한 후 진 부자의 죄를 더는 묻지 않기로 했다. 그 대신 진규, 진등 두 사람에게 모략을 꾸며 적이 내응하게 만들 수단을 강구하라는 임무를 맡기고 집으로 돌려보냈다.

“얘야, 자칫하면 목숨을 잃을 뻔했구나.”

“아버지께서 침착하게 말씀을 잘해주셨습니다. 오늘이야말로 목숨이 끊어지는 줄 알고 식은땀을 흘렸습니다.”

“나도 절반은 포기하고 있었다.”

“그런데 좋은 생각이라도 있으십니까?”

“아니, 아무것도 없다.”

“어떻게 하실 생각입니까?”

“내일 일은 내일 생각하기로 하자.”

진 대부는 침소에 들자마자 다시 노쇠한 환자로 돌아갔다.

한편 원술은 혼약을 파기한 여포를 응징할 대군을 보내기에 앞서 삼군을 열병하여 세력을 펼쳐보이고, 여러 해 전부터 품어온 야심을 드러내 황제의 자리에 오르겠다는 뜻을 밝혔다. 애초부터 그럴 마음이 있었던 것은 아니었으나 손책이 맡긴 옥새가 수중에 있다 보니 그런 터무니없는 생각을 품게 된 것이었다.

"예전에 한나라의 고조는 사상泗上이라는 곳의 일개 정장亭長에서 몸을 일으켜 4백 년의 제업帝業을 세웠다. 그러나 한실의 종말로 이미 천수가 다해 천하가 안정되지를 않는다. 우리 가문은 사세삼공四世三公을 거친 명문가로 오늘날 천하의 민심을 얻게 되었고, 힘도 갖추어졌기에 하늘의 뜻에 따라 내가 구오의 자리에 오르게 되었다. 여러 대신들도 짐을 도와 정사에 힘써주기 바란다."

원술은 스스로 황제라 칭하며 신하들에게 말했다. 그리고 호號를 중씨仲氏라 하였으며, 대성관부臺省官府를 정하고, 용봉龍鳳을 새긴 가마에 올라 남북의 교외에서 제사를 지냈다. 또한 풍馮씨의 딸을 황후로 세우고, 후궁의 미희 수백 명에게는 모두 비단을 두르게 했으며, 적자를 세워 동궁東宮을 참칭하게 했다.

교만함으로 가득 찬 폭군暴君에게는 목숨을 걸고 정론을 토해 간언하는 신하가 없었다. 하나 오직 한 사람, 주부인 염상閻象이 용기를 내서 말했다.

"예로부터 천도를 어겨 영화를 누린 자는 아무도 없었습니다. 주공周公은 후직后稷에서 문왕文王에 오르기까지 공을 쌓고 덕을 베풀어 천하의 일부를 차지하게 되었으나 그래도 여전히 은나라의 주왕紂王을 섬졌습니다. 장군의 가문이 아무리 여러 대에 걸쳐 번성했다 할지라도 주周의 번성함에는 미치지 못합니다. 한실 또한 쇠했다고는 하나 주왕과 같은 폭정을 행하지는 않았습니다."

그 말을 듣던 원술의 얼굴이 점차 일그러졌다. 원술은 끝까지 다 듣지도 않고 그에게 위압적인 투로 말했다.

"그게 어쨌다는 말인가?"

"그러니……."

겁에 질린 염상은 다음 말을 잇지 못했다.

"닥쳐라! 글줄 좀 읽었다고 주제넘게 행동하는 놈이로구나. 내게 옥새가 들어온 것은 우연이 아니다. 하늘의 뜻이라 할 수 있다. 만일 내가 제위에 오르지 않는다면 그것은 오히려 하늘의 뜻을 어기는 일이다. 너 같은 놈은 책 속의 좀과 함께 양지에서 하품이나 하고 있으면 될 것이다. 물러나라!"

원술은 신하들 중에서 염상과 같은 신하가 두 번 다시 나오지 않도록 하기 위해 엄포를 놓았다.

"이후 내 제업에 대해 논하는 자가 있으면 고하를 막론하고 즉시 단죄할 것이오."

그리고 그는 다시 독군督軍과 친위군親衛軍 2개 부대를 편성하고, 앞서 출발한 대군의 뒤를 따라 서주 공략에 나섰다. 그 출진에 앞서 연주자사인 금상金尙에게 병량을 대게 하는 일을 맡겼는데, 어떤 이유에서인지 금상이 명령에 불평을 품고 있다며, 친위병을 이끌고 가 그를 결박하고 보란 듯이 목을 쳤다.

독군과 친위군 2개 군단이 뒤쪽에 버티고 서자, 전방의 20만 군도 드디어 본격적인 전쟁에 들어가게 될 것이라며 긴장을 늦추지 않았다. 7개 부대로 나뉜 일곱 장수는 서주를 향해 일곱 갈래의 길로 공격해 들어갔다. 그리고 곳곳의 군현에서 민가를 불태우고 전답을 망쳐놓았으며 재물을 약탈했다.

제1군 장훈은 서주대로大路로, 제2군 교유는 소패로路로, 제3군 진기陳紀는 기도沂都로, 제4군 뇌박은 낭야로, 제5군 진란의 일군은 갈석碣石으로, 제6군 한섬은 하비로, 제7군 양봉은 준산峻山으로 향했다.

그와 같은 포진을 보고 여포가 겁을 먹은 것은 당연한 일이었다. 여포는 진 대부가 '내응지계內應之計'의 성과를 가지고 오기를 기다렸으나 진 부자는 얼굴도 비치지 않았다. 그의 집으로 사람을 보내 알아보게 하니, 진 대부는 한적한 병실에서 멍하니 볕을 쬐며 요양을 하고 있다는 것이었다. 여포는 성격이 본래 성급한 데다, 진 대부의 계책 하나에만 의지하고 있는 터였다. 그런 그는 당장 진 부자를 잡아오라고 소리쳤다. 전에는 진 대부의 혓바닥에 놀아나 놓아주고 말았지만 이번에는 단칼에 그 허연 머리가 돋은 목을 치겠다는 것이었다.

땅거미가 내릴 무렵, 진 대부의 집에서는 문을 닫아걸고 저녁을 먹고 있었다.

"응? 무슨 일이지?"

문을 깨부수는 소리와 집이 울리는 소리, 그리고 하인들의 아우성이 이어졌다. 곧이어 수많은 병사들이 신도 벗지 않은 채 몰려들어 진 대부 부자를 잡아갔다.

기다리고 있던 여포는 부자가 자기 앞에 끌려오자마자 눈을 부릅뜨고 말했다.

"이 늙은이가 나를 잘도 속였겠다. 오늘이야말로 그 죄를 묻겠다."

그러고는 무사에게 명령하여 그의 목을 치라고 고래고래 고함을 질렀다. 그래도 진 대부는 놀라지 않고 능글능글 웃기만 하다 두 손을 들고 부채질하듯 흔들며 말했다.

"조급해하실 것 없습니다."

여포는 더욱 화를 내며 전각의 대들보가 흔들릴 정도로 소리쳤다.

"이놈, 아직도 나를 놀릴 셈이냐! 네놈의 목이 곧 떨어지려 하는 줄도 모르고."

"두고 보면 알 일입니다. 떨어지려 하는 것이 제 목인지, 장군의 목인지는."

"지금 당장 보여주겠다."

여포가 자신의 칼로 손을 가져가자 진 대부가 하늘을 올려다보며 중얼거렸다.

"아아, 운이 다한 것일까? 일대의 명장도 이렇게 눈이 어두워서야 구할 수가 없구나. 자신의 칼로 자신의 목을 치려 하다니."

"쓸데없는 소리 말아라!"

여포는 그렇게 말하기는 했으나 약간은 마음이 흔들렸다. 잠깐 얼굴빛이 변했고, 그 순간 진 대부의 날카로운 혀가 파고들었다.

"전에도 분명히 말씀드리지 않았습니까? 아무리 좋은 계책이라 할지라도 쓰지 않으면 공상을 이야기하는 것과 다를 바 없다고. 이 늙은

이의 목을 치면 누가 그 계책을 펼쳐 다급한 서주를 구하겠습니까? 그러니 그 검을 뽑으신다면 장군 스스로 목숨을 끊는 것과 다를 바 없지 않겠습니까?"

"네놈의 궤변은 이미 충분히 들었다. 교묘한 말로 한때의 위기에서 벗어나 편안히 누워만 지낸다고 하더구나. 계책을 쓰지 않는 것은 내가 아니라 늙은 여우, 바로 너다."

"그래서 성급하다 한 것입니다. 저는 이미 은밀하게 계책을 실행하고 있었습니다. 가까운 시일 안에 적의 제6군의 대장인 한섬과 모처에서 만나기로 약속해두었습니다."

"그게 사실인가?"

"제가 어찌 거짓을 말씀드리겠습니까?"

"그렇다면 어째서 집의 문을 닫아걸고 이 전란 속에서 한가로이 지내는 것이냐?"

"참된 책사는 함부로 움직이지 않는다는 말을 모르신단 말씀입니까?"

"교묘한 말로 나를 속여 다른 지방으로 도망치려는 속셈이 아니냐?"

"대장군께서 소인배와 같은 의심에 빠져서는 안 됩니다. 제 처자와 가족 모두가 장군의 손안에 있습니다. 그들을 버리고 이 늙은이가 내 한 몸 살겠다고 다른 지방으로 달아나겠습니까?"

"그렇다면 바로 한섬에게로 가서 네가 처음 말한 대로 나를 위해 모략을 꾸미고 오겠느냐?"

"저는 처음부터 그럴 생각이었습니다만, 정작 장군의 생각은 어떠십니까?"

"음, 나도 그렇게 생각하고 있기는 하다만 이렇게 질질 시간을 끄는 것은 마음에 들지 않는다. 일을 할 생각이라면 얼른 해치우도록 해라."

"그보다도 내심 저를 의심하고 계시지 않습니까? 좋습니다. 그럼 이렇게 하도록 하겠습니다. 아들 진등을 인질로 이 성에 남겨두고 저 혼자서만 가겠습니다."

"하지만 적지로 들어가는데 부하가 없으면 힘들지 않겠느냐?"

"데리고 갈 부하에 대해서 청할 것이 있습니다."

"사람이 얼마나 필요한가? 또 부장으로는 누구를 데려가고 싶은가?"

"부장은 필요 없습니다. 함께 갈 자도 단 한 마리면 됩니다."

"한 마리라니?"

"이 성의 목장에서 암양 한 마리를 꺼내 제게 주십시오. 한섬의 진지는 하비의 산속에 있다 들었습니다. 길을 가는 동안 나무 열매를 따 먹고 양의 젖을 마시며 병든 몸의 기운을 돋우겠습니다. 그리하여 산속에 있는 진으로 찾아가 한섬을 반드시 설복시키겠습니다. 그러니 장군께서도 유현덕에게 사자를 보내 모든 일을 빈틈없이 준비해두시기 바랍니다."

진 대부는 그날로 양 한 마리를 끌고 성의 남문을 통해 표연히 길을 떠났다.

*　*　*

하비는 서주의 동쪽에 위치한 산악 지대이다. 제6군의 대장인 한섬은 그곳에서 서주로 들어가는 길목을 지키기 위해 산속 소송사嘯松寺

에 사령부를 두고 총공격의 날만을 기다리고 있었다. 큰길의 교통은 막혀 있었고, 들판과 마을에도 병사들이 가득 들어차 있었다. 그런데도 진 대부는 하얀 양을 끌고 태연하게 그곳을 지났다. 그의 듬성듬성 자란 수염이 바람에 흩날렸다.

"저 늙은이는 뭐지?"

신기하게 여기는 사람은 있어도 그를 불러 세우는 사람은 아무도 없었다. 의심을 하기에는 너무도 평화로운 모습이었다. 전장 속을 걸으면서도 위험을 전혀 의식하지 않는 사람에게는 경계의 시선을 늦추기 마련이었다.

"이제 얼마 남지 않았구나."

산에 들어선 진 대부는 때때로 바위에 걸터앉았다. 그 산에는 샘물이 없다 보니 양의 젖을 그릇에 받아 목마름과 주림을 간신히 모면해야 했다. 때는 한여름이었다. 산은 매미 울음소리로 가득했다. 바위 사이에는 소나무가 많았다. 드디어 소송사의 탑이 보이기 시작했다.

"어르신, 어딜 가시는 게요?"

중문에 있던 위병의 부장이 그를 불러 세웠다. 진 대부가 양을 가리키며 말했다.

"한 장군께 바치러 왔습니다."

"마을 사람이오?"

"아니, 서주에서 왔습니다."

"뭐? 서주에서 왔다고?"

"진규라는 노인이 양을 끌고 왔다고 장군께 말씀 좀 전해주십시오."

진규라는 말을 듣고 부장은 깜짝 놀랐다. 진규는 여포의 성안에 사는 서주의 객장客將이었다. 게다가 얼마 전에는 조조의 추천으로 조정으로부터 녹 2천 석을 받았기에 꽤 이름이 알려진 노인이었다.

더욱 놀란 사람은 그 소식을 들은 대장 한섬이었다. 한섬은 진 대부를 당으로 맞아들여 정중하게 대접했다.

"이것은 제가 드리는 조그만 선물입니다."

진 대부는 한섬의 하인에게 양을 건네주고 이런저런 이야기를 했다. 한섬은 그가 무슨 볼일로 온 것인지 알 수가 없었다. 그러다 날이 저물었고, 진 대부가 한 가지 청을 했다.

"오늘은 달이 좋을 듯합니다. 방 안은 더우니 저 소나무 밑에서 장군과 마음을 터놓고 이야기하고 싶습니다."

그날 밤, 소나무 밑에 멍석을 깔아놓고 한섬과 진규는 단둘이서 이야기를 나누었다. 가지 끝에 걸린 달만 그들의 이야기를 듣고 있었다.

"노인께서는 여포의 객장이십니다. 대체 무슨 일로 적장인 저를 찾아오셨습니까?"

한섬이 그렇게 말을 꺼내자 노인은 비로소 태도를 바로 했다.

"무슨 말씀이십니까, 저는 여포의 신하가 아닙니다. 조정의 신하입니다. 서주에 살고 있다고 그렇게 말하는 사람들이 더러 있기는 합니다만 서주도 역시 황제의 땅이 아닙니까?"

그로부터 진 대부는 웅변을 토하듯 여러 이야기를 늘어놓았다. 각지의 영웅들을 들어 시국을 논하고, 또 세상의 추이를 말한 다음, 한탄하듯 이렇게 덧붙였다.

"귀공은 참으로 아까운 분이십니다."

"노옹께서는 어찌 그처럼 저를 위해 한탄을 하십니까? 이유를 들려주시기 바랍니다."

"그 말씀을 드리려고 일부러 온 것이니 말씀드리지 않을 수 없겠습니다. 돌아보면 귀공은 지난날 천자께서 장안으로 환행하실 때 어가를 지키며 충성을 다했던 청덕淸德의 국사國士 아니십니까? 그런데 지금은 황제를 참칭하는 원술을 도와 불충불의의 이름을 얻으려 하고 계십니다. 게다가 황제를 참칭하는 자의 운명은 귀공이 살아 계시는 동안에 멸망하고 붕괴될 것이 뻔합니다. 겨우 한두 해의 의식衣食을 위해 귀공께서는 평생의 운명을 팔아 만세까지 악명을 남기실 생각입니까? 만약 그렇다면 귀공을 위해 탄식하는 자가 이 노인 한 사람만이 아닐 것입니다."

이어서 진 대부는 한섬에게 여포의 편지를 건넸다.

"지금까지 드린 말씀은 저 혼자만의 뜻이 아니라 여포의 의중이기도 합니다. 자세한 내용은 이 편지에 적혀 있습니다."

한섬은 여포의 편지를 읽은 뒤, 마침내 마음을 정한 듯 본심을 털어놓았다.

"실은 저도 원술의 오만함이 눈에 거슬려 진작부터 한실로 돌아가고 싶었습니다. 그러나 연이 닿지 않아서 그만⋯⋯."

이제 한섬은 손바닥 안의 새였다. 진 대부는 속으로 미소를 지으며 말했다.

"제7군의 양봉 장군과 귀공은 평소 친분이 두터웠다 들었습니다. 양

장군과 함께 상의하여 신호를 보내주시는 게 어떨지요?"

"신호라 함은?"

한섬은 작은 목소리로 말하면서도 숨을 몰아쉬었다. 지금이 생애의 가장 중요한 순간이라는 듯 내심 흥분했다는 사실을 분명히 알 수 있었다. 진 대부가 낮은 목소리로 답했다.

"서주로 진격하는 날, 두 장군께서 연통하여 불을 질러주시기 바랍니다. 그에 맞춰 여 장군이 정예를 이끌고 나가 단번에 짓밟는다면 원술의 목을 치는 데 한나절도 걸리지 않을 것입니다."

"알겠소. 맹세하겠소."

한섬은 달을 올려다보았다. 밤도 깊어 송진이 가지 끝에서 하얗게 빛나고 있었다. 누가 부는 것인지 진중에서 생황 소리가 들려왔다. 날이 더워서 병사들도 잠이 오지 않는 모양이었다.

짧은 여름밤이 밝았다. 언제 돌아갔는지 진 대부의 모습은 보이지 않았다. 해가 오르자 혹독한 더위가 기승을 부렸다. 그 가운데 원술의 본영에서 전령을 태운 말이 팔방으로 달려나갔다.

7로의 7군이 일제히 움직였다. 구름이 낮게 드리웠고 멀리서 천둥이 울리고 있었다. 그들은 서주성 부근까지 접근했다. 전체에 먹물을 뿌려놓은 것처럼 어두운 하늘에 퍼런 빛줄기가 번뜩이면 성벽의 한쪽이 명멸하는 것처럼 나타났다가 사라졌다. 후드득후드득, 굵은 비와 함께 천둥도 더욱 격렬해졌다. 싸움이 시작되었다. 7로로 공격해 들어온 부대가 함성을 내질렀다. 물론 여포도 방어에 나섰다. 소나기가 여전히 천지를 씻어 내리고 있었다.

밤이 되었으나 전황은 아직 알 수 없었다. 그런데 어찌 된 일인지 원술군의 진형이 어지러워지더니 같은 편끼리의 싸움과 퇴각과 독전이 이어지며 도저히 수습할 수 없는 혼란이 일었다.

"배신자다!"

날이 밝을 즈음 비로소 원인이 드러났다. 제1군인 장훈의 부대 후방에서 제6군인 한섬과 제7군인 양봉이 불을 지르고 같은 편을 공격한 것이었다. 그 사실을 안 여포는 때를 기다렸다는 듯 기세를 올려 적의 중앙에 포진해 있던 기령, 뇌박, 진기 등의 각 진을 돌파한 후 순식간에 본영으로 밀고 들어왔다. 양봉과 한섬의 부대가 그 좌우에서 힘을 보탰다. 원술의 대군 20만 명도 추풍낙엽과 다를 바가 없었다. 여포는 무인지경을 가듯 원술을 찾아 돌아다녔는데, 이윽고 갑자기 건너편 산골짜기에서 한 무리의 인마가 달려나왔다. 그러고는 순식간에 두 갈래로 나뉘어 여포의 진로를 막았다.

"필부 여포, 죽을 줄도 모르고 제 발로 찾아들었단 말이냐!"

"앗!"

여포가 놀라 산 위를 올려다보니, 일월의 깃발, 용봉의 휘장, 누런 비단의 일산이 줄줄이 늘어서 있었다. 그 사이에 황제를 참칭하는 원술이 서 있었다. 그는 황금 갑옷으로 몸을 두르고 좌우에 금과은부金瓜銀斧를 든 근위병을 세워둔 채, 오만하게 눈을 내리깔고 있었다.

여포가 구름 사이의 용을 보고 포효하는 호랑이처럼 원술을 올려다보았다.

"이놈, 내가 지금 그곳으로 가겠다. 네놈 얼굴을 보고 답할 테니 꼼짝 마라, 원술."

여포는 말을 달려 중군을 단번에 흩어버리고 봉우리의 기슭으로 접어들었다. 원술의 부장인 양기와 악취樂就가 흙 섞인 산맥을 미끄러지듯 내려와 여포를 좌우에서 협공했다.

"길을 막지 말라."

여포가 말 머리를 높이 세워 악취의 말을 옆으로 밀어버리고 방천극을 휘둘렀다. 그러자 말과 사람이 한꺼번에 핏줄기를 올리며 뒤로 넘어갔다.

"비겁한 놈!"

달아나는 양기의 뒤를 쫓아가는데 옆에서 적의 대장인 이풍李豊이 죽기를 각오하고 창을 비껴든 채 달려들었다. 동시에 사면의 암석이 한꺼번에 쏟아져 내리는 것처럼 원술의 부장들과 부하들이 우르르 몰려나와 함성을 질렀다.

"호랑이가 덫에 걸렸다!"

원술도 산에서 내려와 흥에 겨워 지휘를 하고 있었다.

"여포의 목도 이제는 내 손아귀에 있다."

그때 어젯밤 내부에서 배반을 하여 아군의 전선을 어지럽게 한 한섬과 양봉 부대가 갑자기 한쪽 계곡에서 나타나 원술의 중군을 측면에서부터 공격했다. 거의 다 잡았다고 생각한 여포를 놓쳤을 뿐만 아니라 형세가 역전되어, 원술은 여포와 두 배신자에게 쫓기는 신세가 되었다. 마침내 원술은 봉우리를 넘어 고원의 길을 2리 정도 정신없이 달아났다.

그런데 이번에는 고원 저편에서 구름처럼 보였던 무리가 점점 가까이 다가가자 한 무리의 군마로 변했다. 아군인지 적군인지 확인하는 사이에 한 대장이 옻칠을 한 것처럼 번쩍이는 검은 말을 타고 달려나왔다. 그는 손에 82근 청룡도를 꼬나든 채 원술의 앞을 가로막고 자신의 이름을 밝혔다.

"나는 예주태수 유현덕의 아우 관우라 한다. 형님의 명을 받아 여포를 돕기 위해 달려왔다. 너는 스스로 황제를 참칭하고도 하늘 무서운 줄 모르는 오만한 도적 원술이 아니냐? 이리 와서 관우의 청룡도를 받아라."

놀란 원술은 앞다퉈 달아나는 장군들 속에 둘러싸인 채 말에 채찍을 가했다. 관우가 뒤쫓으며 가로막는 자들을 베어 쓰러뜨렸다. 그리고 원술의 등에 바싹 다가가 팔을 뻗어 청룡도를 크게 휘둘렀다. 그 순간 원술이 말갈기에 얼굴을 묻었고 청룡도의 날은 원술의 투구만 스치고 지나갔다. 그러자 자칭 황제의 오만한 관은 머리에서 떨어져 일그러진 채 허공으로 날아올랐다. 그렇게 해서 원술은 참담한 패배를 맛보았으며 기령에게 후미를 맡기고 간신히 목숨만 건져 회남으로 돌아갔다.

그에 반해 여포는 의기양양하게 서주로 돌아와 성대한 개선 축하연을 열었다.

"이번 싸움에서 나를 기쁘게 한 첫 번째는 진규 부자의 공로일세. 두 번째는 한섬, 양봉이 내응한 공일세. 그다음은 예주의 유비가 예전의 친분을 잊지 않고, 또 예전의 원한은 잊고 아우 관우에게 군대를 주어 구원을 와준 일일세. 그리고 힘써 싸워준 우리 장병들에게도 깊이 감사하고 있네."

여포가 모두의 공을 치하하자 일제히 승리의 함성을 지르고 잔을 들었다. 축하 뒤에는 당연히 논공행상이 행해졌다. 관우는 다음 날 부하들을 데리고 예주로 돌아갔다.

＊ ＊ ＊

그 후 여포는 진 대부를 굳게 믿고 무슨 일이 생기면 그에게 의견을 물었다.

"한섬이나 양봉 중 한 사람을 내 곁에 잡아두고 싶은데 어떻게 생각하시오?"

진 대부가 대답했다.

"장군 곁에는 이미 인재들이 모여 있습니다. 한 마리 낯선 닭 때문에 닭장의 닭들이 한꺼번에 소란을 피워 상처를 입게 되는 경우도 있으니 깊이 생각해봐야 할 문제입니다. 차라리 두 사람을 산동으로 보내 산동의 지반을 굳건히 하신다면 1, 2년 사이에 큰 효과를 보실 수 있을 것입니다."

"참으로 옳으신 말씀이오."

여포가 고개를 끄덕였다. 그리고 한섬은 기도로, 양봉은 낭야로 보냈다.

진 대부의 아들인 진등은 그 처사를 듣고 불만스럽게 생각했는지 하루는 아버지의 뜻을 은밀하게 물었다.

"건방진 말 같습니다만, 아버지의 생각과 제 계획이 달랐던 듯합니다. 저는 그 두 사람을 붙잡아두었다가 만일의 상황이 벌어지면 우리의 이빨로 중히 쓸 생각이었습니다……."

진 대부가 젊은 아들의 말을 가로막으며 가만히 속삭였다.

"그 방법은 별로 좋지 않은 듯싶구나. 아무리 길들인다 해도 그들에게는 원래 비천한 심성밖에 없다. 우리 부자 편을 들기보다는 날이 갈수록 여포에게 아첨하여 여포의 개가 되어갈 것이 뻔한 일이다. 그렇게 되면 오히려 호랑이에게 날개를 달아주는 셈이 된다. 여포를 살해할 때 방해만 될 뿐이다."

진 대부는 다시 문을 닫아걸고 병실로 들어갔다. 여포가 사람을 보내 불러도 아주 중요한 일이 아니면 좀처럼 문밖으로 나서지 않았다.

오동잎이 떨어지기 시작했다. 여름이 지나고 가을이 가까웠다. 회남의 강물에도 가을빛이 감돌았으며 고추잠자리가 파란 하늘에서 무리를 지어 날았다. 이 가을, 원술 황제는 심기가 매우 편치 않았다.

"여포 놈! 배신자 놈들!"

어떻게 해야 지난날의 치욕을 씻을 수 있을지, 장엄한 황제의 자리에 앉아 때때로 손톱을 씹었다. 이럴 때 생각나는 것은 예전에 자기 밑에 있던 손책이었다. 손책은 어느 틈엔가 양자강 건너편에 있는 오의 비옥한 땅을 차지하고 소패왕이라 불리는 커다란 존재가 되었다. 하지만 원술은 자신이 손책을 어릴 때부터 돌봐주었으니, 손책이 자신의 말이라면 언제나 거절하지 않을 것이라는 착각에 빠져 있었다. 이에 원술은 손책에게 사자를 보냈다. 사자가 들고 간 편지의 내용은 다음과 같았다.

멀리서나마 자네의 성공을 기뻐하고 있네. 자네도 역시 나와의 친분을 잊지는 않았겠지? 요즘 자네의 오나라는 더욱 융성해지고 있으며 휘하에 문무를 겸비한 장군들도 많다고 들었네. 이번에 나와 힘을 합쳐 여포를 치고 그의 땅을 빼앗아 오의 위세를 더욱 크게 떨치는 것은 어떻겠나? 이는 자네를 위해서도 장구한 계획이 될 것일세.

강을 건너 오성吳城으로 들어간 사자가 손책에게 원술의 편지를 건네주었다. 손책은 바로 답장을 써서 사자에게 건네주고 그를 가볍게 물리쳤다.

원술이 그 편지를 펼쳐보니 이런 답이 적혀 있었다.

늙은이, 내 옥새를 돌려주지 않고 황제를 참칭하더니 세상마저 어지럽히는구려. 나는 천하에 사죄하는 방법을 알고 있소. 내 언젠가 반드시 찾아갈 터이니 목을 길게 늘이고 기다리고 계시오.

"이 애송이 놈이! 감히 짐을 능멸했겠다."

원술은 편지를 갈가리 찢고 당장 오로 출병하라는 명을 내렸다. 하지만 여러 신하들이 말리자 간신히 화를 참고 때를 기다리기로 했다.

***

"원술 양반, 내가 보낸 편지를 보고 어떤 표정을 지었을지 궁금하군."

회남의 사자를 쫓아낸 뒤 손책은 혼자 조용히 웃었다. 그리고 한편으로는 원술이 불같이 화를 내며 자신에게 창끝을 겨눌 것이라고 생각했다. 이윽고 그는 양자강 연안 일대에 병선을 띄워놓고 만반의 준비를 갖추었다. 그러한 때에 허도의 조조는 사자를 보내 천자의 이름으로 손책을 회계태수에 봉했다. 그리고 손책에게 조정의 명령이라며 당장 회남으로 출병하여 거짓 황제 원술을 칠 것을 요구했다.

애초부터 거절할 수 없는 일이었다. 손책은 옥새를 맡긴 자신에게도 책임이 있었기 때문에 명에 따르겠다고 답했다. 허도의 사자가 돌아간 날이었다. 오의 장사이자 손책의 신하 중 우두머리이기도 한 장소가 그에게 말했다.

"누가 뭐래도 회남은 풍요로운 땅이며 원씨 일족은 명망과 전통이 있는 가문입니다. 얼마 전 여포와의 일전에서 패했다고는 하나 결코 가볍게 봐서는 안 됩니다. 그에 비해 오는 아직 신흥 세력입니다. 예기銳氣와 젊음은 있으나 재력과 군의 결속력이 부족합니다."

"그만두라는 말씀이시오?"

"명을 받들겠다 했는데 이제 와서 어긴다면 다른 마음을 품고 있다 여길 것입니다."

"그렇다면 어찌해야 좋겠소?"

"때를 놓치지 말고 조조에게 급히 사람을 보내십시오. 그리고 우리는 강을 건너 원술의 옆구리를 찌를 테니 허도에서 대군을 보내 그의 정면을 쳐달라고 하십시오. 그리하여 조조군으로 하여금 원술의 주력 부대와 싸우게 하는 것입니다. 우리는 어디까지나 구원병이라는 입장을 취하시기 바랍니다.”

“그럴듯한 말이오.”

“처음부터 끝까지 조조를 돕는 것이라고 해두면, 훗날 우리가 위기에 처했을 때 조조에게 원병을 요구할 수도 있을 것입니다.”

“참으로 묘책이오. 장사의 말씀에 따르기로 하겠소.”

그가 보낸 편지는 얼마 지나지 않아 허도의 승상부에 도착했다.

이번 가을, 조조는 승상부 사람들이 걱정할 정도로 넋을 놓고 있었다. 지난봄 원정길에 나섰다가 오히려 참패를 당하고 돌아왔기에 그의 절대적인 자신감이 흔들리기 시작한 것인지, 다정다감한 그의 성격 때문에 부용장芙蓉帳 안의 맑은 눈과 봄밤의 호궁 소리를 여전히 그리워하는 것인지……. 어쨌든 이번 가을, 그의 모습은 어딘가 쓸쓸해 보였다.

“승상께서는 그처럼 나약한 분이 아니시오.”

승상부의 어떤 사람은 새로 지은 사당으로 가는 길에서 조조의 모습을 자주 볼 수 있다며 사람들의 어리석은 추측을 일축했다. 새로 지은 사당이란 장수와의 싸움에서 분전 끝에 목숨을 잃은 악래 전위를 위해 세운 묘였다. 조조는 허도로 돌아온 후에도 전위의 영을 위로했으며, 그의 아들 전만典滿을 중랑에 임명하는 등 언제까지고 그의 죽음을 안타까워했다.

그러한 때에 오의 손책이 보낸 편지가 당도했다. 조조는 의논조차

하지 않고 승낙의 뜻을 밝힌 뒤 바로 30만 대군을 동원했다. 그는 한편
으로는 어린아이처럼 시름에 잠겨 슬퍼하는 면이 있는가 하면, 곧 과
감하게 결단을 내리고 매진하여 삼군을 질타하는 면도 있었다.

대군이 속속 허도를 떠났다. 때는 건안 2년(197년) 9월. 허도의 하늘
에는 탐스러운 달이 떠 있었다.

* * *

남정南征을 위한 군을 30만이라 칭했으나 실제 숫자는 약 10만의 보
병에 4만의 기병, 그리고 물자를 나르는 수레 천여 채로 편성되어 있었
다. 조조는 허도를 떠나기에 앞서 예주의 유비 현덕과 서주의 여포에
게도 참전을 해달라는 글을 보냈다.

가을 하늘이 참으로 높소. 나는 회수를 향해 남하할 생각이
오. 도중에 회동하기 바라오.

그 글에 따라 유현덕은 관우, 장비 등의 맹장들을 데리고 예주의 경
계에서 조조를 기다렸다. 조조는 유비를 보자마자 밝은 목소리로 말
했다.

"언제나 신의가 두터우신 귀하의 발 빠른 움직임을 참으로 만족스
럽게 생각하고 있소."

양군의 깃발과 깃발이 서로 환호성을 질렀으며, 그 아래서 잠시 휴

식을 취하며 두 영웅이 친밀하게 이야기를 나누었다. 유비가 관우를 돌아보더니 명령했다.

"그것을 가져오게."

관우가 그곳으로 가져온 것은 두 개의 목이었다. 놀란 조조가 눈을 둥그렇게 뜨고 물었다.

"누구의 목이요?"

"하나는 한섬의 목, 또 하나는 양봉의 목입니다."

"원술을 배신하고 여포를 도운 뒤, 지방으로 부임한 그 두 사람 말인가?"

"그렇습니다. 그 후 두 사람은 기도와 낭야 두 현으로 가서 관무官務를 보았으나, 가혹한 세금을 부과하여 양민을 괴롭히고, 부하에게 명하여 약탈을 일삼았으며, 부녀자를 납치하여 간음하는 등 인심을 험악하게 하는 일이 한두 가지가 아니었습니다. 이에 백성들의 뜻을 받아들이고 관리의 기강을 바로잡는다는 의미에서 두 사람을 술자리에 초대한 뒤 관우, 장비에게 은밀히 명하여 목을 치게 했습니다."

"오호, 그러셨군요."

"그러나 승상의 명을 기다리지 않고 행한 일이기에 오늘은 그 처벌을 받을 생각입니다. 혼자만의 판단으로 두 사람을 주벌誅伐한 죄, 부디 벌하시기 바랍니다."

"무슨 말씀이시오? 공이 한 일은 관리의 기강을 바로잡고 양민의 해를 없앤 것이지 결코 사원사투私怨私鬪가 아니오. 그 공을 칭찬할 수는 있어도 탓할 수는 없을 것이오."

"용서해주시겠습니까?"

"물론이오. 여 장군께는 내가 잘 말씀드리겠소. 걱정하실 것 없소."

지난 며칠 동안 맑은 가을 하늘이 계속되어 낮에는 더위가 느껴질 정도였다. 점점 남하할수록 행군에 애를 먹게 되었다. 지난여름 서주 이남의 회수 지방에는 상당한 비가 내렸다. 그 때문에 곳곳의 하천이 범람하여 기슭이 무너지고 들판에는 크고 작은 호수들이 여럿 생겨나 말과 사람은 물론 물자를 나르는 수레까지 진흙에 빠져 이만저만 고생을 한 것이 아니었다.

"오시느라 고생이 많으셨지요?"

여포는 서주의 경계까지 나와 있었다.

"건승하신 듯하여 다행입니다."

조조와 여포는 기분 좋게 인사를 나누고 병마를 쉬게 했다. 그리고 역관에서 열린 환영연에서는 유현덕과 동석하여 원술 토벌을 위한 기세를 올렸다. 빈틈이 없는 조조가 말했다.

"이번 남정에서는 장군의 힘을 크게 빌려야겠는데, 얼마 전에 제가 조정에 건의하여 장군을 좌장군에 봉하도록 했습니다. 인수는 이번 싸움 후에 사람을 시켜 보내드리겠습니다."

본래 여포는 그러한 호의에 과장스러울 정도로 기뻐하는 사내였다.

"견마의 노고를 아끼지 않겠습니다."

그 후 조조, 유비, 여포의 삼군이 속속 남군하여 진용을 완전히 갖추게 되었다. 조조가 중군이 되었으며 유비가 오른쪽을 받쳤고 여포가 왼쪽을 맡았다.

"적이다!"

국경에서 보초병이 봉화를 올렸다. 파발마가 나는 듯이 달려나갔다. 어지러이 채찍을 가해 원술이 있는 수춘성으로 연달아 급보가 날아들었다.

"조조, 유비, 여포 세 갈래의 군세가 하나가 되어……."

그 소식을 들은 원술은 깜짝 놀라지 않을 수 없었다. 우선은 교유를 보내 방어에 임하게 하고 즉각 논의에 들어갔으나, 논의를 하는 사이에도 적이 경계선을 넘어 들어오고 있다는 급보가 날아들었다. 마침내 원술도 마음을 정하고 직접 5만 병력을 이끌고 수춘성 밖으로 나갔다. 적을 도중에서 막으려 했지만 일찌감치 선봉이 무너졌다는 패보가 날아들었다. 그리고 연달아 뜻밖의 보고가 이어졌다.

"선봉대장인 교유가 적의 선봉인 하후돈과 일전을 벌였으나, 어지러운 싸움 속에서 창을 맞아 숨을 거두고 말았습니다."

원술의 낯빛이 바뀌고 중군이 동요하기 시작했다.

"아아, 저기 보이는 흙먼지는 적의 대군이 다가오고 있는 것이 아니냐?"

원술의 군대는 사기가 완전히 꺾여버렸고 필사적으로 독전하는 중군의 영도 없었다. 이렇다 할 항전도 해보지 못한 채 전군이 일제히 퇴각하고 말았다. 원술도 어쩔 수 없이 중군을 물려 수춘성으로 돌아가서는 팔문을 굳게 닫아걸고 장기전에 들어갔다.

"이렇게 된 이상 성을 지키면서 원정군이 지치기를 기다릴 수밖에 없다."

연합군이 점차 수춘성 부근으로 좁혀 들어왔다. 여포의 부대는 동쪽에서, 유현덕의 부대는 서쪽에서, 조조의 부대는 북쪽의 산을 넘어 회남 벌판을 똑바로 바라보며 내려왔다. 그리고 총사령부를 수춘에서 얼마 떨어지지 않은 곳에 차렸다. 수춘의 모든 사람들이 겁을 먹었으며 성안의 장수들도 회의만 일삼았다. 그렇게 헛되이 날을 보내고 있을 때 이번에는 서남쪽에서 벽력과도 같은 소식이 날아들었다.

"오의 손책이 뱃머리를 나란히 한 채 양자강을 건너 이곳으로 오고 있습니다. 조조와 호응하기 위해서인 듯합니다."

서남쪽의 급보를 듣고 원술은 깜짝 놀랐다.

"뭣이, 손책이!"

그는 얼마 전 손책이 자신에게 보냈던 무례한 답장이 떠올라 몸을 부르르 떨었다.

"배은망덕한 놈!"

하지만 아무리 소리를 질러도 사태가 변할 리는 없었다. 원술은 이제 손발을 둘 곳을 알지 못했다. 앞쪽의 조조군이 올리는 함성이 천지를 뒤흔드는 듯했으며, 뒤쪽에서 거리를 좁혀오는 강남의 병선 수백 척이 해일처럼 그를 위협하여 밤에도 잠을 자지 못하게 했다. 불면에 시달리는 원술 황제를 가운데 놓고 오늘도 각 장군들은 암울하게 회의를 진행하고 있었다. 그때 양대장이 말했다.

"폐하, 더는 어렵습니다. 수춘을 고집하여 계속 이곳을 지키기만 한다면 자멸만이 있을 뿐입니다. 아뢰옵기 황송하오나, 이렇게 된 이상 잠시 회수를 건너 다른 곳으로 가서 자연의 변이를 기다릴 수밖에 없습니다.”

＊＊＊

　잠시 본성을 다른 곳으로 옮겨야 한다는 양대장의 의견은, 설령 그것이 임시라 해도 참으로 비관적인 것이었다. 하지만 원술 황제를 비롯하여 장군들 중 누구도 소극적인 자세라며 반대하는 사람이 없었다. 누구도 입 밖에 내지는 않았으나 내부적으로 큰 약점이 있다는 사실을 모든 사람들이 알고 있었기 때문이다. 그 약점이란, 그해에 수춘 지방에 수해가 계속되어 오곡이 익지 않았으며 사람과 말 사이에 전염병이 돌아 겨울을 견딜 식량이 넉넉하지 않다는 점이었다. 그러한 때에 맞이한 적이었기에 그것도 사기를 떨어뜨리는 원인 중 하나가 되었다. 이에 양대장의 생각은 황제의 권속과 본군의 대부분을 수해 지구 밖으로 옮겨 군량 조달의 방책을 찾고, 눈앞에 당도한 적의 예기를 꺾은 후 원정군이 가장 싫어하는 겨울을 넘길 각오로 기습전술을 펼치며 사태의 변화를 기다리자는 것이었다.

　“그렇군. 그것이 가장 좋은 방책일지도 모르겠소.”

　오랜 침묵 끝에 사람들이 고개를 끄덕였다. 원술 황제도 양대장의 말을 수용하기로 하고 곧 대대적인 탈출 작전에 들어갔다. 이풍, 악취, 진기, 양강梁剛 네 대장이 뒤에 남아서 수춘을 지키기로 했는데 그들에게 속한 병사는 대략 10만 명이었다. 원술과 그 권속을 따라 성을 나서기로 한 본군 장병은 24만 명으로, 부고영창府庫營倉의 금은보화는 물론 군수물자와 문서, 관책官冊 등도 전부 수레에 실어 반출했다. 그리고 회수 강가에 준비해둔 배에 싣고 어딘가로 운반해갔다. 원술과 신하들은 가장 먼저 회수를 건너 피난했다.

남은 것이라고는 그저 가득한 강물과 빈껍데기와도 같은 성뿐이었다. 바로 그 직후에 조조가 이끄는 30만 대군이 성 밑에 도착했다. 조조도 어찌해야 좋을지 몰랐다. 수춘에 다가갈수록 수해의 상황은 더욱 심각했다. 상상 이상으로 피폐해 있었다. 성 밖 백 리 주위에는 홍수의 흔적이 아직도 생생해서 논은 흙탕물에 잠긴 호수로 변했고, 길은 진흙투성이였고, 백성들 모두 나무껍질과 풀잎으로 이슬 같은 목숨을 연명했다. 전혀 예상치 못한 상황이었기에 그의 병참부도 어떻게 해야 30만 대군을 먹여 살릴 수 있을지 고민하지 않을 수 없었다. 보통 원정을 떠날 때, 처음부터 많은 군량을 가져 가지 않았다. 적에게 빼앗을 양식까지 계산에 넣었다.

"이 정도일 줄이야!"

양식 조달을 담당한 왕후王垕가 망연자실한 것도 당연한 일이었다. 그래도 일주일이나 열흘 정도는 그럭저럭 버틸 수 있었다. 보름쯤 지나자 앞날이 아득해졌다. 진을 친 지 1개월이 다 되어가는 시점이었다. 진중의 군량은 이미 바닥을 드러냈다.

"단번에 성을 떨어뜨려라."

물론 조조도 다급하기는 마찬가지였다. 그렇지만 수해 때문에 병마의 움직임이 민활하지 못했으며, 성병이 완강하게 저항했기에 공격이 마음대로 이루어지지 않았다. 이에 조조는 오의 손책에게 글 하나를 써서 말을 급히 달리게 했다.

가을 하늘은 높고 땅은 수해가 심하오. 정병은 야위고 비마肥
馬는 수척하오. 오의 배가 오기를 초조한 마음으로 기다리고
있소. 자애로운 곡식 10만이 백만 대군보다 급하오.

오의 손책은 조조와의 군사·경제 동맹에 따라 이미 양자강을 건너
남쪽에서부터 진격하는 중이었다. 그는 조조가 보낸 글을 보고 바로
군량미를 운반하라고 강동 땅에 명령을 내렸다. 하지만 길이 워낙 멀
었다. 도중에 양자강도 있었기에 호송에는 수많은 병마가 필요했다. 이
런저런 이유로 여러 날이 걸렸다. 그러는 사이 조조의 진중에서는 병
량의 총책임자인 왕후가 대책을 마련하느라 진땀을 흘리고 있었다.
"승상, 드릴 말씀이 있습니다."
"무슨 일인가? 왕후와 임준任峻이 아닌가. 두 사람 모두 기운이 없어
보이는데, 어쩐 일인가?"
임준은 창고를 담당하고 있었다. 그는 왕후와 함께 조조 앞으로 나
가 군량이 거의 떨어진 사실을 고했다.
"이제는 병사들의 식량이 얼마 남지 않았습니다. 며칠도 버티지 못
할 것입니다."
"그러니 어쩌라는 말인가?"
조조는 일부러 딴전을 부렸다.
"내게 상의한들 무슨 수가 나겠나? 나는 창관倉官도 아니고 군량을

담당하는 자도 아닐세."

"하나……."

"관직에서 물러나도록 하게. 그만한 일로 일일이 나와 상의하지 않고는 업무를 처리할 수 없다면 말일세."

"……."

"그래도 내 이번만은 지혜를 빌려주겠네. 오늘부터 병사들에게 곡식을 나누어줄 때 쓰는 말을 바꾸도록 하게. 작은 말을 쓰는 거야, 작은 말을. 그렇게 하면 얼마간은 더 버틸 수 있겠지?"

"작은 말을 쓰면 꽤 오래 버틸 수 있습니다."

"그렇게 하게."

"네."

두 사람은 급히 물러나 그날 저녁부터 바로 작은 말을 쓰기 시작했다. 한 사람에게 5홉씩 돌아가던 곡식의 양이 1홉 반 정도 줄었다. 물론 조조, 수수, 풀뿌리까지 섞인 거친 곡식이었기에 병사들의 배를 만족시켰을 리 만무했다.

'어떤 불평들을 하고 있을까.'

조조는 가만히 하급 병사들이 수군거리는 소리에 귀를 기울였다. 물론 떠들썩한 비난이었다.

"승상이 어떻게 이럴 수 있어."

"이거 출정 때의 선언과 약속이 다르잖아."

"이런 걸 먹고 어떻게 싸우란 말이야."

모든 비난이 조조에게로 쏟아지고 있었다. 먹을 것 때문에 품는 원한은 참으로 무서운 법이었다. 조조가 왕후를 불렀다.

"불평의 목소리가 가득하더군."

"그게, 진정시키고는 있습니다만……."

"쉽지는 않겠지?"

"그렇습니다."

"그래서 내 자네에게 무엇을 하나 빌려 진정시키려 하네."

"저 같은 놈에게서 무엇을 빌리시겠다는 말씀입니까?"

"왕후 자네의 목일세."

"네?"

"미안하지만 좀 빌려주게. 만약 자네가 죽지 않는다 하면 30만 병사가 동란을 일으킬 걸세. 30만 병사 대 목 하나 아닌가? 대신 자네 처자에 대한 걱정은 하지 말게. 이 조조가 평생을 보장해줄 테니."

"그게 무슨 말씀이신지? 승상, 용서해주십시오."

왕후가 울부짖기 시작했으나 조조는 천연덕스러운 표정으로 미리 말을 해두었던 무사에게 눈짓을 보냈다. 무사가 달려들어 왕후의 목을 베었다.

"당장 내걸도록 해라!"

조조가 명령했다. 이윽고 장대에 꽂힌 왕후의 목이 진중에 내걸렸다. 그리고 그의 죄명이 나붙었다.

왕후가 작은 말을 쓰고 군량을 훔쳐 자신의 배를 불렸다. 그 죄상이 분명하기에 군법에 따라 바로잡았다.

그 후 병사들은 왕후를 원망했고 조조에게 품었던 불평을 잊었다.

"작은 말을 쓴 것은 승상의 명령이 아니었던 모양이군. 정말 나쁜 놈이야."

그렇게 분위기가 일변하자 조조는 기회를 놓치지 않고 즉시 총공격의 명령을 내렸다.

"오늘 밤부터 3일 안에 수춘성을 함락시켜야 한다. 게을리하는 자는 목을 치겠다. 그 자리에서 죄를 묻겠다!"

그날 밤, 조조는 호 앞에 서서 필사적으로 지휘했다.

"호를 메우고 앞으로 전진하라! 건초를 쌓아 성문과 창고에 불을 질러라!"

조조군에 대응해 적도 죽음을 불사하고 통나무와 돌을 떨어뜨리며 화살을 쏘아댔다. 화살에 맞은 병사, 돌에 깔린 병사의 시체로 호가 메워질 것만 같았다. 그 때문에 부장 두 사람이 겁을 먹고 몸을 웅크린 채 앞으로 나가지 않고 있었다.

"비겁한 놈들!"

조조는 그렇게 소리를 지르며 두 사람의 목을 베어버렸다.

"우선은 우리 군의 겁쟁이들을 먼저 처단하겠다."

조조는 말에서 내려 흙을 나르고 풀을 던지며 한 걸음 한 걸음 성벽 쪽으로 다가갔다. 한꺼번에 기세가 올랐다. 한 무리의 부대가 성벽 위로 기어올라 재빨리 안으로 뛰어내려 성문의 안쪽 사슬을 끊었다. 곧 장병들이 함성을 지르며 성안으로 우르르 몰려 들어갔다. 제방의 일각이 터진 셈이었다. 조조의 군마가 홍수처럼 밀고 들어간 것이었다. 이제 남은 것은 살육뿐이었다. 방어를 하던 이풍 이하 장군들의 대부분이 칼에 맞아 죽거나 생포당했으며, 원술이 세운 궁을 비롯해 금문주루禁門朱樓와 전사벽각殿舍碧閣에 불이 붙었다. 마침내 수춘성은 한 송이의 커다란 붉은 연꽃이 핀 화해가 되고 말았다.

"잠시도 쉬어서는 안 된다. 기세를 몰아 배와 뗏목으로 회하를 건너가 원술의 숨통을 끊어놓아야 한다."

조조가 장병들을 독려하여 다시 추격 준비를 하는 사이에 허도에서 급보가 날아들었다.

형주의 유표가 장수와 결탁하여 미심쩍은 움직임을 보이고 있
습니다.

조조는 눈썹을 찌푸리며 정벌 도중에 군대를 돌릴 수밖에 없었다.

"장수야 상관없다만, 유표가 움직인다면 중대한 일이 벌어질지도 모른다."

허도로 돌아가기에 앞서 그는 오의 손책에게 사람을 보내 한 가지 청을 해두었다.

자네의 병선으로 장강을 걸치듯 포진하여 상류에 있는 형주의
유표를 은연중에 위협해주었으면 하네.

여포와 유비에게는 서로가 맹세의 술잔을 나누게 했다.

"예전의 친분을 되살려 서주와 소패를 지키며 서로 돕고 새로이 의를 맺도록 하시오."

그리고 유비에게는 따로 명령을 내렸다.

"이것으로 여 장군에게도 이견은 없을 테니 귀공도 이제 예주를 떠나 원래 있던 소패로 돌아가도록 하시오."

유비가 호의에 감사하고 떠나려 하자 조조가 가만히 속삭였다.

"귀공을 소패에 머물게 하는 것은 호랑이를 잡기 위한 준비일세. 진대부와 진등 부자가 천천히 함정을 파고 있네. 그들 부자와 상의하여 빈틈없이 준비를 해두도록 하게."

그렇게 훗날에 대한 계책까지 전부 세워놓은 뒤 조조는 곧 군대를 이끌고 허도로 돌아왔다. 그런데 단외段煨, 오습伍習이라는 두 잡군의 대장이 사병으로 장안의 이각과 곽사를 잡았다며 그들의 목을 조정에 바치러 왔다. 이각, 곽사는 장안의 대란 이후 조정의 적이 되었다. 공경백관들이 뜻밖의 길보라며 황제에게 아뢰고, 단외와 오습에게는 은상으로 관직을 주어 그대로 장안을 지키게 했다. 태평의 기운이 다가오고 있다며 조야가 축연을 열어 기뻐했다. 거리에 두 역적의 목을 7일 동안 내걸었는데, 그사이 원정에서 돌아온 조조군 30만이 잔치를 함께 했다. 한동안 허도는 배부른 사람들과 축하 분위기로 넘쳐났다.

32
북쪽의 손님

장수 토벌을 위해 다시 군사를 일으킨 조조. 그러나 이번에도
그의 앞을 가로막고 있는 것은 이전 패배의 쓰라린 맛을 보게 했던 가후

해가 바뀌어 건안 3년(198년)이었다.

조조도 벌써 40세를 넘어 위용과 인품을 모두 갖추게 되었다. 그의
패기와 열정도 평소에는 온아溫雅하고 전아典雅한 귀인의 풍모에 가려
져 있었다. 때로는 한가로움을 사랑하여 홀로 책을 읽거나 시작에 잠
겨 온종일 춘란이 핀 방에서 나오지 않았다. 또 어떤 날은 좋은 아버지
가 되어 어린 자녀들과 허물없이 놀았다. 가문은 번창하고, 몸은 승상
이라는 높은 관직에 있다 보니 이제는 궁마검창弓馬劍槍도 그의 머릿속
에서 떠난 것처럼 느껴졌다.

정월이 되자 조조는 조정으로 나가 천자를 만났다.

"올해도 역시 서쪽으로 정벌을 나가지 않으면 안 될 듯합니다."

남쪽의 회남은 작년에 원정으로 어느 정도 안정이 되어 있었다. 그러니 이제 서쪽을 공격할 차례였다. 서쪽에는 남양(하남성 남양)에서 형주 지방에 걸쳐 장수가 준동蠢動하고 있었다.

토벌 장수!

그해 초여름인 4월, 승상부의 명령이 떨어지자 하룻밤 사이에 대군이 서쪽으로 움직이기 시작했다. 사기는 드높았고 군기는 엄했다. 천자 스스로 난가鑾駕를 움직여 조조를 외문의 대로까지 배웅했다. 마침 여름이었기에 보리가 잘 익어가고 있었다. 대군이 허도 교외에서 시골길로 흘러 들어가자 보리밭에서 일하던 농민들이 두려워하며 도망을 쳤다. 그것을 본 조조가 지방의 관리자와 촌장을 불러오라고 명했으며, 곧 그들이 머뭇머뭇 다가왔다.

"자네들의 땀과 정성으로 키운 보리가 이처럼 잘 익었을 때 병마를 움직이게 된 것도 어쩔 수 없는 국책 때문일세. 하나 안심하도록 하게. 이곳을 지나는 우리 부장들의 각 부대에 결코 논밭을 밟아서는 안 된다고 군령을 내렸다네. 그리고 조금이라도 백성들의 물건에 손을 대는 병사가 있으면 바로 고하도록 하게. 우리 부장들이 그 병사의 목을 그 자리에서 칠 것이니."

그 말을 전해 들은 노인과 아녀자들은 밭에서 일하며 안심하고 군대를 바라보았다. 군율은 엄격하게 잘 지켜졌다. 좁다란 보리밭 옆길을 지날 때면 말의 고삐를 바싹 움켜쥐고 손으로 보리를 헤치며 걸어갔다. 그런데 조조가 타고 가던 말이 산비둘기의 날갯짓 소리에 놀라 갑자기 날뛰더니 보리밭으로 들어가 밭을 망쳐놓았다.

"모두 멈추어라!"

급히 명령을 내린 조조가 행군주부行軍主簿를 불러서 말했다.

"내가 법령을 내렸으면서도, 지금 내가 그 법을 어기고 말았네. 통솔자 스스로가 법을 어기고 만 것일세. 그러니 무엇으로 남을 통솔하고, 남을 바로 하고, 남을 복종시키겠는가? 내가 목숨을 끊어 법을 밝히 하는 것이 내 임무라고 생각하네. 모두들 나의 죽음을 슬퍼하지 말고 군기를 더욱 엄히 하여 한마음으로 천하를 위해 봉사하도록 하게."

조조는 말을 마치자마자 검을 뽑아 스스로 목숨을 끊으려 했다.

"어찌 이러십니까!"

장군들이 깜짝 놀라 그를 좌우에서 말렸다.

"잠시 기다리십시오. 춘추春秋에도 존귀함에는 법이 미치지 못한다고 했습니다. 승상은 대군을 통솔하시는 몸, 승상의 생사는 군 전체의 사활입니다. 저희를 어여삐 여기신다면 자결만은 그만두시기 바랍니다."

"흠, 그런가? 춘추의 때부터 이미 그런 예가 있었단 말이군. 그렇다면 아버지께서 물려주신 머리카락을 잘라 스스로를 단죄했다는 증표로 삼겠네."

조조는 자신의 머리카락을 잡고 한손에 든 단검으로 밑동을 잘라 주보에게 건네주었다.

추상엄렬秋霜嚴烈! 그것을 보고 들은 병사 모두가 두려워 자신의 몸

가짐을 더욱 바로 했다.

행군은 5월에서 6월 사이에 걸쳐 계속되었다. 6월, 참으로 찌는 듯한 더위였다. 더구나 하남의 복우산맥伏牛山脈을 넘는 길은 험하기가 이루 말할 수 없었다. 대군이 지나고 난 뒤면 땀으로 땅이 젖었으며, 풀은 먼지를 흠뻑 뒤집어썼고, 산속의 계곡이 바싹 말라 물 한 방울 찾아볼 수 없었다. 수많은 병사들이 쓰러졌다.

"목이 마르군."

"어디 물 좀 없나?"

쓰러진 병사들이 신음했다. 그리고 걸어가는 병사들도 모두 지쳤다. 그러자 말 위의 조조가 갑자기 채찍을 들어 가리키며 외쳤다.

"이제 얼마 남지 않았다! 이 산만 넘으면 매화 숲이 나온다. 얼른 가서 매화 숲 그늘에서 쉬면서 매실을 마음껏 따 먹도록 하라. 매화나무를 흔들어 열매를 주워 먹어라."

그 말을 듣자 병사들이 갑자기 용기를 냈다.

"매실이라도 상관없어!"

"매화 숲까지만 참자고."

그렇게 자신도 모르게 매실의 신맛을 상상하게 되자 입 안에 침이 고여 갈증을 잊게 되었다.

'매실의 신맛이 갈증을 잊게 한다.'

조조는 평소 한가할 때 읽었던 책에서 그런 내용을 보고 임기응변으로 한 말이었는데, 후세의 병법가들은 그것을 조조의 병법 중 하나로 간주하고 뜨거운 햇살이 갑옷을 달구는 날이면 갈증을 잊기 위한 비결로 그 말을 떠올렸다.

한편 장수는 복우산맥을 넘어오는 누런 먼지를 남양의 완성에서 바라보고 있었다. 그는 당황하지 않을 수 없었다.

얼른 와서 적의 후방을 쳐주시오.

그는 형주의 유표에게 원조를 부탁하는 글을 써서 급히 보내고 군사인 가후에게 성을 맡겼다.

'적의 병마가 아무리 많다 해도 먼 길을 와서 지쳤을 테니 그리 강하지는 않을 것이다.'

장수는 그렇게 생각한 후 직접 나가 방어에 임했다. 하지만 부하인 용장 장선張先이 조조의 부하 허저에게 바로 목숨을 잃은 것을 시작으로 철저하게 짓밟히고 말았다. 그는 큰소리친 보람도 없이 곧 완성 안으로 도망쳐 들어왔다.

조조의 대군은 거침없이 성 밑으로 밀고 들어가 사문을 완전히 봉쇄했다. 이윽고 공성과 수성의 형태가 되었다. 성을 지키는 쪽이 새로운 전술을 펼쳐 성벽으로 기어오르려는 적병에게 끓는 쇳물을 들이부었다. 쇠똥인지 인간인지 알 수 없는 시체들이 파리처럼 성벽 밑으로 떨어져 물이 없는 호를 가득 메웠다. 하지만 그런 것쯤에 겁을 먹을 조조의 부하들이 아니었다.

"이곳을 돌파해 보이겠다."

조조는 서쪽 문을 공략했는데, 병력의 대부분이 3일 밤낮으로 쉬지 않고 들이쳤다. 그들은 구름에 걸린 사다리가 아닐까 싶을 정도로 높다란 사다리를 만들고, 흙을 쌓고, 호를 메우고, 노궁을 어지러이 쏘고, 함성을 지르고, 기름을 묻혀 불을 붙인 짚더미와 횃불을 내던지는 등 온갖 방법을 다하여 공격했다. 장수는 막아낼 힘조차 다하자 가후를 불러 물었다.

"가후, 형주의 원군이 언제쯤 도착하겠는가? 이제 성의 운명도 얼마 남지 않은 듯한데……. 때맞춰 올 것 같은가?"

이제 장수는 오로지 가후의 꾀에만 의지할 수밖에 없었다. 가후가 침착하게 대답했다.

"문제없습니다."

"아직 문제없겠는가?"

"아직? 아닙니다. 이 성은 끝까지 지켜낼 수 있습니다. 뿐만 아니라 조조를 생포하는 것도 그리 어려운 일이 아닙니다."

"뭣? 조조를?"

"허언이라며 제 말을 의심하지만 않으신다면 조조의 목숨은 반드시 장군의 손안에 넣을 수 있습니다."

"어떤 계략으로?"

장수가 다급히 묻자 가후가 장수에게 설명했다.

"이번 전투 중에 제가 망루에 올라 가만히 살펴보니 조조는 성을 공격하기에 앞서 이 성을 세 바퀴나 돌며 사문의 상태를 관찰했습니다. 그리고 그가 가장 주목한 곳은 동남쪽의 문입니다. 어째서 주목을 했는가 하면 그곳은 가시나무 울타리도 낡았고, 성벽도 수리한 지 얼마 되지 않아 오래된 돌과 새로 쌓은 돌이 뒤섞여 있기 때문입니다. 다시 말해 방어벽으로서의 약점이 있는 것입니다."

"흠, 그렇군."

"이에 눈이 밝은 조조는 곧, 그곳이야말로 이 성을 떨어뜨리기 위한 공략 지점이라고 생각했을 것입니다. 그리고 이튿날부터 서문에 주력 부대를 보내 공격케 하고 자신도 그곳으로 가서 힘껏 지휘하고 있는 것입니다."

"동남쪽의 문을 공략 지점으로 정했으면서 어찌 서쪽의 문을 저처럼 급히 들이치는 것인가?"

"위격전살지계僞擊轉殺之計입니다. 방어하는 부대로 하여금 서쪽에 힘을 집중케 한 뒤, 갑자기 동남쪽의 문을 깨고 들어와 단번에 완성을 점령하겠다는 생각입니다."

그 말을 들은 장수는 온몸에 소름이 돋았다.

"제게 맡기십시오."

가후는 곧 싸움을 위한 준비에 들어갔다. 성안에 가후가 있다는 사실은 조조도 이미 알고 있었다. 또한 가후의 사람됨도 잘 알고 있을 터였다. 그럼에도 불구하고 조조와 같이 지혜로운 사람조차 자신의 꾀에 넘어가는 경우는 흔히 있는 법이었다. 조조는 서문을 총공격하는 것처럼 보인 뒤, 가려 뽑은 강병들을 데리고 은밀하게 동남쪽의 문으로 가서 낡은 울타리를 넘어 성벽 밑으로 밀고 들어갔다. 하지만 그에 맞서는 적이 거의 없었다.

"웃음을 참을 수가 없구나. 나의 계책에 걸려 성안의 병사 모두가 서문을 막기에만 힘쓰고 있다니.”

호쾌하게 웃은 조조가 그곳을 단번에 깨부수고 성문 안으로 몰려 들어갔다. 그런데 이게 어찌 된 일인지, 성 안쪽도 새카만 어둠에 잠겨 있을 뿐 횃불 하나 보이지 않았다. 너무도 고요했다.

“뭔가 좀 이상한데.”

조조가 말을 멈추고 주위를 둘러본 순간, 쿵 하고 한 줄기 포향이 울렸다.

“아뿔싸!”

조조가 뒤따라 들어오는 병사들을 향해 외쳤다.

“허유엄살지계虛誘掩殺之計에 걸렸다. 퇴각, 퇴각하라!”

하지만 때는 이미 늦었다. 땅을 뒤흔드는 함성과 함께 사방의 어둠이 일제히 적병이 되어 조조를 생포하겠다는 듯 압박해 들어왔다. 조조는 홀로 말을 달려 달아났는데 그날 밤, 동남쪽 문에서 쓰러진 부하의 수가 몇 천인지, 몇 만인지 헤아릴 수 없을 정도였다. 그곳뿐만 아니라 거짓 공격이라는 것을 간파당했기에 서문 쪽에서도 장수군에게 철저히 짓밟히고 말았다. 전군이 무너졌으며, 오경까지 추격을 받고 날이 밝아 해가 오를 무렵에는 성에서 20리 떨어진 곳까지 물러나게 되었다. 손해를 헤아려보니 하룻밤 사이에 목숨을 잃은 아군만 5만 명이 넘었다. 그러한 때에 또 하나의 좋지 않은 소식이 날아들었다.

“형주의 유표가 급히 군대를 일으켜 우리 군의 퇴로를 끊고 허도로 공격해 들어갈 태세를 갖추고 있습니다.”

조조는 참담한 표정으로 이를 갈며 ‘두고 보자!’는 말을 전장에 내뱉었다. 그리고 물러설 줄 아는 것도 병법이라는 듯 군대를 돌려 허도로 향했다. 돌아가는 도중에 다시 새로운 정보가 들어왔다.

"유표가 대군을 일으키려 했으나, 오의 손책이 병선을 이끌고 형주를 치려 한다는 소문이 있기에 그를 두려워하여 출병을 망설이고 있다 합니다."

고금의 무장들 중에서 전쟁에 임해 그처럼 통쾌하게 승리를 거둔 대장도 드물지만, 또 그처럼 통렬하게 패배를 맛본 대장도 흔치 않을 것이다. 조조의 싸움은 다시 말해 조조의 시였다. 시를 지을 때와 마찬가지로 그는 작전에 열중했다. 미사여구로 가슴속 깊은 곳의 심혈心血을 연주하려 하는 시인의 마음과 같은 열정과 구상을, 자신의 싸움에 그대로 적용시키는 것이 조조의 싸움이었다. 그렇기 때문에 조조의 싸움은 곧 조조의 창작이었다. 대단한 걸작이 있는가 하면, 차마 눈 뜨고 볼 수 없을 정도의 졸작도 있었다. 어쨌든 그는 전쟁을 즐기는 사내였다. 전쟁을 즐기니 참패를 당해도 풀이 죽지 않았지만 이번에는 그렇지 않았다. 천하의 조조도 대패를 당한 후 돌아가는 길에는 처참한 얼굴빛을 보였다.

매실도 시고
패전의 맛도 또한 시네
같지 않다고는 하나 서로 닮았구나
마음의 혀를 지나면 그 맛이 달리라

조조는 흔들리는 말 위에서 이런 시를 지으며 언제부턴가 마음이 편안해지는 것을 느꼈다. 역경 속에서도 인생을 즐기려 하는 불굴의 마음이 치솟았다. 그는 결코 초조해하지 않았다.

얼마 후 그는 양성을 지나 육수 근처에 다다랐다.

"아아……."

조조가 문득 말을 멈추었다. 그는 생각에 잠겨 천천히 거닐며 눈물까지 흘렸다. 이상히 여긴 부하들이 물었다.

"승상, 어찌 그리 슬퍼하십니까?"

"이곳은 육수가 아닌가?"

"그렇습니다."

"작년에도 이곳에서 장수를 공격하다 내가 방심하여 전위를 죽게 했다네. 전위의 죽음을 애도하자니 그때의 일들이 떠올랐다네."

그는 버드나무에 말을 묶고, 강가의 높다란 곳에 돌탑을 하나 쌓아 소와 말을 잡았다. 그리고 전위의 혼백을 부르는 제사를 지낸 뒤 그 앞에 절하고 마침내는 소리 높여 통곡했다. 장병들 모두 조조의 두터운 인정에 감탄하여 번갈아가며 절을 했다. 다음으로 조조의 큰아들인 조앙의 영을 위로하고, 또 조카인 조안민의 영도 위로했다. 버드나무 가지가 길게 늘어진 물은 이미 가을의 찬 기운을 머금고 있었으며, 머리 위로 검은 팔가조八哥鳥가 날았다. 전군의 곡소리가 끊이지 않았다.

초여름에 보리를 밟으며 사기충천하여 원정길에 나섰으나 가을로 접어든 8월, 만신창이가 되어 패전의 굴욕을 곱씹으며 발걸음을 되돌리고 있었다. 돌아보니 여건呂虔, 우금 등과 같은 부장들도 부상을 입었다. 또한 수많은 물자를 적지에 버리고 왔다. 하늘을 올려다보니 산은 이미 어두워졌으며 해가 떨어지려 하고 있었다.

"앗, 누군가가 온다."

"우리 군의 전령인데."

장병들이 저마다 떠들 때, 멀리서 전령 하나가 말에 채찍질을 하며 급히 달려왔다. 허도에 남아 있던 순욱이 보낸 전령이었다. 조조가 얼른 편지를 펼쳐보았다.

형주의 유표가 군사를 일으켜 장수와 함께 안상安象 부근에서 우리 군이 오기를 기다리고 있습니다. 주의하시기 바랍니다.

조조는 조금도 동요하지 않았다.

"일이 이렇게 될 줄 알고 미리 대비를 하고 있었지."

그는 걱정 말라는 답을 주어 순욱이 보낸 전령을 돌려보냈다.

안상 부근에 도착하니 역시나 유표의 형주군과 장수의 연합 세력이 요지를 가로막고 있었다.

"그가 지형의 유리함을 점하고 있으니 나도 지형의 유리함을 취해야겠지."

조조도 역시 한쪽 산을 따라 진을 펼쳤다. 그 작업은 해질녘에서부터 밤에 걸쳐서까지 행해졌는데, 길도 없을 것 같은 산에 밤새도록 한 줄기 통로를 파서 전군의 8할 정도가 분지로 몸을 숨겼다.

날이 밝고 안개가 걷히자, 건너편 적의 진지를 살피던 유표와 장수의 병사들이 중얼거리기 시작했다.

"뭐야, 숫자가 저거밖에 안 돼?"

"그럴 만도 하지. 저번 전투에서 5만 명 이상이 목숨을 잃고 싸움에 진 채 힘든 행군을 계속했으니 도중에 도망친 병사들도 꽤 있었을 거야. 거기다 부상병들은 그냥 버리고 왔을 테고. 여기까지 저만큼이나마 끌고 온 것도 대단한 거지."

군의 간부들도 그렇게 생각한 것인지, 곧 지키던 땅에서 나와 벌판을 새카맣게 덮으며 공격해 들어갔다. 조조는 한껏 얕잡아보게 만들고 가까이로 유인한 후 갑자기 산 한쪽에서 큰 소리로 외쳤다.

"분지에 숨어 있는 병사들이여, 지금이다. 연못에서 나와 구름이 되어라! 들판을 감싸고 적을 포위하여 몰살하도록 하라! 피의 비가 내리게 하라!"

눈에 보이던 병사들의 여덟 배나 되는 대군이 땅에서 솟아올라 퇴로를 끊고 앞과 옆쪽에서 감싸고 들어왔기에 유표, 장수의 병사들은 크게 당황했다. 벌판의 가을 풀들이 피에 물들었다. 시체들이 곳곳에 산더미처럼 쌓였다. 앞다퉈 달아난 병사들은 요해지조차 지키지 못하고 산 너머 안상까지 달아났다.

"성도 모두 불태워라."

조조의 병사들이 마치 화풀이라도 하듯 추격해 들어갔다. 바로 그때, 언제나 최후의 일격을 가하기 직전에 날아드는, 도읍으로부터의 급보가 그곳으로 날아들었다.

하북의 원소가 빈 도읍을 노리고 대동원령을 내렸다.

"원소가!"

깜짝 놀란 조조는 모든 것을 포기한 채 서둘러 군사를 몰아 밤낮없이 허도를 향해 달렸다. 이번에는 장수와 유표가 급히 철수하는 조조의 모습을 보고 추격에 나섰다.

"조조를 추격하면 틀림없이 큰 타격을 입게 될 것입니다."

가후가 말렸으나 두 사람은 추격을 멈추지 않았다. 역시나 그들은 도중에 강한 복병을 만나 다시 한 번 참담한 패배를 맛보았다. 두 사람이 시무룩한 표정을 짓고 있는 것을 보고 가후가 재촉했다.

"무엇 하시는 겁니까? 지금이야말로 추격할 때입니다. 틀림없이 대승을 거둘 것입니다."

가후가 너무도 자신 있게 주장했기에 장수와 유표는 다시 조조군을 추격했다. 그리고 마침내 커다란 승리를 거두어 개선가를 부르며 돌아왔다.

"참으로 신기한 일이오. 가후, 자네는 어떻게 싸우기도 전부터 승패를 그리 잘 알고 있소?"

장수와 유표가 묻자 가후가 웃으며 대답했다.

"그 정도는 병법의 기초라 할 수 있습니다. 첫 번째 추격은 적도 예상을 하고 있었을 테니 대책을 강구하여 강한 병사들로 하여금 뒤를 막게 했을 터이며, 또한 그것이 일반적인 퇴각 방법입니다. 그러나 두 번째에는 적도 더는 추격하지 않을 것이라 생각하여 강한 병사들에게 앞을 맡기고 약한 병사들에게 뒤를 맡겼을 것이니, 그 방심한 틈을 타서 뒤쫓으면 반드시 이기리라 믿었던 것뿐입니다.”

* * *

간신히 허도에 도착한 조조가 군대를 해체하면서 각 장군들에게 말했다.

“지난번 안상에서 낯선 장수 하나가 부하들을 이끌고 와 고전하는 나를 도운 일이 있었네. 틀림없이 내 밑에서 일하기를 바라는 자일 것일세. 누구의 부대에 속한 자인지 알아보도록 하게.”

명령을 받은 부장 하나가 높은 곳으로 올라가 전군에 그 사실을 전달했다. 그러자 대열의 한참 뒤에서 다부진 얼굴을 한 무장이 창을 옆구리에 끼고 나와 조조 앞에 무릎을 꿇었다.

“바로 저입니다.”

조조가 그를 바라보며 물었다.

“자네는 이름이 어떻게 되는가?”

“혹시 기억하고 계실지 모르겠으나, 저는 예전에 황건적의 난 때도 조그만 공을 세워 한때는 진위중랑장鎭威中郎將이라는 영예로운 자리에 있었습니다. 그 후 뜻한 바가 있어 고향인 여남으로 내려가 있던 자가 문달文達인 이통李通입니다.”

조조도 진작부터 그의 이름을 알고 있었다.

“때를 잘 가늠해서 나의 위급함을 도와 내게 접근한 것도 한 부대의 대장이 되기에 충분한 재능이로다. 신묘함의 극치라 할 수 있소. 고향인 여남으로 돌아가 그곳을 지키도록 하시오.”

조조는 귀한 물건이라도 주운 듯 기뻐하며 그를 패장군건공후稗將軍建功侯에 봉했다. 그로부터 며칠 뒤, 순욱이 조조의 귀환을 축하하며 조조에게 물었다.

“얼마 전, 제가 급히 전령을 보내 승상의 퇴각을 노리고 유표와 장수의 양군이 험한 땅을 지키고 앉아 기다린다는 보고를 드렸을 때, 승상께서는 그들을 깰 계책이 있으니 걱정하지 말라고 답하셨습니다. 승상께서는 어찌 그처럼 앞일을 확신할 수 있으셨습니까?”

조조가 웃으며 대답했다.

“그때는 지칠 대로 지친 우리 군을 유표와 장수가 필살의 의지로 기다리고 있었네. 이는 우리에게 오로지 죽음뿐이라는 각오를 심어준 셈이지. 그 때문에 우리 장병들은 벗어날 길이 없다며 죽을힘을 다해 싸웠다네. 사람이란 절체절명의 역경에 빠지게 되면 죽음 속에서도 스스로 활로를 찾게 되는 법이니 나도 승리를 확신할 수 있었던 걸세.”

그 말을 전해 들은 사람들은 ‘승상이야말로 손자의 참된 현묘를 체득한 사람’이라며 크게 패하고 돌아온 그를 오히려 더욱 따랐다.

하지만 이번 가을에는 지난해처럼 축하하는 잔치를 열지는 않았다. 그래도 제비가 떠나고 기러기가 돌아오는 계절이었다. 성안의 객잔은 바빴다. 각 주에서 햇곡식과 신선한 채소, 맛난 과실 등을 싣고 시장으로 들어왔으며 공물로 바칠 비단과 기름진 말들도 몰려들어 성안이 떠들썩했다. 그중에서도 하인 50명 정도를 데리고 화려한 여장을 갖춘

일행이 어느 날 역관驛館의 문 앞에 도착했다.

"기주의 원소가 보낸 사자라던데."

역관 사람들도 그들을 함부로 대하지는 못했다. 기주의 원소라고 하면 이 도읍 안에서도 모르는 사람이 없었다. 천하의 몇 분의 일을 차지하고 있는 엄청난 세력을 지녔으며 대대로 한실을 섬겨온 명문가로, 그 명성만 놓고 보자면 세상 사람들은 신흥 세력인 조조보다 원소가 훨씬 더 훌륭한 사람이라는 선입관을 가지고 있었다.

한편 궁중에서 나온 조조는 승상부로 돌아와 잠시 휴식을 취하고 있었다. 그때 곽가가 들어왔다.

"잠시 뵙기를 청합니다."

"무슨 편지라도 온 겐가?"

"네, 원소의 사자가 이곳의 역관에 와 있는데 승상께 이것을 전해달라고 합니다."

"원소가?"

그것을 펼쳐 읽고 난 조조가 가을 햇빛 아래 억새가 흔들리는 듯한 소리로 껄껄껄 웃었다.

"참으로 뻔뻔스러운 사람이구나. 지난번 내가 도읍을 비웠을 때에는 이곳으로 군대를 몰고 올 기회를 엿보더니, 이제 와서 북평의 공손찬과 국경 문제로 싸우고 있는데 군량이 부족하고 병사들도 모자라니 나보고 협력을 해달라고? 게다가 이렇게 오만하기 짝이 없는 글은 처음 본다. 이 조조가 도읍을 지키는 파수꾼이라도 되는 줄 아는 모양이로구나."

　조조는 불쾌한 심기를 얼굴에 분명히 드러냈다. 그것으로도 부족했는지 그는 편지를 집어 던졌다. 그리고 곽가를 향해 분하다는 듯 말했다.

　"원소의 오만불손함은 이번만이 아니다. 평소 황제의 이름으로 정무에 관한 문서를 주고받을 때에도 언제나 불손한 말을 써서 나를 일개 관리 대하듯 얕잡아봤지. 언젠가 그의 오만한 콧대를 꺾어줘야겠다며 가만히 인내하고 있네만, 기주 일원에 걸친 그의 세력 또한 만만치가 않으니……. 그처럼 힘없는 나를 홀로 한탄하고 있었는데, 이제는 북평을 쳐야 하니 병력을 빌려달라, 식량을 꾸어달라 하니 나를 얼마나 쉽게 보고 있었단 말인가?"

　"승상……."

　곽가는 조조의 얼굴에서 노한 빛이 누그러지기를 기다렸다가 조용히 말했다.

　"어린아이도 알고 있는 사실을 새삼스럽게 말하는 듯합니다만, 한나라의 고조가 항우를 정복한 예를 살펴보면 고조는 결코 항우보다 힘이 강하지는 않았습니다. 강함만 놓고 보자면 항우가 훨씬 더 위였을 것입니다. 그럼에도 불구하고 고조에게 진 것은 힘만 믿고 지혜를 가벼이 여겼기 때문입니다. 그리고 고조의 인내심이 결국에는 마지막 승리를 따낸 것입니다."

　"옳은 말일세."

　"저 같은 놈이 승상을 평한다는 건 죽을죄에 해당합니다만, 기탄없이 말씀드리겠습니다. 원소의 사람됨과 승상을 비교하자면, 승상께는 열 가지 이길 장점이 있고 원소에게는 열 가지 질 결점이 있습니다."

그리고 곽가는 손가락을 꼽아가며 두 사람의 득실을 논했다.

"하나, 원소는 시세時勢를 알지 못합니다. 그의 사상은 보수적이라고도 할 수 없으며 시대에 역행하고 있습니다. 그러나 승상은 시대의 추이에 따르고 있으며 혁신의 기운으로 가득합니다. 둘, 원소는 허례허식으로 가득하고 사대주의에 빠져 예의만을 받듭니다. 그러나 승상은 자연스러움에 맡기며 신속하게 민중과 접촉하고 있습니다. 셋, 원소는 관대함만을 인정이라 생각하고 있습니다. 따라서 백성들은 그 관대함에 익숙해져 오로지 관대함만을 바랍니다. 그러나 승상은 준엄하여 상벌을 밝히 내립니다. 백성들은 두려워하면서도 크게 기뻐하기도 합니다. 넷, 원소는 대범한 듯하나 사실은 소심하여 남을 의심합니다. 또 육친들을 너무 중용합니다. 그러나 승상은 모든 사람을 공평히 대하고 사람됨을 날카롭게 꿰뚫어 봅니다. 따라서 의심도 없습니다. 다섯, 원소는 계략을 즐기나 결단력이 없어서 언제나 망설입니다. 그러나 승상은 임기응변에 능하고 명민합니다. 여섯, 원소는 자신이 명문가이기 때문에 명사나 허명虛名을 좋아합니다. 그러나 승상은 참된 인재를 사랑합니다……."

"그만하게."

조조가 웃으며 급히 손을 흔들었다.

"그처럼 내 장점만 들려주면 나도 원소처럼 될 우려가 있다네."

***

그날 밤 조조는 혼자 앉아 있었다.

'어찌해야 좋단 말인가? 여러 해 묵혀왔던 숙제를 풀어야 할 때가 왔구나.'

원소라는 커다란 존재에 대해 심사숙고하자니 아무리 조조라도 쉽게 잠을 잘 수가 없었다.

'두려워할 필요는 없다.'

그는 마음속으로 중얼거렸다. 하지만 한편으로는 이런 생각도 들었다.

'그러나 얕잡아볼 수도 없다.'

원소와 자신을 인간 대 인간으로 비교해보자면 곽가가 '승상에게는 열 가지 이길 장점이 있고, 원소에게는 열 가지 질 결점이 있다'며 손가락을 꼽아 논하지 않았다 할지라도, 조조 역시 인간적인 면에서 자신이 훨씬 위에 있다고 생각하고 있었다. 하지만 단지 그것만을 강점으로 상대방을 얕잡아볼 수는 없는 일이었다.

원씨 집안에 회남의 원술도 있으며, 넓은 땅을 차지하고 있는 만큼 현명한 선비와 지모에 뛰어나고 지용을 겸비한 신하도 적지 않았다. 게다가 누가 뭐래도 그의 집안은 명문가 중의 명문가로 나라의 원로라고도 할 수 있었다. 그에 비해 조조는 일개 궁내관의 아들에 지나지 않을 뿐 아니라 그 아버지도 일찍이 관직에서 물러난 상태였다. 게다가 조조는 소년 시절부터 마을의 불량아라 불릴 뿐이었다. 원소가 낙양의 중직에 앉아 있을 때, 조조는 아직 성문을 돌아보던 일개 경비대장에 불과했다. 원소는 풍운에 쫓겨 물러났으며 조조는 풍운을 타고 약진했으나, 명문가 원소에게는 아직 보수파의 은연한 세력이 붙어 있었다.

하나 신진 세력인 조조에게는 그에게 충성을 다하는 심복들을 제외하고 나면 질투와 반감만이 남을 뿐이었다. 천하는 조조의 현 위치를 두고 아직은 '벼락출세한 승상'이라 여기고 있었다. 그의 무력은 두려워하면서도 그의 위세에는 굴복하지 않는 것이었다. 사람들의 그런 미묘한 마음에 어두운 조조가 아니었다. 그는 자신의 성공에 대해 아직은 불만을 품고 있었으며, 또 불안을 느끼기도 했다. 적은 무력으로 무찌를 수 있으나 덕망은 무력으로 얻을 수 없다는 사실을 알고 있었던 것이다.

'이러한 때에 원소와 맞서야 하나?'

조조는 그 문제에 관해 쉽게 결정을 내릴 수가 없었다.

지리적으로 살펴보자면 허도를 중심으로 서쪽에는 형주와 양양의 유표와 장수, 동쪽에는 원술, 북쪽에는 원소가 있었다. 사방이 거의 적으로 둘러싸여 있을 뿐, 안심할 수 있는 곳은 한 군데도 없었다.

'이처럼 적으로 둘러싸인 가운데 가만히 앉아 있기만 한다면 나는 결국 승상이라는 이름만을 얻은 채 질식해버릴 운명을 맞이하게 될 것이다. 내 위치는 풍운에 의해 생겨난 것이니 천하 전부를 완전히 굴복시키기까지는 한시도 힘찬 움직임으로 전진하기를 게을리해서는 안 된다. 국면 타개를 한시도 쉬어서는 안 된다. 구태舊態는 어떤 것이든 절대로 남겨서는 안 된다.'

조조는 커다란 결단을 앞두고 있었다.

'그렇다, 타개에는 언제나 위험이 따르기 마련이다. 원소가 뭐 그리 대단하단 말이냐. 모든 낡은 것이 새로운 생명으로 대체되는 것은 자

연의 법칙이다. 나는 신진 세력, 그는 구세력의 대표자에 지나지 않는다. 좋다! 해보자.'

그는 드디어 마음을 정했다. 그리고 잠자리에 들었다.

이튿날, 조조는 자신의 신념을 다시 확인해보고 싶은 마음에 승상부의 관리에게 순욱을 불러오라고 명령했다. 잠시 뒤 순욱이 승상부에 모습을 드러냈다. 조조는 홀로 각 위에서 그를 기다리고 있었다.

"순욱, 오늘은 자네에게 매우 중대한 의견을 묻기 위해 불렀네. 우선 이것을 읽어보게나."

"서간입니까?"

"그렇다네. 어제 도착한 원소의 사자가 가지고 온 것일세. 원소가 자신의 손으로 직접 쓴 것일세."

"그렇군요."

순욱이 원소의 편지를 읽었다.

"그 편지에 대해 자네는 어떻게 생각하는가."

"한마디로 말씀드리자면 편지의 글은 무례하기 짝이 없고, 내용은 원소 자신에게만 좋도록 되어 있습니다."

"그렇지? 평소 원소의 무례함을 가만히 참아오기는 했네만 나를 이렇게까지 우롱한다면 더는 참을 수 없다네."

"지당하신 말씀입니다."

"그러나 아무리 생각해봐도 원소를 치기에는 내 힘이 아직 부족하네."

"형세를 잘 살피셨습니다. 말씀하신 대로입니다."

"하나 나는 무슨 일이 있어도 그를 정벌할 생각이라네. 자네의 의견은 어떤가?"

"반드시 치셔야 할 것입니다."

"찬성인가?"

"더 말씀드릴 필요도 없습니다."

"내가 이기겠는가?"

"반드시 이기실 것입니다. 승상께는 네 가지 이길 장점이 있고, 원소에게는 네 가지 질 결점이 있기 때문입니다."

순욱이 어제의 곽가처럼 두 인물을 비교하여 그 득실을 논했다. 조조가 손뼉을 치고 크게 웃으며 그의 말을 가로막았다.

"자네의 의견과 곽가의 말, 마치 한 사람의 입에서 나온 것 같군. 나도 결점이 많은 인간이라는 사실은 잘 알고 있네. 그처럼 장점만 가진 완전한 인간은 아니야."

그리고 진지한 표정으로 말을 이었다.

"그렇다면 원소의 사자를 베고 그에게 즉시 선전포고를 해도 되겠는가?"

"결코 안 됩니다."

"어째서인가?"

"여포를 잊으셔서는 안 됩니다. 호시탐탐 이곳을 엿보고 있는 뒷문의 호랑이를 말입니다. 게다가 형주 쪽의 움직임에도 아직은 마음을 놓을 수가 없습니다."

"그럼 당장은 원소의 무례함을 참아야 한단 말인가?"

"지성으로 천자를 받들고, 지인至仁으로 백성을 사랑하며 천천히 새로운 시세를 기다린 뒤, 시세와 원소가 싸우게 하면 될 것입니다. 승상께서 직접 싸우실 필요도 없이, 시대의 추이에 따라 원소와 구관료진이 스스로 무너질 때를 기다리시면 됩니다. 그러다 마지막 일격을 가할 때 비로소 군대를 움직이시면 모든 일이 뜻대로 될 것입니다."

"너무 오래 기다려야 하는 것 아닌가?"

"전부가 한순간입니다. 시세의 흐름이란 이러고 있는 동안에도 눈에 보이지 않을 만큼 빠르게 움직이고 있는 법입니다. 그러나 식물의 성장처럼, 어린아이가 자라는 것처럼 눈에는 보이지 않기에 시간이 걸리는 것처럼 여겨지지만 사실은 천지의 운행과 함께 한순간에 변하는 것입니다. 어쨌든 지금은 잠시 더 참는 것이 중요합니다."

곽가, 순욱 두 사람의 의견이 일치했기에 조조도 마침내 망설임을 버리고 원소의 사자를 승상부로 불렀다. 그리고 원소의 청을 받아들이겠다며 군량과 마필과 수많은 군수품을 준비해 건네주었다. 성대한 잔치를 열어 사자를 위로한 뒤, 그가 돌아갈 때에는 특히 조정에 주청하여 원소를 대장군태위大將軍太衛로 승격시키고 기주, 청주, 유주, 병주 등 4개 주의 인수까지 얹어주었다.

33
천하제일의 대식가

원소와 일시 화친하기로 한 조조는 다시 군사를 일으켜 이번에는 여포 토벌에
나선다. 그 선봉에선 하후돈. 아슬아슬하게 이어온 유비와 여포의 관계는?

황하를 건너자 드넓은 하북의 벌판이 펼쳐졌다. 원소의 사자는 조조
에게서 받은 막대한 병량과 군수품을 수백 마리의 말이 끄는 마차에
싣고 돌아갔다. 마침내 조조의 답장이 원소에게로 건네졌다. 원소의 기
쁨은 이만저만한 것이 아니었다. 그도 그럴 것이 조조의 답장에는 다
음과 같은 내용이 담겨 있었기 때문이다.

무엇보다 각하의 건승을 경하드립니다. 각하가 이번에 북평
(하북성 만성 부근) 정벌을 도모하신다 하니 저는 성심껏 필승

을 기원하겠습니다. 마필과 군량 등 군수품도 가능한 한 후방
에서 원조해드릴 테니 하남에는 조금도 신경 쓰지 마시고 오
로지 북평의 공손찬 토벌에만 전념하시어 만민의 평화를 위
해, 나아가서는 국가의 안녕을 위해 큰 뜻을 이루시기 바랍니
다. 한 가지 사과드리고 싶은 일은, 제가 수호를 맡고 있는 허
도에도 여러 가지 사정이 있어 질서 유지를 위한 병사가 필요
하니 병사를 빌려달라는 말씀에는 따를 수가 없다는 점입니
다. 그리고 칙명에 의해 귀하를 대장군태수로 임하고, 아울러
기주, 청주, 유주, 병주의 대후大侯에 봉하겠습니다. 인수를
받으시기 바랍니다.

원소는 안심했다.

"조조에게서 어떤 답이 올까 내심 걱정하고 있었는데, 이 글과 그의
일처리를 보니 참으로 정성을 다하고 있군. 그도 꽤 성실한 사람일세."

이에 원소는 대대적으로 북평 공략을 위한 군사행동을 개시하여 한
동안은 서남쪽에 대한 주의를 게을리했다.

한편 여포는 밤이면 초선을 끼고 앉아 술을 마시고, 낮에는 진 대부
부자를 곁에 두고 무슨 일이든 의논했다. 그런 여포를 보며 남몰래 근
심을 품고 있던 사람은 신하인 진궁이었다. 그는 오늘도 못마땅하다는
듯 여포에게 말했다.

"진규 부자를 믿으시는 건 상관이야 없습니다만, 가슴속 깊은 곳에
있는 말까지 털어놓지는 마십시오. 좋은 말로 교묘하게 아첨하여 그들

이 장군의 환심을 사는 모습을 보면 비위에 거슬립니다."

"진궁, 자네는 내가 그처럼 어리석게 보이는가?"

"그런 뜻이 아닙니다."

"그렇다면 어째서 참언으로 내게 현인들을 멀리하게 하려는 겐가?"

"그들 부자가 참으로 현인이라 생각하십니까?"

"적어도 내게는 둘도 없는 좋은 신하들일세."

"아아……."

"어찌 한숨을 내쉬는가? 자네야말로 총애를 받는 신하를 질투한다고 비난을 받게 될 걸세."

"이제는 더 말씀드릴 힘조차 없습니다."

진궁은 자리에서 물러났다. 충언을 했더니 오히려 질투를 한다는 말을 듣고 말았다. 그는 한동안 집 안에서만 지내며 서주성에도 나가지 않았다. 그사이 북방의 공손찬과 원소가 전쟁을 시작했다는 소문이 들려왔다. 사방의 형세가 어딘지 모르게 어수선했다.

"그래, 사냥이라도 가서 호연지기를 길러야겠군."

진궁은 하인 하나를 데리고 나가 가을 산야를 활보했다. 그러다 이상한 사람 하나를 발견했는데, 나그네 차림을 한 그 사내는 진궁을 보자마자 황급히 달아났다.

"누구지?"

진궁은 고개를 갸웃거리다가 갑자기 활에 화살을 메겨 달아나는 사내를 겨냥했다. 화살은 어김없이 날아가 나그네의 다리에 맞았다. 하인이 사냥개처럼 그를 향해 달려갔다. 진궁도 활을 집어 던지고 뒤따라갔다. 맹렬하게 반항하는 그를 붙들어다 엄하게 고문을 해보니, 그는 소패성에서 유비의 답장을 받아 허도로 돌아가던 사자였다.

"조조의 밀서를 유비에게 건네주었단 말인가?"

"네……."

"그렇다면 유비가 조조에게 보내는 답장을 가지고 있겠구나?"

"아닙니다. 그것은 말을 타고 앞질러간 전령이 가지고 갔습니다."

"거짓말해도 소용없다."

"거짓말이 아닙니다."

"정말이냐?"

진궁이 검으로 손을 가져가자 나그네가 깜짝 놀랐다. 순간 새빨간 기운이 검광을 감싸더니 땅에 목과 몸통이 따로따로 떨어졌다.

"여봐라, 몸을 살펴보아라."

진궁이 하인에게 명령했다.

"나리, 옷을 찢어보니 이런 것이 나왔습니다."

"오, 유비의 답장이다."

그것을 읽고 난 진궁이 다시 말했다.

"누구에게도 말해서는 안 된다. 나는 지금부터 서주성으로 들어갈 테니, 너는 활을 가지고 집으로 돌아가도록 해라."

진궁은 곧장 서주성으로 들어갔다. 그리고 여포를 만나 자세한 이야기를 들려주었다. 유비가 조조에게 보내는 답장을 보이자 여포는 온몸을 부들부들 떨며 격노했다.

"필부, 유비 놈. 어느 틈에 조조와 한통속이 되어 이 여포를 없앨 음모를 꾸미고 있었단 말이냐."

여포는 곧바로 진궁과 장패臧覇에게 소패성을 짓밟고 유비를 생포해 오라고 명령했다. 진궁은 모사였다. 소패는 작은 성이었으나 함부로 덤빌 수는 없었다. 그는 부근의 태산에 있는 강도들을 끌어들여 두목인 손관孫觀, 오돈吳敦, 창희昌豨, 윤례尹禮를 부추겼다.

"산동의 주군州郡을 마음껏 휘젓고 다니게. 닥치는 대로 베고 약탈해도 상관없네."

송헌, 위속 두 장군이 한발 앞서 여영汝潁 지방으로 군사를 몰고 가 소패의 뒤쪽을 위협했다. 본군은 서주를 출발하여 정면에서 소패를 압박하는 등 세 방면에서 점차 포위망을 좁혀갔다.

소식을 전해들은 유비는 깜짝 놀라 간담이 서늘해졌다.

"사자가 도중에 붙잡혀 조조의 생각이 여포에게 새어나가고 말았구나."

얼마 전 조조가 보내온 밀서의 내용은 다음과 같은 것이었다.

바로 지금이 여포를 쳐야 할 때다. 북방의 원소는 북평과 싸우느라 이쪽을 돌아볼 겨를이 없다. 여포와 원술 사이에는 친분이 없으니 나와 귀공이 호응하여 일어나면 여포는 고립되고 말 것이다. 참으로 간단히 일을 도모할 수 있다.

다시 말해 전쟁을 준비하라는 말이었다. 그에 대해서 유현덕은 적극 협력하겠다고 답했다.

“관우는 서쪽 문을 지키도록 하게. 장비는 동쪽 문을 막도록 하고, 손건은 북쪽 문을, 남쪽 문은 내가 직접 막도록 하겠네.”

유비는 우선 부대를 배치했다. 사태가 워낙 다급했다. 성안이 끓는 솥 안처럼 요란스러웠다. 그 혼란스러운 와중에도 서문 밑에서 관우와 장비가 말다툼을 하고 있었다. 눈앞에서 전쟁이 벌어진 마당에 무슨 일로 말다툼을 하는 것인지 알 수 없었다. 병사들이 임무도 잊은 채 관우와 장비 곁으로 몰려들었다.

“어째서 적장을 쫓지 말라는 거유? 적의 용장을 보고도 쫓지 않을 생각이라면 전쟁 따위는 하지 않는 편이 낫지.”

장비가 말하자 관우가 달래듯이 대답했다.

“비록 적이라고는 하나 장료張遼는 무예가 뛰어나고 수치심을 알며 충성심이 있는 사람이다. 그래서 살려두려는 게야. 그것이 바로 무장의 운치라고 할 수 있지 않겠느냐?”

그 사실이 유비에게도 알려졌는지 유비가 싸움을 멈추라며 사람을 보내왔다.

“그럼 누구 말이 옳은지 큰형님께 판결을 받기로 합시다.”

결국에는 장비가 관우를 끌고 유비 앞으로까지 나갔다. 두 사람의 말을 들어보니 일이 이렇게 된 것이었다.

그날 이른 아침, 여포의 부장인 장료가 군대를 이끌고 서문으로 공격해 들어왔다. 그것을 본 관우가 성문 위에서 외쳤다.

“비록 적이기는 하나 참으로 뛰어난 장수다 싶었는데 귀공은 장료 장군이 아니시오. 장군과 같은 인물이 여포처럼 난폭하고 지혜 없는

자를 섬기는 탓에 언제나 이름 없는 싸움이나 반역의 전장에 서서 무
인인지 도적인지 의심스러운 일을 하고 있으니 동정을 금할 길이 없
소. 무장으로 태어난 이상 정의를 위해 싸우고 나라를 위해 목숨을 바
쳐야 할진대, 장군은 그 충의를 드러낼 길이 없겠구려.”

관우는 마치 대화를 나누자는 듯 이야기를 했다. 그러자 병사들을
이끌고 맹렬하게 공격해오던 장료가 무슨 생각을 한 것인지 갑자기 말
머리를 돌려 이번에는 장비가 지키고 있는 동쪽 문으로 돌아갔다. 이
에 관우도 말을 달려 장비가 있는 곳으로 갔다. 그리고 ‘나가 싸워서는
안 된다’고 장비를 극력으로 말렸다.

“장료는 아까운 장수다. 그에게는 정의를 위해 싸우는 군대에 들고
싶다는 마음과 수치심을 아는 양심이 있어.”

관우는 장료가 적이기는 하지만 돕고 싶은 마음이 있었다.

“내가 지키는 곳에 와서 쓸데없는 참견은 하지 말았으면 좋겠수.”

장비는 관우의 말을 듣지 않았다. 이에 언쟁을 벌이게 되었고, 그렇
게 시간이 흘렀기에 장료도 반응이 없는 성안의 상황에 의심을 품었는
지 그대로 물러나고 말았다.

“가장 아까운 것은 장료를 놓친 일로, 관우 형이 방해를 했기에 이렇
게 된 거요. 큰형님, 이래도 관우 형의 말에 일리가 있다고 하실 거유?”

장비가 평소와 다름없이 떼를 쓰듯 유비에게 말했다. 유비도 어떻게
대답해야 좋을지 몰랐으나 결국에는 두 사람 모두를 달래주었다.

“그를 잡든 놓치든 크게 상관없지 않느냐. 어차피 넓은 바닷속의 물
고기 한 마리다. 장료 한 사람 때문에 천하가 바뀔 리도 없을 것이다.”

한편 여포는 방에서 학맹郝萌과 단둘이 밀담을 나누고 있었다. 그때 어딘가에서 가련한 소녀의 노랫소리가 들려왔다. 10리 성 밖은 전란에 휩싸여 있었으나, 그 일대는 가을 햇살이 가득했으며 부용꽃과 구름은 아름다웠고 물푸레의 냄새를 따라 나비가 낮게 날고 있었다.

부추꽃이 땅 위에 가득
금비녀 은비녀는
시집가는 언니에게 어울리겠네
언니의 서방님은
곱사등이 지주 영감
침대에 누을 때도 업고 있네
의자에 앉을 때도 안고 있네
옆집 아저씨
못 본 척하세요
누구도 웃지 마세요
전생의 인연이니 어쩔 수가 없네

서주성 안의 북쪽, 여포의 가족과 여자들만이 지내는 금원禁園에서 들려오는 노래였다. 14세쯤 된 소녀가 부용꽃을 꺾으며 노래를 부르고 있었다. 소녀의 등에는 다섯 살짜리 여동생이 업혀 있었다. 간신히 걸을 수 있을 정도의 어린아이였다.

아무도 없는 줄 알았는지 소녀는 손에 있던 부용꽃을 머리에 꽂고 다시 큰 소리로 노래를 불렀다.

　　나는 계수나무꽃, 향이 천 리까지 가지

　　남자는 꿀벌, 만 리에서도 오네

　　꿀벌은 꽃을 보고, 이리저리 옮겨 다니네

　　꽃은 벌 보고, 흐드러지게 피네

　　여포는 그 노랫소리에 후각의 창밖으로 얼굴을 내밀었다. 그리고 눈을 가늘게 뜨고 소녀의 노랫소리에 빠져들었다.

　　"……."

　　소녀와 어린아이는 모두 여포의 딸이었다. 예전에 원술의 아들에게 시집보내기로 했던 딸이 바로 그 소녀였다. 여포는 성대한 잔치를 연 뒤 딸을 꽃가마에 태워 회남으로 보냈으나, 갑자기 사정이 바뀌어 중간에 데려오게 한 뒤 원래 살던 규방의 깊은 곳에 머물게 했다. 신부는 아직 어렸다. 주와 주 사이의 정략에 대해서도 알지 못했다. 전쟁이 어디서 일어나는지도 몰랐다. 아버지의 속내도 서주성의 운명도 몰랐다. 그저 노래를 부르며 어린 동생과 손을 잡고 빙글빙글 맴돌고 있을 뿐이었다. 그러다 문득 후각의 창으로 아버지 여포의 얼굴이 보였기에 얼굴을 붉히며 어머니가 있는 규방 쪽으로 달려갔다.

　　"하하하하. 아직도 천진난만한 소녀입니다."

　　학맹이 여포 곁에서 얼굴을 나란히 하고 서 있었다.

　　"저렇게 아직 어리기만 하니, 참으로 사랑스럽소."

여포가 팔짱을 꼈다. 그리고 딸에 대해 무언가 생각하는 듯했다.

사실 여포는 유비가 조조에게 보낸 답장을 손에 넣은 날, 급히 학맹을 회남의 원술에게 보냈었다. '예전의 혼담은 조조의 방해로 약속을 지키지 못하게 된 것일 뿐 여전히 귀가와의 혼인을 바라고 있다'는 말을 전하게 하기 위해서였다. 결혼 문제를 다시 언급하여 원술에게 친교를 맺자고 제안한 이면에는 '두 집안이 인척이 된 후 동맹을 맺어 함께 조조를 타파하자'는 군사적 의미가 담겨 있었다. 원술 역시 애초부터 며느리의 인물이나 심성보다는 그 점에 더욱 중점을 두고 있었다. 하지만 원술은 변덕이 죽 끓듯 하는 여포를 무턱대고 믿을 수만은 없다며, 여포의 딸을 우선 회남으로 보내면 충분한 호의를 가지고 대답하겠다고 말했다. 다시 말해 여포의 딸을 볼모로 보내 신의를 보인다면 받아들이겠다는 조건이었다. 여포는 조금 전 학맹으로부터 그 말을 전해 듣고 망설이지 않을 수 없었다.

'딸을 회남으로 보내야 하나, 말아야 하나.'

여포가 그렇게 고민하고 있던 순간 딸의 모습을 보게 된 것이었다. 여포는 사랑스러운, 그리고 아직은 철이 없는 딸을 볼모로 보낼 수는 없었다.

"글쎄……. 신부로 보내는 것이라면 몰라도, 딸을 멀리 회남까지 볼모로 보내야 할 만큼 이 여포가 궁한 것은 아니다. 원술이 그처럼 고자세를 취한다면 이 문제는 좀 더 나중에 생각해보기로 하지. 학맹, 먼 길 다녀오느라 고생이 많았네. 물러가 쉬도록 하게."

그렇게 해서 여포는 원술과 손잡기 위해 다시 거론했던 혼인 문제를 일시 단념하게 되었다.

솔직히 여포는 소패에 웅크리고 있는 유현덕은 그다지 두렵지 않았다. 그가 두려워하는 것은 조조와 적대 관계가 되는 일이었다. 그런데 유비를 공격하면 당연히 조조와 적이 되어 운명을 건 한판을 벌여야만 하는 국면에 이를 것이었다. 그것만은 피하고 싶었다. 그래도 역시 눈앞의 유비를 치지 않을 수는 없었다. 그의 병사들이 이미 소패성을 삼면에서 감싸고 있었던 것이다.

'원술과 동맹만 맺는다면 조조가 일어나도 두려워할 필요가 없을 텐데.'

그런 생각에 학맹을 파견하여 원술의 마음을 떠보게 한 것이었으나, 원술은 지금의 형세를 보고 타협하기 어려운 조건을 제시하며 불손한 태도를 보였다. 이에 여포는 자신의 체면도 있고, 또 딸을 사랑하는 마음도 있었기에 더 이상의 굴욕을 맛볼 수는 없다고 생각했다. 원술과의 동맹이 어려워지자 그는 오히려 마음이 정해진 듯, 이튿날 직접 전장으로 나가 싸움을 독려했다.

"이런 조그만 성 하나를 공격하는 데 대체 며칠이 걸리는 게냐? 단번에 짓밟아라."

그를 태운 적토마는 벌써 소패성 아래까지 다다라 있었다. 성벽 위에서 유현덕이 모습을 드러내더니 여포에게 차분한 목소리로 말했다.

"여 장군, 어찌 이리도 모질게 성을 감싸고 공격하시는 게요? 저와 장군 사이에 정과 은혜와 친분은 있어도 서로 원수진 일은 없지 않소? 얼마 전 천자의 칙명이라며 조조가 내게 군대를 일으키라고 엄명을 내렸기에 어쩔 수 없이 승낙하는 답을 보내기는 했으나, 내 어찌 그리도 쉽게 장군과의 옛정을 잊고 장군을 해할 마음을 품었겠소? 부디 현명하게 생각하시기 바라오. 장군과 제가 싸워 서로의 병력에 큰 손상을 입으면 뒤에서 누가 기뻐하고 누가 이익을 얻을지, 깊이 생각해보시기 바라오.”

여포는 말 위에서 한동안 침묵했다. 그러다 갑자기 입을 열어 부하들에게 명령했다.

“포위를 풀지 말라.”

그리고 훌쩍 말을 돌려 후진 쪽으로 모습을 감추어버렸다. 약점이라고 해야 할지, 인간적인 면이라고 해야 할지, 여포는 참으로 우유부단한 사람이었다. 거기까지 말을 달려왔으면서도 유비가 조리 있게 한마디 하자, 그는 ‘그런가?’ 하며 서주성으로 돌아가고 말았다. 따라서 여포군은 성을 포위한 채 덧없이 시간만 보내게 되었다. 그러는 사이 앞서 소패성을 빠져나갔던 유현덕의 급사는 벌써 허도에 도착해 있었다.

“자세한 내용은 주공 유비의 편지에 적혀 있습니다. 일이 다급하게 되었으니 한시라도 빨리 구원병을 보내주시기 바랍니다.”

조조는 바로 승상부에 각 장군들을 모아놓고 소패의 급변을 알린 뒤, 회의에 들어갔다.

“유비를 그냥 내버려두면 나는 신의 없는 사람이 되고 말 것이오. 지금 원소는 북평을 토벌 중에 있으니 그를 근심할 필요는 없으나, 우리 뒤에서 세력을 뻗치고 있는 장수와 유표가 끊임없이 허도의 빈틈을 노리고 있소. 그렇다고 여포를 이대로 방치해두면 그는 틀림없이 세력을 더욱 키워 훗날의 화근이 될 것이오. 이에 병력의 일부를 남겨 허도를 지키게 하고 나는 유비와 힘을 합쳐 이번 기회에 여포의 숨통을 끊어 놓을 생각이오. 여러분은 어떻게 생각하시오?"

여러 장군을 대표하여 순욱이 자리에서 일어났다.

"출진하시겠다는 말씀, 저희도 그리하는 것이 마땅하다 생각하고 있습니다. 유표와 장수는 얼마 전에 뼈아픈 타격을 입었기에 그리 쉽게 군대를 움직이지는 못할 것입니다. 그들을 두려워하는 마음에 만약 여포를 그대로 내버려둔다면 원술과 손을 잡고 사수泗水와 회남 지방을 종횡할 것이며 결국에는 장래의 큰 근심거리가 될 것입니다. 그의 세력이 아직 크지 않을 때 재앙의 뿌리를 뽑는 것이 급선무라 여겨집니다."

조조가 왼손을 가슴에 대고 오른손을 높이 뻗으며 말했다.

"잘 말해주었소. 다들 이의는 없소?"

"없습니다."

장군들이 모두 자리에서 일어나 이구동성으로 찬성의 뜻을 밝혔다.

"그렇다면 가서 소패의 위급을 구하시오."

우선은 하후돈, 여건, 이전 세 장수를 선봉으로 세우고 군사 5만 명을 주어 서주로 달려가게 했다. 여포의 부하인 고순이 이에 맞섰으나 싸움에서 지고 말았다.

"뭣이? 조조의 선봉이 벌써 도착했단 말이냐?"

여포는 당황했다. 그는 이제 조조와의 정면충돌은 피할 수 없는 일이라고 생각했다.

"후성侯成, 어서 나가 싸우도록 하라! 학맹과 조성曹性도 출진하라.

가서 고순을 도와 먼 길을 오느라 지친 적병을 단숨에 짓밟고 오너라.”

여포의 명령에 장병들이 바삐 움직였다. 그때까지 소패를 멀리서 포위하고 있던 그의 대병 중 일부가 조조군을 맞으러 갔기에 전군이 소패에서 30리쯤 뒤로 물러나야만 했다.

“드디어 허도의 구원군이 서주의 경계 부근에 도착한 듯하오.”

그렇게 판단한 유비는 손건, 미축, 미방縻芳 등을 성안에 남겨둔 채 자신은 관우, 장비 두 날개를 데리고 나갔다. 그리고 지금까지의 소극적인 수비 태세에서 공격 태세로 전환하여 돌연 진용을 바꾸었다. 하지만 그곳은 여전히 숲처럼 조용하고, 산처럼 움직임이 없었다.

그 무렵 여포군의 일각과 조조군의 선봉은 이미 격돌하여 뽀얗게 흙먼지를 일으키고 있었다.

조조 휘하의 하후돈은 여포의 부장인 고순과 창을 맞대고 50여 합을 싸우다가 고순이 홀연 달아나자 끝까지 그를 쫓아갔다. 그것을 본 조성이 고순의 위급함을 보고, 하후돈의 얼굴을 향해 화살을 날렸다. 화살은 하후돈의 왼쪽 눈에 박혔다. 그의 얼굴 반쪽이 선혈로 물들었으나, 그는 등자를 힘껏 밟아 버티면서 한손으로 자신의 눈에 꽂힌 화살을 뽑았다. 화살촉과 함께 눈알이 빠지고 말았다. 하후돈이 끈적끈적한 눈알이 꽂혀 있는 화살을 들고 혼잣말처럼 말했다.

“이것은 부모님께서 물려주신 물건이니 함부로 버릴 수 없다.”

그는 화살촉을 입 안에 넣어 자신의 눈알을 씹어 먹었다. 그리고 한쪽 눈으로 조성을 노려보며 새빨갛게 물든 입을 벌려 고함을 질렀다.

“네놈이냐?”

하후돈은 창을 한 번 휘둘러 한쪽 눈을 멀게 한 원수 조성을 찔러 죽였다.

틀림없이 천하제일의 대식가는 하후돈일 것이다. 자신의 눈알을 씹으며 혈전을 펼친 그의 마음은 비장하다는 말로도 장렬하다는 말로도 표현할 수 없을 것이다. 눈알이 빠져나간 한쪽 눈에서 선혈이 멈추지 않았다. 물론 통증도 매우 심했다.

'나도 여기까지인가?'

하후돈은 여러 겹의 적에게 둘러싸여 있었다. 그때 그 여러 겹의 포위를 무너뜨리며 하후돈을 구하기 위해 다가온 사람이 있었다. 바로 하후돈의 동생 하후연이었다. 그는 형을 데리고 이전과 여건의 진영 속으로 달려 들어갔다.

사기가 오른 여포군이 전면 공격에 나섰다.

"이 기회를 놓쳐서는 안 된다."

여포가 직접 말을 몰아 앞으로 나서며 외쳤다. 이전과 여건의 부대는 제북까지 후퇴했다. 여포는 자신들이 승기를 잡은 것이라 생각한 듯 성난 파도와 같은 기세를 그대로 몰아 바로 소패까지 밀고 들어갔다. 거기서는 관우와 장비가 만반의 준비를 갖추고 있었다. 여포는 새로운 적인 유비의 군과 맹전을 개시했다. 고순, 장료 두 장군은 장비와 맞섰으며, 여포는 관우를 상대했다.

어지러이 오가는 화살에 구름이 비명을 질렀으며, 극도의 접전이 펼쳐져 북은 찢어지고 깃대는 부러지고 천지가 요동쳤다. 소패에 있는 유비의 병력은 그 수가 많지 않았다. 그러니 관우와 장비가 아무리 용맹하다 해도 여포의 대군에는 끝까지 맞설 수가 없었다. 당연히 유비 군은 패하고 말았다. 앞다퉈 성안으로 달아나는 병사들 사이에서 유비의 뒷모습을 발견한 여포가 외쳤다.

“이 귀 큰 놈아, 기다려라!”

유비는 선천적으로 귀가 매우 커서 ‘토끼 귀’라는 별명으로 불리기도 했다. 여포의 목소리를 들은 유비는 잡혀서는 안 된다며 몸을 떨었다. 여포의 표정으로 봐서는 세 치 혀로 창을 피하기가 어려울 듯했다.

‘우선은 달아나고 보자.’

유비는 뒤도 돌아보지 않고 말에 채찍을 가했다. 급박하게 쫓기다 성문 앞까지 와서 보니 다리는 벌써 올려져 있었다.

“유비다. 다리를 내려라.”

성안의 병사들이 서둘러 문을 열고 다리를 내렸다. 유비가 허겁지겁 다리를 건너기도 전에 여포가 질풍같이 달려와 동시에 다리를 건넜다.

“큰일이다, 여포가!”

성안의 병사들이 활시위를 당겼다. 하지만 주공인 유비와 여포의 몸이 거의 하나가 되어 성문 안으로 달려들었기에, 혹시 화살이 유비에게 맞을지도 몰라 결국에는 한 발도 쏠 수가 없었다.

물론 수십 명의 병사들이 곧 여포의 앞을 가로막았으나 그의 방천극이 부르는 피바람을 더욱 거세게 할 뿐이었다. 그사이에 여포를 따라 고순, 장료의 병사들도 다리를 건너와 성안을 가득 메웠으며, 누대와 성각城閣은 불길에 휩싸였다. 마침내 소패성은 그들에게 완전히 유린 당하고 말았다.

34
기묘한 계책

소패성마저 빼앗긴 유비, 다시 천하를 떠돌아야 하는 걸까?
서주성으로 조조를 들이기 위한 진규, 진등 부자의 활약

더는 손을 쓸 수도 없었다. 다른 것은 뒤돌아볼 여유도 없었다. 불길과 절규만이 가득했다. 아군의 혼란이 결국에는 유비를 성의 서문으로 밀어내고 말았다. 불똥과 함께 달아나는 병사들의 눈에는 주공의 모습도 들어오지 않았다. 유비도 달아났다. 그러다 어느 틈엔가 그는 혼자가 되어버리고 말았다. 그것을 깨달았을 때 유비는 참으로 부끄럽다는 생각이 들었다. 다시 한번 성으로 돌아가 싸울까도 싶었다. 소패성에는 노모가 계셨다. 처자도 남겨진 채였다.

'내 어찌 혼자서 이대로 달아날 수 있겠는가.'

유비는 부끄러워하며 자꾸만 뒤쪽의 검은 연기를 돌아보았다.

'아니, 잠깐만. 이대로 죽는 것이 최선의 효도일까? 처자에 대한 사랑일까? 여포라 해도 노모와 처자를 함부로 죽이지는 않을 것이다. 지금 돌아가서 쓸데없이 여포를 화나게 하기보다는, 차라리 여포에게 완전한 승리를 주어 그의 마음에서 관대한 정이 솟아나기를 기원하는 편이 좋을지도 모르겠다.'

그렇게 생각한 유비는 홀로 쓸쓸하게 도망 길을 재촉했다.

유비의 그런 생각은 참으로 현명한 것이었다. 소패성을 점령한 여포가 미축을 불러 자신이 차고 있던 검을 내주며 말했다.

"유비의 처자는 자네에게 맡길 테니 서주성으로 데려가 엄중히 지키도록 하게. 사로잡은 이들이라고 얕잡아보고 함부로 대하는 병사가 있으면 이것으로 목을 쳐도 상관없네."

미축은 절하여 감사를 표한 뒤 유비의 처자를 수레에 태워 서주로 데려갔다. 여포는 고순, 장료 두 장군을 소패성에 남겨두고, 직접 산동, 연주의 경계까지 나아가 위세를 뽐내며 패잔병들을 소탕했다. 관우, 장비, 손건 등 유비의 부하들을 찾는 일에도 힘을 기울였으나, 그들은 산속 깊은 곳으로 들어갔기에 이미 여포의 그물에 걸려들지 않았다.

유비는 허도를 향해 말을 달렸다. 어찌 보면 아수라장 속에서 혼자 무사히 빠져나왔다는 것은 기적에 가까운 일이었다. 산에서 잠을 자고 숲에서 쉬며 참담한 길을 재촉했다. 그런데 한 계곡에서 "주공, 주공!" 하며 뒤따라오는 수십 기의 병사들이 있었다. 돌아보니 손건이었다.

"이렇게 무사하시니 참으로 다행입니다."

유비의 모습을 본 손건이 소리 높여 통곡했다.

"울고 있을 때가 아닐세. 어쨌든 허도로 가서 조조를 만나 앞일을 꾀하도록 하세."

그들은 길을 서둘렀다. 적막한 산골 마을이 보였다. 유비와 병사들이 굶주린 모습으로 마을에 들어섰다.

"소패성의 유현덕 나리가 싸움에 져서 이곳으로 오셨다고 하던데."

"그 유예주豫州 나리 말인가?"

"어쩌다 그리 되셨는지."

다들 어떻게 알았는지 곳곳의 오두막에서 노인과 아녀자들까지 달려나와 길가에 엎드려 눈물을 흘렸다. 농부와 야인野人이라 불리는 그들 속에는 부귀한 사람들에게서 볼 수 없는 진정眞情이 있었다. 사람들이 먹을 것을 가져와 유비에게 바쳤다. 어떤 노파는 옷소매로 유비의 더러워진 신을 닦았다. 무지하다 일컬어지는 그들이야말로 사람의 참된 가치를 올바로 보고 있었던 것이다. 또한 평소 유비의 덕정을 통해 그들 역시 유비가 '좋은 영주'라는 것을, 그리고 유비의 사람됨을 진작부터 알고 있었던 것이다.

그날 밤에는 사냥꾼의 집에서 묵었다. 사냥꾼은 감격하여 눈물을 흘리며 절했다.

"이런 산속의 집에서 영주님을 주무시게 하다니 죄송스럽기도 하고, 영광스럽기도 해서 어떻게 대접해야 좋을지 모르겠습니다."

유비가 그에게 물었다.

"자네는 예전부터 이 마을에 살던 사람인가?"

그는 사냥꾼이라 하기에는 범상치 않은 풍모를 지니고 있었다. 사냥꾼이 낡은 바닥에 엎드린 채 말했다.

"부끄럽습니다만 조상은 한실의 피를 물려받았으며, 유씨의 후예로 저는 유안劉安이라고 합니다."

그날 밤, 유안이 고기를 삶아 유비를 대접했다. 굶주려 있던 유비와 부하들은 기뻐하며 수저를 들었다. 그리고 유비가 무슨 고기냐고 물었다.

"이리 고기입니다."

유안이 대답했다.

그런데 이튿날 아침, 출발하기에 앞서 손건이 말을 내오려고 마구간으로 가보았더니 여자의 시체 하나가 있었다. 놀란 그가 유안에게 물었다.

"어찌 된 일인가?"

유안이 눈물을 흘리며 그제야 사실을 털어놓았다.

"제 아내입니다. 보시는 바와 같이 집이 가난하여 나리를 대접할 음식이 아무것도 없었기에 아내의 고기를 삶아 상에 올렸던 것입니다."

손건을 통해 그 이야기를 들은 유비가 크게 감격하며 유안에게 말했다.

"함께 허도로 가서 관리가 되어보지 않겠나?"

그러자 유안이 고개를 내저었다.

"말씀은 감사합니다만, 제가 이곳을 떠나면 홀어머니를 봉양할 사람이 없습니다. 어머니는 먼 길을 여행할 수 없는 몸이기에 모시고 갈 수도 없습니다.”

***

　작가로서 특별히 덧붙여두고 싶은 말이 있으니 독자들의 양해를 바란다. 유안이 아내의 고기를 삶아 유비에게 대접했다는 내용은 우리 정서와 도덕으로는 그대로 받아들이기 어려운 일이다. 우리의 정서로 보자면 오히려 불쾌감이 느껴지는 이야기이다. 따라서 이 내용이 원서에 있기는 하나 생략을 할까도 생각해보았다. 하지만 원서에서는 유안의 행동을 매우 아름다운 것으로 그리고 있다. 이에 옛 중국의 도의관과 정서를 엿볼 수도 있고 그러한 서로의 차이를 알게 되는 것 역시 삼국지가 가진 하나의 의의라고 생각했기에 일부러 원서의 내용을 살렸다. 이를 일본의 고전인 「화로의 나무」와 비교해보기 바란다. 사노[佐野]로 가는 길이 막혀 추위와 굶주림에 떨던 호조 도키요리[北条時頼]를 대접하기 위해 그렇게도 아끼던 매화나무를 베어 화로에 불을 붙일 땔감으로 쓴 가마쿠라[鎌倉] 무사의 정조와 유안의 이야기를. 이야기의 내용은 참으로 비슷하나 심적으로는 이리 고기의 맛과 매화꽃 냄새의 차이가 느껴지지 않는가?

***

　이튿날 그곳을 출발한 유비가 양성 부근에 다다랐을 때 건너편에서 흙먼지를 일으키며 다가오는 대군이 있었다. 조조가 허도의 맹장들을 이끌고 서둘러 달려온 것이었다. 뜻밖의 장소에서 조조를 만난 유비는 지옥에서 부처님이라도 본 듯한 심정이었다. 그간의 사정을 들은 조조는 이제 안심하라며 유비를 위로했다. 그리고 전날 밤 유비를 묵어가게 한 사냥꾼의 이야기를 듣고는, 심부름꾼에게 약간의 금을 주며 '노모를 잘 봉양하라'는 말과 함께 건네주라고 명령했다.

조조의 본군이 제북에 도착하자, 선봉을 맡았던 하후연이 애꾸가 된 형과 함께 가장 먼저 인사를 하러 왔다.

"그간 별고 없으셨습니까?"

"하후돈 아닌가? 그 눈은 어떻게 된 게지?"

조조의 물음에 하후돈이 한쪽 눈뿐인 얼굴로 웃으며 대답했다.

"지난번 싸움에서 먹어버리고 말았습니다."

"아하하하. 인류가 시작된 이래 자신의 눈을 먹은 사람은 아마도 자네밖에 없을 걸세. 신체발부수지부모身體髮膚受之父母라 하지 않는가? 자네는 참으로 효심이 깊은 사람이로군. 먼저 허도로 돌아가서 눈을 치료하도록 하게."

곧이어 각 장군들이 인사를 하러 왔고, 조조가 그들에게 물었다.

"지금 여포군의 상황은 어떤가?"

한 사람이 말했다.

"여포는 일을 서두르고 있습니다. 자신의 세력을 확장하기 위해 아군이 될 만한 자라면 강도든 산적이든 가리지 않고 받아들여 헛되이 그 숫자만 과시하며 연주와 그 밖의 지방을 침범하고 있습니다. 어쨌든 군의 모습만은 최근에 급격히 팽창하여 왕성한 세력을 보이고 있습니다.”

“소패성은?”

“지금은 여포의 부하인 장료와 고순 두 장수가 지키고 있습니다.”

“그렇다면 우선은 유비의 복수를 위해 소패성부터 공격하여 빼앗도록 하라.”

명령이 떨어지자 각 장군 모두가 자신의 진영으로 돌아가 중군의 지휘를 기다렸다. 조조는 유비와 함께 산동의 경계 부근까지 나가 멀리 소관蕭關 쪽을 바라보았다. 그곳에는 태산의 강도 무리인 손관, 오돈, 창희, 윤례 등의 적장들이 망나니 같은 무리 3만 명을 규합하여 위세를 떨치며 진을 치고 있었다. 도적의 무리라고는 하지만 얕잡아볼 수 없는 기세를 보이고 있었다.

“산악전이라면 우리도 자신 있다. 약해빠진 허도의 병사들 따위는 두렵지 않다.”

그 모습을 보고 조조가 허저에게 앞장설 것을 명령했다.

“허저, 앞으로 나아가라.”

허저는 마치 기다렸다는 듯이 자신의 부대를 이끌고 적군 속으로 뛰어들었다. 태산의 도적들도 손관, 오돈을 필두로 한꺼번에 함성을 지르며 맞섰다. 하지만 허저 앞에 오래 서 있는 사람은 아무도 없었다. 산속의 병사들이 썰물처럼 소관으로 우르르 달아났다.

“지금이다, 쫓아라!”

조조군이 급히 추격하자 병사들의 시체가 계곡을 메우고 봉우리를 붉게 물들였다. 그사이 조인은 3천여 기의 병사들을 이끌고 샛길을 따라 소패성으로 향했다. 그리고 가장 약한 부분부터 공격에 들어갔다. 소패에서 서주로 연달아 전령들이 달리기 시작했다.

그 무렵 여포는 서주로 돌아와 있었다. 그는 자리에 앉을 틈도 없이 눈썹을 휘날리며 달려온 전령들의 급보를 받았다.

"소패는 서주의 숨통이라 할 수 있다. 내가 직접 가서 막아야겠구나."

여포는 진 대부와 진등 부자를 불러 방어전의 계책을 논한 뒤, 진등에게는 자신을 따라오라 하고 진 대부에게는 남아 서주를 지키라고 명령했다.

"알겠습니다."

여포 앞에서 물러난 부자는 인마를 준비하느라 분주한 가운데서도 방으로 숨어들어가 밀담을 나누었다.

"아버지, 여포가 멸망할 날도 얼마 남지 않았습니다."

"그래, 드디어 우리 부자가 기다리던 날이 왔구나."

"다행히 저는 그를 따라서 소패성으로 가게 되었으니 싸움이 시작되자마자 한 가지 묘책을 쓰겠습니다. 그 결과 조조에게 쫓겨 여포가 서주로 돌아올지도 모르니 그때는 성문을 굳게 지켜 여포가 결코 이곳으로 들어오지 못하도록 해야 합니다."

진등의 말에 진 대부는 얼른 대답하지 못했다.

"아버지, 어찌 그러십니까?"

"내가 이 성을 지킨다 해도 성안에는 여포의 일족과 처자들이 여럿 머물고 있지 않느냐. 내가 아무리 열지 못하게 해도 여포가 성문까지 쫓겨온 것을 보면 그들이 가만히 있지 않을 게다."

"걱정 마십시오. 제가 계책을 써서 그렇게 하지 못하도록 하겠습니다."

부자가 어둠에 잠긴 밀실에 숨어 일을 논하고 있는데 옆의 무기고에서 다른 장수들의 목소리가 들려왔다.

"진 대부는 어디로 간 거야?"

"진등의 모습도 보이지 않는데."

부자는 눈짓을 주고받은 뒤 한동안 숨을 죽이고 있다가 틈을 봐서 따로따로 밀실에서 나왔다.

"뭘 하고 있었던 게냐?"

여포가 진등을 보며 버럭 소리를 질렀다. 진등은 겁먹지 않고 여포가 앉은 곳 앞에 엎드려 절한 뒤 말했다.

"실은 아버지께서 성을 잘 지킬 수 있을지 걱정이 크시다기에 위로를 해드리고 온 길입니다."

여포가 눈썹을 찌푸리며 물었다.

"진 대부는 서주를 지키는 일을 무엇 때문에 그리 걱정하는 건가?"

"이번 전쟁은 지금까지의 일방적인 싸움과는 달리 조조의 대군이 서주를 멀리서부터 포위하여 감싸 들어오고 있습니다. 혹시 만일의 사태가 벌어져 일이 다급해지면 성안에 계신 장군의 일족과 금은, 군량 등을 한꺼번에 다른 곳으로 옮길 수가 없습니다. 노인의 기우라고 해야 할지, 아버지는 그 일을 크게 걱정하고 계셨습니다."

"과연, 그런 걱정이 들만도 하겠군."

여포가 미축을 급히 불러 명령했다.

"자네는 진 대부와 함께 성에 남아서 내 처자들과 금은, 군량 등을 전부 하비로 옮기도록 하게. 알겠는가?"

여포는 후방의 일에 만전을 기한 것이라 생각하고 당당하게 서주성 밖으로 말을 몰아 나아갔다. 하지만 미축 역시 오래전부터 진 대부 부자와 마음이 통해 여포를 잡기 위한 함정을 파던 사람 중 한 명이었다. 여포는 그 사실을 눈치채지 못하고 있었다.

소패성의 위급함을 구하기 위해 가던 길에 소관이 위험하다는 보고가 들어왔다. 여포는 마음이 바뀌었다.

"그렇다면 소관을 먼저 구하도록 하겠다."

그러고는 서둘러 말 머리를 돌렸다. 그때 진등이 간언했다.

"장군께서는 뒤에서 천천히, 가능한 서두르지 말고 전진하시기 바랍니다."

"어째서 서두르지 말라는 말인가?"

"관소를 지키는 아군 중에 진궁과 장패가 있기는 합니다만, 대부분은 태산의 손관과 오돈의 병사들입니다. 그들은 원래 산속에서 지내던 승냥이와 이리 같은 무리들이니 눈앞의 이익을 보면 언제 등을 돌릴지 알 수 없습니다. 우선은 제가 먼저 수십 기 정도를 데리고 소관으로 가서 진중의 분위기를 살핀 뒤 장군을 맞이하겠습니다."

"좋은 생각이오. 내 안위를 걱정하는 세심한 배려군. 자네와 같은 사람을 참된 충의지사라 하는 것이겠지. 어서 가도록 하게."

"그럼 장군께서는 천천히 오십시오."

진등은 그렇게 말하고는 앞서 달려나갔다. 그러고는 소관에 도착해서 진궁, 장패를 만나 그곳의 상황을 들은 뒤 그들에게 속삭이듯 물었다.

"그런데 여 장군께서는 어째서 이곳으로 쉽게 오시려 하지 않으시는 겐가? 자네들, 혹시 장군께 의심을 살 만한 행동을 한 적 있는가?"

"글쎄, 그런 기억은 없는데."

진궁과 장패는 서로의 얼굴을 마주 보았다. 그들은 짚이는 데가 없었지만 적과 대치하고 있는 전선에서 후방의 사령부로부터 의혹을 사고 있다는 말을 듣자 불안감을 느끼지 않을 수 없었다.

그날 밤, 요새의 높은 망루에 오른 진등은 멀리 조조의 진지 쪽 어둠 속 불빛을 향해 편지를 묶은 화살 한 발을 쏘았다. 그리고 천연덕스러운 얼굴로 다시 내려왔다.

***

어두운 밤, 소관의 요새에서 나온 진등은 말에 채찍을 가했다. 그리고 날이 밝을 무렵 여포의 진영에 도착했다. 기다리고 있던 여포가 바로 그에게 물었다.

"소관의 분위기는 어떤가?"

진등이 짐짓 어두운 얼굴로 말했다.

"역시나 몹시 근심스러운 상황이었습니다."

여포의 얼굴빛이 변했다.

"그렇다면 진궁도 다른 마음을 품었단 말인가?"

“손관이나 오돈의 무리야 애초부터 산야를 활보하던 도적들의 우두머리이니 눈앞의 이익을 보면 돌아설지도 모르겠다 내심 걱정하고 있었습니다. 하나 진궁처럼 장군의 은혜를 입어온 자마저 배신을 꾀할 줄은 꿈에도 생각하지 못했습니다. 사람의 마음이란 참으로 믿기 어려운 것입니다.”

“아니, 진궁은 요즘 내가 의견을 받아주지 않아 마음이 상해 있었을 것이네. 그나저나 참으로 다행이군. 아무것도 모른 채 소관으로 들어갔다면 평생의 대업을 그르칠 뻔했으니.”

그는 진등의 공을 칭찬한 뒤, 다음과 같은 계책 하나를 주어 진등을 다시 소관으로 들어가게 했다.

“내 명령이라 하고 진궁을 만나 무슨 일이든 좋으니 회의를 열게. 가능한 한 진궁에게 술을 많이 먹인 다음, 성루에서 불을 올리고 서북쪽의 문을 열어두게나. 불빛을 신호로 내가 안으로 들어가 그를 직접 처단할 테니.”

여포 딴에는 기묘한 계책이라 생각했다. 이에 여포는 전군을 이끌고 해질 무렵부터 서서히 이동을 시작하여 소관으로 다가가고 있었다. 한 발 앞서 출발한 진등은 땅거미가 짙게 드리워질 무렵 소관에 도착했다. 그는 말에서 내리자마자 다급하게 진궁을 불러 숨을 헐떡이며 말했다.

“큰일 났소. 오늘 갑자기 방향을 바꾼 조조군이 험한 태산을 넘고 계곡을 건너 일제히 서주 쪽으로 공격해 들어갔다는 급보요. 이곳을 지키고 있어봐야 크게 득 될 것이 없으니 바로 병사들을 이끌고 가 서주를 도우라는 명령이오."

깜짝 놀란 진궁은 간담이 서늘해졌다. 진등은 자신이 전할 말만 내뱉고 진궁이 뭐라 대답하기도 전에 급히 말에 올라 어둠 속으로 사라졌다. 그로부터 반각도 지나지 않아 소관을 지키던 병사들이 속속 요새에서 나와 서주로 가기 시작했다.

얼마 후 요새는 텅 비어버리고 말았다. 잠시 뒤 적막한 어둠 속 망루 위에 누군가가 나타났다. 말을 달려 어딘가로 간 줄 알았던 진등이었다. 진등은 화살촉에 밀서 하나를 묶어 뒤쪽의 산속으로 화살을 날렸다.

새카만 어둠에 잠긴 산기슭을 가만히 바라보고 있자니 곧 횃불이 하나 흔들렸다. 밀서를 읽었다는 신호였다. 곧이어 서북쪽의 문을 통해 어둠 속 파도처럼 수많은 인마들이 소리도 없이, 불빛도 없이 성안으로 몰려들었다. 그러고는 다시 쥐 죽은 듯 고요해졌다. 지켜보고 있던 진등이 두 번째 신호를 보냈다. 그것은 망루에서 올린 봉홧불이었다. 슉슉슉, 커다란 불덩이가 하늘 위로 올랐다.

10리 앞에서 그 불빛을 기다리던 여포가 출정 명령을 내리자, 전군이 일제히 소관으로 밀고 들어갔다. 여포의 군대가 서로를 밀고 당기며 서둘러 길을 가고 있는데, 같은 속도로 요새에서부터 달려오는 부대가 있었다. 아무것도 모른 채 서주를 구하기 위해 온 진궁의 부대였다. 여포 쪽에서도 사정을 알 리 없었다. 어둡기도 했고 양군 모두 의혹에 빠져 있던 차였다. 곧이어 커다란 충돌이 일어나면서 예전의 전사戰史에서도 찾아볼 수 없을 정도의 처참한 자중지란이 펼쳐졌다.

“뭔가 좀 이상한데.”

여포가 드디어 눈치를 챘다. 그와 동시에 상대편에서도 다급한 진궁의 목소리가 들려왔다.

“창을 거두어라. 모두 입을 다물어라. 혹시 상대가 우리 편인 것은 아니냐? 조조군 같지는 않다.”

여포도 소리를 질렀다.

“한심한 놈들! 같은 편이지 않느냐.”

하지만 때는 너무 늦었다. 양쪽 부대에서 수많은 사상자가 나왔으며 서로 의미 없는 싸움을 했다는 사실에 어처구니가 없어 망연해하고 있을 뿐이었다.

“괘씸한 진등 놈. 내게 보고한 내용과 자네에게 한 말이 전혀 다르네. 어쨌든 요새로 가서 자세한 말을 듣기로 하세.”

여포는 진궁의 병사들까지 데리고 소관으로 급히 갔다. 그런데 그곳에 접근하자마자 요새 안에서 조조의 병사들이 일제히 일어나 불시에 공격을 해왔다. 이번에는 진짜 조조군이었다. 조금 전에 진등이 요새 안으로 들인 병사들이었다. 그들은 숨을 죽이고 적이 오기를 기다리던 차였다. 여포와 진궁의 병사들은 혼란에 빠져 달아나기 바빴다. 이번에도 커다란 타격을 입고 말았다. 여포조차 달아났다가 날이 밝은 뒤에야 산속 바위틈에서 나올 정도였다.

“일이 이렇게 되었으니 우선은 서주로 돌아가 대책을 강구하기로 하세.”

여포는 다행히 진궁을 만나게 되었다. 두 사람은 얼마 남지 않은 병력을 모아 초라한 모습으로 발걸음을 서둘렀다. 그런데 서주 성문으로 달려 들어가려는 순간, 망루 위에서 화살이 비처럼 쏟아지기 시작했다.

"어찌 된 일이냐?"

여포가 놀라 날뛰는 말을 진정시키며 성루 위를 올려다보자, 미축이 나타나 큰 소리로 외쳤다.

"필부 놈아, 무엇을 하러 온 것이냐? 이 성은 예전에 네놈이 우리의 주인인 유비 나리를 속여서 빼앗은 것이 아니냐? 마침 오늘 원래 주인의 손으로 넘어갔다. 더는 네놈의 집이 아니란 말이다. 어디든 네놈이 달아나고 싶은 쪽으로 달아나도록 해라."

여포가 등자를 밟고 서서 이를 갈며 외쳤다.

"진 대부는 어디 있느냐! 성안에 진 대부가 있지 않느냐. 진 대부! 얼굴을 내밀어라."

미축이 껄껄 웃으며 대답했다.

"진 노인은 지금 안에서 축배를 들고 계신다. 네놈을 계략에 빠뜨린 적 앞에서 계속 추태를 보일 생각이냐?"

미축은 말을 마친 뒤 안쪽으로 들어가버렸다. 그 후에는 손뼉을 치며 왁자지껄 떠드는 소리만 새어 나올 뿐이었다.

"분하구나, 참으로 분하구나. 그래도…… 설마 진 대부가 나를?"

여포는 그곳을 쉽게 떠나지 못했다. 그 모습을 보던 진궁이 이를 갈며 말했다.

"아직도 악인들의 간계인 줄 모르고 어리석은 후회에 빠져 미련을 버리지 못한단 말인가. 슬프구나, 나의 주공은 죽지 않으면 깨닫지 못하는 사람이로다."

너무도 꼴사나운 여포의 추태에 진궁이 화를 내며 앞장서서 말 머리를 돌렸다. 여포도 서둘러 그의 뒤를 따라갔다. 그리고 힘없이 말했다.

"소패로 가세. 소패성은 심복인 장료와 고순 두 사람이 지키고 있으니 잠시 그곳에 머물면서 형세를 지켜보기로 하세."

실제로 남은 길은 그것밖에 없었다. 진궁도 이제는 달리 방법이 없다고 생각했는지 말없이 여포의 뒤를 따랐다.

바로 그때, 고순과 장료가 저 앞쪽에서 다가오고 있었다. 그것도 소패성의 병사들을 전부 이끌고 흙먼지를 일으키며 급히 달려오는 듯했다. 여포와 진궁은 어찌 된 일인가 싶어 눈을 둥그렇게 뜬 채 멍하니 바라보고 있었다.

그들에게 다가간 고순과 장료도 여포의 모습을 보더니 마음속으로 이상히 여기며 물었다.

"앗, 주공. 어찌해서 이쪽으로 오시는지요?"

"자네야말로 대체 무엇을 하러 이곳으로 급히 달려온 겐가?"

여포의 반문에 고순과 장료가 더욱 알 수 없다는 표정으로 말했다.

"저희는 소패성을 굳게 지키며 움직이지 않으려 했으나, 이각쯤 전에 진등이 말을 타고 급히 찾아왔습니다. 그러더니 주공께서 어젯밤 조조의 간계에 걸려 포위를 당하고 말았으니, 한시라도 빨리 서주로 달려가 주공을 구하기 바란다고 성문에서 외쳤습니다. 그리고 진등은 바로 채찍을 휘둘러 어딘가로 가버렸습니다. 이에 저희는 큰일이다 싶어 서둘러 여기까지 달려온 것입니다."

옆에서 듣고 있던 진궁이 씁쓸한 얼굴로 고개를 돌리며 중얼거렸다.

"이 모든 것이 진 대부와 진등 부자의 간계로다. 참으로 보기 좋게 걸려들었군. 이제 와서 후회해도 소용없고, 깨달았다 한들 되돌릴 길이 없구나, 아아."

여포 역시 한스럽다는 듯 고개를 들어 하늘 한쪽을 날카롭게 쏘아보았다.

"음, 내게 고배를 들게 했겠다. 내가 진등 부자를 평소 얼마나 아끼고 중히 썼는지는 모든 사람들이 다 잘 알고 있을 것이다. 배은망덕한 놈들! 두고 봐라."

진궁이 싸늘한 어조로 말했다.

"주공, 이제야 깨달으셨습니까? 그건 그렇고 이제는 어떻게 하실 생각입니까?"

"소패로 가자."

"안 됩니다. 더 큰 수치를 맛보게 될 것입니다. 진등은 벌써 조조군을 맞아들여 축배를 들고 있을 것입니다."

"그렇다면 녀석들을 짓밟아 성을 빼앗으면 그만이다."

여포는 분연히 앞장서서 소패성 앞까지 왔다. 진궁이 말한 대로 성벽 위에서는 적의 깃발이 펄럭이고 있었다. 얼마 뒤 여포가 왔다는 소리를 들은 진등이 망루에 올라 크게 웃으며 말했다.

"저것 좀 보게, 빨간 말을 탄 비렁뱅이가 따로 없네. 배가 고픈지 뭐라고 짖어대고 있군. 여봐라, 돌덩이라도 좀 먹게 해주어라."

"이 배은망덕한 진등 놈! 내 은혜를 잊었단 말이냐? 지금까지 누구

덕분에 옷을 입고 밥을 먹었단 말이냐?”

“닥쳐라, 나는 한실의 신하다. 내 어찌 너처럼 난폭한 역적을 진심으로 따랐겠느냐? 어리석은 놈!”

“네놈의 상투를 내 손으로 쥐기까지는 결단코 여기서 물러나지 않겠다. 진등, 성에서 나와 한판 겨뤄보자!”

여포가 고래고래 소리를 지르고 있을 때, 고순 부대를 향해 갑자기 한 무리의 군마가 북쪽에서부터 맹공을 퍼붓기 시작했다.

“아뿔싸, 성 밖에도 조조군이 있었단 말이냐.”

고순 부대는 크게 동요했으나 좌우의 진을 급히 뒤쪽으로 열어 학익진을 펼쳤다. 그런데 가까이 다가온 적을 보니 그것은 조조의 병사들이 아니었다. 장비가 초라한 것이 틀림없이 잡다한 혼합군이었다. 말도 좋지 않았으며 무기도 제대로 갖추고 있지 않았다. 하지만 기세만은 참으로 무서웠다. 앞뒤 가리지 않고 함성을 지르며 우르르 몰려드나 싶더니 선봉과 선봉이 부딪치자 양군의 앞쪽에 있던 인마가 시뻘건 피를 내뿜으며 순식간에 눈 뜨고 볼 수 없는 참극을 연출했다. 그러다 잠시 뒤, 병사들이 사방으로 흩어지더니 말에 탄 장수 두 사람이 선혈이 낭자한 땅을 박차고 앞으로 나서며 소리쳤다.

“나는 유현덕의 아우 관우다!”

“유현덕의 아우 장비란 나를 두고 하는 말이다. 내 얼굴을 잘 봐두어라.”

살펴보니 한 사람은 표범의 머리에 호랑이 눈썹을 한 맹장 장비였고, 또 한 사람은 붉은 얼굴에 긴 수염을 기른 호걸 관우였다.

“아, 유비의 아우들이다.”

“관우와 장비가 나타났다.”

눈으로 보고 귀로 들은 것만으로도 여포의 병사들은 몸을 벌벌 떨었다. 관우와 장비는 무인지경을 달리듯 여포의 진영을 유린했다.

“한심한 놈들.”

대장 고순이 부하들을 질타한 뒤 장비 앞으로 나가 불꽃을 튀기며 싸웠다. 하나 곧 말 엉덩이에 채찍을 휘두르더니 도망치는 아군 속으로 섞여 들어갔다. 관우는 82근 청룡도를 비껴들고 잡군에게는 눈길도 주지 않은 채 중군 속으로 돌진하며 외쳤다.

“별일도 다 있구나, 여포! 적토마가 아직도 건재하다니.”

생각지 못한 상황과 뜻밖의 적에 여포도 동요했으나 어쩔 수 없이 말 머리를 돌려 싸울 수밖에 없었다.

“형님, 그놈은 내게 맡기슈.”

장비가 여포를 보고 질풍처럼 달려왔다.

‘오늘은 운이 좋지 않구나.’

여포는 마음속으로 중얼거리며 서둘러 달아났다.

“이놈, 기다려라!”

장비가 뒤쫓았다. 관우도 말을 몰았다. 적토마의 꼬리에 닿을 만한 거리까지 뒤쫓았다. 하지만 그들의 말과 여포의 말은 다리의 힘이 달랐다. 준족 적토마의 빠른 다리가 여포의 목숨을 살린 것이었다.

여포는 서주도 빼앗겼고 소패에도 들어갈 수 없는 처지였다. 그래서 결국 하비로 달아나기 시작했다. 하비는 서주의 외성外城과 같은 곳으로 작은 성이기는 했으나 그곳에는 부하인 후성이 있었다. 또한 요해지이기도 해서 우선은 그곳에 머물며 잔병들을 불러 모을 수도 있었다.

그렇게 해서 전쟁은 조조군의 대승으로 끝이 났다. 그 후 조조가 유비에게 말했다.

"원래부터가 자네의 성이었으니, 자네는 예전처럼 서주로 들어가 태수의 자리에 앉게나."

서주에는 유비의 처자가 감금되어 있었다. 하지만 미축과 진 대부가 지키고 있었기에 무사히 다시 만날 수 있었다.

오랜만에 모든 사람들이 한자리에 모이자 유비가 물었다.

"소패성을 떠난 뒤 관우와 장비는 어디에 몸을 숨기고 있었는가?"

"저는 해주海州의 외진 마을에 숨어 있었습니다."

관우가 대답했다.

"어쩔 수 없이 망탕산芒蕩山으로 가서 산적질을 하고 있었수."

장비의 솔직한 대답에 사람들 모두 크게 웃었다.

며칠 뒤 조조가 중군을 회장으로 삼아 성대한 축하연을 열었다. 그때 그는 자신의 왼쪽 자리를 유비에게 내주었다. 그리고 오른쪽 자리를 비워두었다. 그런 다음 종군한 각 장군들과 문관들이 순서대로 자리에 앉자 자리에서 일어나 이야기하기 시작했다.

"이번에 가장 큰 공을 세운 이는 진 대부와 진등 부자일세. 진 대부를 위해 내 오른쪽 자리를 비워두었소."

모든 사람들의 박수 속에서 진 대부가 아들의 부축을 받으며 조조의 오른쪽 자리에 앉았다.

"자네에게는 10개 현의 녹을 주고, 아들 진등에게는 복파장군伏波將
軍의 직을 내리겠네."

조조가 다시 한번 그들의 공을 치하했다. 환호와 웃음 속에서 잔치
가 무르익었다. 그리고 여포를 어떻게 생포할 것인지에 대한 마지막
작전이 화기애애한 분위기 속에서 세워졌다. 조조는 이번에야말로 여
포를 처리하지 않고는 허도로 돌아가지 않겠다고 결심했다.

조그만 성인 하비는 여포가 제 발로 뛰어 들어간 우리와 다를 바 없
었다. 여포는 이미 철창에 갇힌 호랑이였다. 하지만 궁지에 몰린 쥐가
고양이를 문다는 말이 있었다. 우리에 갇힌 호랑이를 요리하는 것은
쉬운 듯하나, 자칫 잘못했다가는 호랑이에게 물릴 우려가 있었다.

그 자리에서 정욱이 말했다.

"불에서 얼마간 띄워 생선을 굽듯 천천히 공격해 죽이는 것이 좋을
듯합니다. 병사들을 휘몰아 급하게 들이치면 지혜가 부족한 여포이니
사생결단을 내겠다며 어떤 무모한 짓을 할지 모릅니다."

여건도 정욱의 말에 찬성하는 뜻을 밝혔다.

"여포의 입장에서 생각해보자면, 지금 그가 의지할 곳이라고는 장패
와 손관 등과 같은 태산의 도적 무리들밖에 없습니다. 그도 여의치 않
아지면 체면도 가리지 않고 마지막 수단을 택할 것입니다. 그것은 바
로 회남의 원술에게 무조건 항복한 뒤 도움을 얻어 다시 반항해오는
것입니다."

조조가 두 사람의 말을 모두 칭찬했다.

"모두 내 의중과 일치하는 말이오. 내가 걱정하는 것도 여포와 원술이 결탁을 하지 않을까 하는 점이오. 산동의 길들은 내가 거느리고 있는 군으로 차단할 테니, 유현덕은 귀공의 휘하를 잘 감독해서 하비와 회남 사이의 통로를 경비해주기 바라오."

유비가 공손하게 대답했다.

"명, 받들도록 하겠습니다."

잔치가 끝나고 일제히 만세를 부른 뒤 각자의 진영으로 돌아갔다.

유비는 즉시 병마를 정비한 후 미축과 간옹簡雍 두 사람을 서주에 남겨두고, 관우와 장비, 손건 등을 이끌고 비군邳郡에서 회남으로 이어지는 길을 끊기 위해 출발했다. 하지만 궁지에 몰린 여포에게 들키면 그가 죽기를 각오하고 저항할 것이 틀림없었기에, 산을 타고 계곡을 건너 은밀히 뒤쪽으로 돌아 들어갔다. 그리고 주요 도로의 지세를 감안하여 우선은 목책을 세우고 관문을 설치했다. 또한 보초를 서기 위한 통나무집을 짓고 망루를 쌓는 등 큰길은 물론 산속의 오솔길, 계곡의 샛길까지 짐승 한 마리 지나지 못하게 하겠다는 듯 엄중히 감시했다.

＊＊＊

겨울이 다가오고 있었다. 사수의 강물이 얼어붙을 정도는 아니었으나 초목은 시들었으며 사방이 온통 소슬한 기운으로 가득해 쌀쌀함이 몸속으로 파고들었다.

여포는 성을 감싼 사수에 울타리를 세우고 무기와 군량도 충분히 성 안에 쌓아놓았다. 그는 한시라도 빨리 눈이 내려 산야를 뒤덮기를 기다렸다. 그렇게 여포가 자연의 힘에 의지하려 하자, 인지人智에 뛰어난 진궁이 냉소하며 간언했다.

"조조의 세력은 멀리서 오자마자 싸움을 계속한 탓에 아직 진용도 제대로 갖추지 못했으며 겨울을 맞을 준비도 하지 못했습니다. 우리 군에는 아직 여력이 남아 있으니 지금 바로 공격하면 틀림없이 대승을 거두게 될 것입니다."

여포는 고개를 내저었다.

"그렇게 간단한 문제가 아닐세. 패잔병들을 끌어 모았으니 우리 장병들도 아직 사기가 오르지 않았을 것이네. 적이 오기를 기다렸다가 일제히 나가 맞받아치면 조조군의 절반은 사수에 빠져 죽고 말 것일세."

"흠, 그렇게 생각하십니까?"

진궁도 여포에 대한 마음이 점점 식어가고 있었다. 그는 항변조차 하지 않고 조소한 뒤 여포 앞에서 물러났다.

그사이 조조는 산동 부근을 재빨리 장악한 뒤 하비로 대군을 몰고 가 성을 두껍게 감쌌다. 그로부터 한 이틀쯤은 서로 화살만 오갔으나, 무슨 생각을 한 것인지 결국 조조는 겨우 20여 기만 이끌고 사수 부근까지 말을 몰고 나갔다. 조조가 성안에 대고 소리를 질렀다.

"여포는 어디 있느냐?"

| 등장인물 |

가후賈詡(147~223)

고장현姑臧縣 사람. 위의 모신謀臣으로 자는 문화文和이다. 이각, 장수 등 여러 사람을 섬겼는데 지략에 능해 장수 밑에 있을 때는 조조를 죽음 직전까지 몰아넣기도 했다. 이후 조조의 휘하로 들어가 마초와 한수가 반란을 일으켰을 때는 이간계로 그들을 토벌했으며, 조조의 아들 조비를 도와 즉위시켰다. 난세를 살며 천수를 누린 몇 안 되는 사람 중 하나였다.

서황徐晃(167~227)

양현楊縣 사람. 위의 무장으로 자는 공명公明이다. 원래는 이각의 부하인 양봉을 섬겼으나 만총의 설득으로 조조에게 귀순했다. 큰 도끼를 잘 썼으며 여포 토벌, 관도대전 등에 참가하여 수많은 공을 세웠다. 관우와의 대결에서도 물러나지 않고 조인을 구원했으며 주유와의 싸움에서도 승리를 거두었다. 맹달을 공격하다 적의 화살에 맞아 목숨을 잃었다.

조인曹仁(168~223)

초현譙縣 사람. 위의 무장으로 자는 자효子孝, 시호는 충후忠侯이다. 조조의 사촌 동생으로 동탁 토벌에 천 명의 부하들을 이끌고 와서 가담했다. 이후 관도대전 등 수많은 전투에서 활약했으며 오의 주유와 싸워 승리를 거두었다. 무장 중에는 드물게 병으로 세상을 떠났다.

조홍曹洪(156~232)

초현譙縣 사람. 위의 무장으로 자는 자렴子廉이다. 조조의 사촌 동생으로 조인의 동생이다. 역시 동탁 토벌에 참가했다. 이후 수많은 공을 세웠는데, 특히 동탁과의 싸움, 마초와의 싸움에서 두 번이나 조조를 구했다.

순욱荀彧(163~212)

영음潁陰 사람. 위의 군사軍師로 자는 문약文若이다. 어렸을 때부터 '왕을 보필할 만한 재능을 가졌다'는 평을 들었으며 조조로부터는 '나의 장자방'이라는 말까지 들었을 정도로 최고의 모사였다. 조조를 위해 수많은 계책을 내어 도왔으나 조조가 위공魏公의 지위에 오르려 할 때 반대하여 둘의 사이가 벌어졌다. 이에 더는 목숨을 부지하지 못할 것이라 생각하고 스스로 독을 마셔 자살했다.

원술袁術(155~199)

여양현汝陽縣 사람. 후한 말의 군벌로 자는 공로公路이다. 원소의 사촌 동생이라고 하나 이복동생일 가능성도 있다. 동탁 토벌전 이후 원소와 반목하게 되었으며 손책이 맡긴 옥새를 앞세워 스스로 황제를 칭했다. 대군을 일으켜 중원으로의 진출을 꿈꿨으나 뜻을 이루지 못했

으며 세력이 기울자 원소에게 의지하려 했으나 유비에게 패하여 숨을 거두고 말았다.

손건孫乾(?~214)

북해北海 사람. 촉의 정치가로 자는 공우公祐이다. 서주태수 도겸의 추천으로 유비의 부하가 되었으며 조조의 공격으로 유비, 관우, 장비 삼 형제가 흩어졌을 때 그들의 재회에 커다란 역할을 했다. 늘 외교에 힘썼으며 이릉의 전투 직전에는 남만으로 가서 일대의 추장들을 설득하기도 했다. 초기부터 유비와 각지를 전전했으며, 유비를 오래 섬기다 병으로 세상을 떠났다.

미축麋竺(?~221)

구현朐縣 사람. 촉의 정치가로 자는 자중子仲이다. 서주의 호상으로 도겸 밑에 있다 유비를 섬기게 되었다. 유비의 가장 큰 재정적 후원자였으며 여동생을 유비에게 시집보냈다. 유비가 하비성을 잃고 떠돌 때도 그를 따라다녔으며 촉에 입성한 이후에는 제갈량보다 높은 지위에 올랐다. 아우 미방이 오에 항복하자 괴로워하다 1년 만에 목숨을 잃었다.

손책孫策(175~200)

부춘현富春縣 사람. 손견의 아들, 손권의 형으로 자는 백부伯符이다. 아버지가 죽은 이후 원술 밑에 있었으나 뜻을 이루기 위해 강남으로 가서 그곳을 평정하고 주유, 장소와 함께 오의 기초를 닦았다. 조조와 원소가 관도에서 대치할 때 헌제를 맞아들이려 했으나 뜻을 이루지 못하고 자객에게 습격을 받는다. 이후 우길 선인을 죽여 그의 환영에 시달리다 26세의 젊은 나이로 세상을 떠났다.

태사자太史慈(166~206)

황현黃縣 사람. 오의 무장으로 자는 자의子義이다. 젊어서는 학문을 좋아했으며 유요를 섬기다 손책과 호적수로 맞섰으나 사로잡혀 항복하고 손권 밑에서 많은 공을 세웠다. 적벽대전에서도 커다란 공을 세웠으나 이후 손권과 함께 합비성을 치다 장료의 계략에 빠져 41세의 젊은 나이로 목숨을 잃었다.

진등陳登(?~?)

회포현淮浦縣 사람. 후한 말의 정치가로 자는 원룡元龍이다. 아버지 진규와 함께 처음에는 도겸을 섬겼으며, 후에는 유비, 여포를 섬겼다. 원술이 여포를 공격하자 한섬과 양봉을 회유하여 원술을 대패하게 만들었다. 조조가 하비의 여포를 공격할 때는 조조를 도와 여포를 사로잡게 했다.

❖ 3세기 초 삼국 정립 시기의 세력도

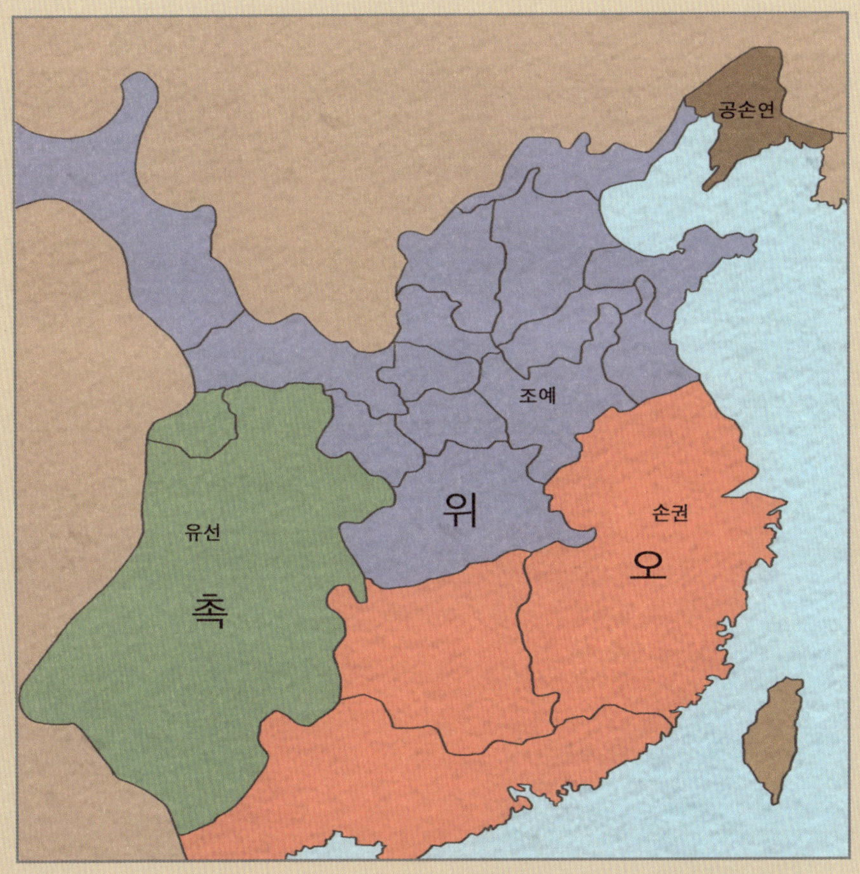

북벌은 결코 간단한 일이 아니었다. 싸움에서 이겨도 군량이 떨어지기도 하고, 도읍에서 이변이 일어나기도 하고, 일진일퇴의 공방전이 펼쳐져 성과는 거의 없었다. 그 사이에 손권이 제위에 올라 스스로 황제라 칭하여 중국 대륙에 드디어 세 개의 나라가 탄생하게 된다. 제갈량은 북벌을 거듭하나 오히려 부하에게조차 신뢰를 얻지 못하는 상태에 빠지고 일곱 번째 북벌 때 병을 얻어 오장원에서 목숨을 잃게 된다. 이를 기회로 삼아 제갈량 밑에 있던 위연이 모반을 일으키나 제갈량의 밀명을 받은 마대에게 살해당한다. 제갈량이 죽었다는 소식이 위에 전해지자 황제 조예는 크게 기뻐했으며, 모든 재산을 탕진하고 만년에는 폭군이 되어버린다.

부여
옥저
고구려
선비
대막
동부선비
창려
현토
유성
요동
상곡
어양
낙랑
대방
주천
강호
중산국
기
청
삼한
장액
양
서하
상당
업
북해국
금성
평양
태산
낭야국
안정
관도대전(200년)
공명이 죽은 오장원(234년)
장안
하동
낙양
관도
서
위수
위
영천
초
광릉
오장원
옹
허창
남양
예
양
강
기산
한
건업
음평
한중
번성
삼고초려 장소
합비
재동
양양
강하
동 해
문산
파서
파동
형
무창
여강
백제성
성도
이릉
적벽
신도
회계
임해
유비의 백제성 전사
동정
장사
적벽대전 장소(208년)
한가
강양
형양
임천
월준
수
강
오
건안
족
영릉
영창
계양
운남
건녕
임하
교
창오
합포
교지
남 해